消失的顿河

◎ 祁娟 著

那条河，也许根本就不存在，她竟然让它濡湿了自己长长的一段青葱岁月。

文心出版社
· 郑州 ·

图书在版编目(CIP)数据

消失的顿河 / 祁娟著. -- 郑州：文心出版社，
2025. 5. -- ISBN 978-7-5510-3131-8

Ⅰ. I247.7

中国国家版本馆 CIP 数据核字第 20258XT166 号

出　　版	文心出版社
地　　址	河南自贸试验区郑州片区(郑东)祥盛街 27 号　邮政编码:450016
发　　行	新华书店
印　　刷	河南省四合印务有限公司
版　　次	2025 年 5 月第 1 版
印　　次	2025 年 5 月第 1 次印刷
开　　本	720毫米×1000毫米　1/16
印　　张	17.5
字　　数	260 千字
书　　号	ISBN 978-7-5510-3131-8
定　　价	58.00 元

如发现印、装质量问题，请与印刷厂联系调换。电话：0391-8373969

目 录
Contents

◎ **中篇小说**

003 消失的顿河

035 雷诺的门

096 寻找微米

131 罗兰旅馆

167 继父

◎ **短篇小说**

209 出逃的罗赛

226 莫兰的园子

244 舅舅的隐秘地带

255 另一个结局

260 那个神秘的午后

中篇小说

消失的顿河

欧宁一直忘不了在顿河小住的日子。那个热气腾腾的暑期，那些令人忧伤、惶惑的情绪，都被顿河带向了远方；而顿河，那条缠绵的河流似乎一直流淌在她的身体里，渗透且浸润着她的每一寸肌肤。每每想起，她就会不由自主地站在地图跟前，用目光细细地寻找，从宏大到局部，由面到线，由线到点，却根本找不到"顿河"这两个字。那段日子如同荒漠，生生地湮灭了一条河流，或者，顿河从来就不曾出现在这张地图上，不曾出现在她的生命里。

那么，这么多年，欧宁活在了一个巨大的谎言里，那条河，也许根本就不存在，她竟然让它濡湿了自己长长的一段青葱岁月。

一

从五岁到十七岁，欧宁一直被父母寄养在舅舅家。高考结束后的那个暑假，远嫁的青荷表姐回来了，要带欧宁去她家小住。她们坐了一天一夜火车，又转乘汽车颠簸了两个多小时，才远远望见表姐家乡—— 一个南方小镇。

一条宽阔的河流横在她们眼前。河流在山脚下陡地拐了个弯，好像静止了，好像流得久了，要在这山的臂弯歇息片刻。

到那个小镇，需要乘船过去。

三十出头的青荷表姐，皮肤白皙，婀娜多姿，走路摇曳生风，漫长的旅途，竟没有让她显出丝毫倦态。她提着箱子走在前边，欧宁背着装有衣物和几本书的背包，跟在后边，她们下了几级石阶，上了泊在岸边候客的一艘大船。

这里的山与北方大不相同，一柱柱拔地而起，像雨后生猛的巨笋；山间的水田，汪着黄与绿，让那些巨笋如同养在盆里的盆景；河流便在这盆景间蜿蜒通过，水边的芦苇和凤尾竹郁郁葱葱，风过处绿浪汹涌，倒比河流壮观许多；河面上漂着大大小小的船只，一群一群的白鹭划过水面，画出优美的弧度；傍晚的光照依然强烈，空气燥热……

欧宁坐在船舱，扭过头看着窗外，汗水顺着脸颊和脖子滑落。

"青荷，这河叫什么名字？"欧宁问。

"顿河。"青荷笑了一下，酒窝浅浅，漾着笑容。

"青荷，你们的镇子叫什么？"欧宁又问。

"西镇。"青荷又笑了一下，同时用手戳了一下欧宁的脑门，"被你舅舅惯坏了，总这么没大没小地叫名字，我是你姐啊。"

欧宁知道青荷是她姐，表姐。可欧宁刚到舅舅家时还不满六岁，而青荷已经出嫁，记忆里她似乎从没叫过青荷姐。

船已开启，青荷用手抚了抚欧宁被风吹乱的短发："你头发该留长一些，像个女孩的样子。"又用修长的手指梳理着自己乌黑的长发，淡淡地说："你舅舅也不管管你，像个野孩子。"

在欧宁的印象中，舅舅好像从来都不怎么管她。

母亲生了弟弟以后，就把她寄养到了舅舅家。那时，舅妈新丧，表姐刚嫁，孤独中的舅舅对欧宁表现出了极大的热情。记得舅舅去接欧宁时，父亲拿梳子细心而认真地给她梳了头发，扎了两个羊角辫，还拿两条粉色的绸带在辫梢打了漂亮的蝴蝶结。欧宁看着镜子里的自己，满意极了，开心地左顾右盼。

舅舅拉起欧宁的手说："走吧。"

父亲的泪水迅速溢出了眼眶，他背过身去，声音哽咽着对舅舅说："您受累，我会定期打生活费给您……"

母亲怀抱着弟弟，抿紧了嘴巴，示意他们赶快离开。

按说，父母不该把欧宁寄养给舅舅这么一个年迈的人，只是迫于政策的缘故，欧宁若不离开，弟弟便上不了户口，父母也会因为超生而失去公职，在当时，实在有不得已的苦衷。

舅舅在老家镇上经营着一家日杂商店，镇上有好几家这样的商店，但生意都不如舅舅的红火。他面相淳朴诚实，待人热情厚道，从不在买卖上斤斤计较，天长日久，就笼络了半个镇子的老顾客。舅舅家的生活条件比欧宁家要好些，舅舅对这个外甥女也十分疼爱，但欧宁还是有寄人篱下的孤独感。何况，让一个舅舅来打理一个女孩的生活，总是难免有不周之处。比如梳头，舅舅鳏居的生活本就粗枝大叶，偏偏欧宁的头发又茂盛如春草，自然就不胜其烦，于是，干脆给她剪了发辫儿，剃成了一个小子头。从小学到高中，欧宁一直都是这种短发，性格也越来越像男生，跟女生不合群，却跟男生混在一起打篮球。到了青春期，她的身材已经颀长有型，皮肤晒成小麦的颜色，心里总不时跳出令她惊恐的火苗，常常几天不说话，一开口就火药味十足。同学们骂欧宁是野孩子，她便对他们老拳相向。这让舅舅头疼不已，好在欧宁学习成绩不错，多少为舅舅赢得了一些骄傲。

而这时舅舅已新娶了舅妈。新舅妈原本是舅舅的批发商，一个离了婚的独身女人，颇有姿色，又会讲话，见了舅舅总一口一个哥，听得欧宁头皮发麻。后来他们就纠缠在了一起，那个女人最终成了欧宁的新舅妈，还给她生了个小表弟。

舅舅不忙的时候，总爱逗他那个可爱的小儿子。他轻手轻脚地，双手环抱，一脸宠爱，眼睛眨也不眨地盯着那张粉嘟嘟的脸蛋，迎着门口拂过的风，表情慈祥惬意。傍晚的余晖笼罩着他们，舅舅和婴儿的脸上都有一种近乎透明的红光，这光反射出来，让欧宁的目光变得迷离。她好像回到了遥远的过去，记起她不敢触碰的回忆。她想起了父亲，能感觉到他看她时的慈爱，和他怀抱里的暖流。已经很久没有见到父亲了。他总是很忙，每年回来探望一次，匆匆忙忙住一夜，来不及回味，他便迎着朝霞离开了。

除了逗他可爱的小儿子，舅舅所有的精力似乎都给了那杆旱烟，他终日微微地皱着眉头，让那烟雾进入口腔，沉入肺部，然后眯起眼睛，鼻孔里呼出那循环了一遍的烟雾，烟草的香大概让他整个身心都很舒爽。

"小欧，衣服要穿整齐。"舅舅看欧宁的时候，总是一副严肃的面孔。

欧宁扯了扯牛仔裤，膝盖处被她用剪刀剪了几个小洞，露出麦子颜色的肌肤。

"你还是学生，要注意形象……"舅舅舒展眉头，又沉入新一轮的烟雾中。

欧宁拢了拢衣襟，上衣短且绷紧，发育良好的胸部呼之欲出。

新舅妈比表姐大不了多少，和表姐一样俏丽，只是身材更加丰满，那熟透了的胸，饱满里散发着奶香，她微微倾了身子，任由三岁的小表弟酣畅地吮吸。

高考结束后，有一段无所事事的空窗期。离开学校，欧宁只能待在舅舅家。

街灯次第亮起的时候，舅舅会安排欧宁守在店里。新舅妈哄小表弟入睡，舅舅出去打酒，并买些卤肉回来。夏天的夜晚，风是热的，出来逛街的人很多，他们对夜晚的到来表现出异样的兴奋，一度令街道拥挤，气味杂乱。欧宁心不在焉地半靠在柜台上，心里如同秋收后的庄稼地，荒芜而虚空。

"小欧，不要总发呆了，招呼顾客啊。"

舅舅在叫她。他嘴里衔着烟，那些让他陶醉的烟雾，从鼻孔里呼出，在他栗色的皱纹纵横交错的脸上缭绕，让他的面部模糊不清。

欧宁掉过头不去理会，但她能想象得到，舅舅一定又眯起眼睛，故作严肃地打量她，想弄明白她到底在想些什么。其实，他根本无法理解欧宁的心思，似乎也无心去理解别人。前些日子，表姐青荷打来电话，说她离婚了，舅舅也是无所谓的样子，漫不经心地问，为什么离？青荷轻描淡写地说，生不出孩子啊。她的声音里听不出悲喜。欧宁不太理解青荷对于离婚所表现出的无所谓。明明记得，她刚结婚的最初几年，和那个身材不高但看起来精壮的姐夫是恩爱无比的，他们回舅舅家也形影不离，出门散步都是手牵着手。大人的感情实在令人费解。

无数个不眠的夜晚，她总会被舅舅和新舅妈亲热的声音扰乱。欧宁焦灼不安，魂不守舍，心中像长满了荒草，荒芜而杂乱，身体里像装了个定时炸弹，随时都会被引爆。这让她脸上写满了忧郁，且越发沉默。

在那个刚满十七岁的假期，高考后的一个个日落黄昏，欧宁不愿回家，就在学校的球场上发狠地打球，以此消耗过剩的精力。队友们已经习惯了欧宁的倔强和漠然，都当她是同类。有次在三步上篮时，被防守的男生不小心触碰到她结实的乳房，他诧异地望了她一眼，迅速倒退几步，不自在地避开她愤怒的视线。那天晚上欧宁辗转反侧，做了一个奇怪的梦，梦见一个男人，形象不明，却健壮有力，面目混沌，但眼神深情。她想靠近他，在他宽广的怀里停留，被他温暖地抱着……梦醒了，也不敢再做下去。

然后，青荷表姐就回来了，说让欧宁去她那里住些日子，陪陪欧宁——或陪陪她。去就去吧，等待大学录取通知的日子让人不安，而且无聊。

于是，欧宁就到了顿河边这个叫西镇的地方。

二

"小欧，该下船了。"

青荷的声音把欧宁从回忆中拽出，好像一步就跨进了西镇。

很干净的一个小镇，坐落在顿河边。楼房不是很高，只有三四层，多半是古香古色的老式建筑，墙壁上一律粉着茸茸的青苔，一些不知道名字的藤蔓攀缘其上，叶绿花红。已经薄暮低垂，一些商户次第亮起灯光，花花绿绿的彩色服装、精美的银饰、诱人的点心果品等，都带着南方水乡的风韵。

青荷提着箱子，她长长的乌发搭在肩膀一侧，腰姿曼妙地摇曳，半高跟鞋子踩在湿漉漉的青石板上，发出叮叮哐哐的声音；伴着这声音，她不时地跟人们打着招呼，话语和腔调也变了，完全是当地的土话，软软的，水水的，倒是应景。

青荷的家在镇子的另一侧，依山傍水，一栋三层高的灰色楼房，楼顶是琉璃瓦，瓦的缝隙里有些黄绿色的小草探出脑袋，毛茸茸的，风一吹，左右摇摆。楼房前有一棵大榕树，密不透风的枝叶，还有些须根从树上倒垂下来，粗细不一，柔软地在眼前晃着。

眼前的一切弥漫着神秘，顿河，西镇，还有青荷。

西镇，可真是个有趣的名字，明明在顿河的东边，却叫西镇，为什么不叫东镇或者其他名字？

青荷笑而不语。在这个山水环绕民风淳朴的古镇上，她生活得颇为自在，离婚好像对她没有丝毫影响，反倒让她更加风情万种。每天醒来，她会坐在窗前梳妆，细致地描眉，涂口红，美人如画。

"青荷，你不化妆就很好看，为什么还要多此一举呢？"欧宁说。

"小孩子家，你懂什么。"青荷脆声地笑着说。

青荷开着一间手工作坊，给城里的工厂组装电子元件。这种没有任何技术含量的工作，镇上一些妇女都能参与，一起挣些外快。青荷数钱的时候，脸上浮起愉快的笑容，看得出，她的生意不错。她不要求欧宁帮忙做工，只要她快乐。说："你到处走走，熟悉一下这里。镇里中学有个篮球场，你不是爱打球吗？还有图书馆，你可以随便看书。"

顿河的水碧绿清澈，白天的船只悠然地漂荡，两岸的植物将倒影映在水里，争先恐后的样子，仿佛只有这样，才算与顿河亲密无间。镇上的人极少外出，他们祖祖辈辈生于斯长于斯，靠种植稻米、甘蔗和水果养活自己。到了收获的季节，河面的船便忙碌起来，一趟一趟地将当地的物产运出去，换来丰衣足食的生活。近年来镇上搞起了旅游产业，原生态的自然风光，淳朴的风情民俗，稀奇古怪的食物和服饰，吸引外地游客毫不吝啬地花钱，让这个古镇充满了生机。

没事的时候，欧宁会买些当地的麻辣鱼块，一个人坐在河边的石凳上，边吃边望着河面胡思乱想。刺激的辣，让她的味蕾火热而欢快，也让她思绪纷乱而飘忽。河水奔流不息，它要去哪里？哪里是它的终点？河水是幸福的，因为幸福而波澜不惊；西镇是知足的，因为知足而乐此不疲。但这幸福和快乐与欧宁并不相干，却反衬出她的悲哀和孤独。青荷的美和对欧宁的呵护，让她有种距离感，这种距离无须刻意感受，只要青荷弯起嘴角，用手抚弄自己的乌发，欧宁会马上敏感地想到自己麦色的皮肤和乱蓬蓬的短发，让她感觉自己鄙陋不堪。

很多年，欧宁的同学都当她是男生，叫她哥儿们。欧宁知道，这个称谓不是亲昵的接受，而是一种拒止。虽然她有时故意穿着略微透明的衣服，透出里面粉色的胸衣，但仍然遭到嘲笑，说欧宁男扮女装，说她是假小子、男人婆。只有欧宁自己知道，少女的心正在青春期萌动。

欧宁深切地想念父亲，她是他的女儿，他曾经那么用心地为她梳理头发，为她扎蝴蝶结，给她买漂亮的衣裙；欧宁也想念母亲，虽然母亲并不喜欢她。可是，分别太久，见面太少，他们不敢把欧宁带到身边，怕被人发现他们超生。多少次，欧宁看到同学和他们的家人一起散步，那种亲热，那种盈满脸颊的幸福，看得她心酸。欧宁知道她是个多余的人，是个可怜的存在。

从五岁离开家，离开父母，欧宁跟着舅舅生活，在无数个孤独的白天和漫长的夜晚，走过了压抑的童年，走进了郁寂的少女时代，无人倾诉，也无人注意到她微妙的变化。她日渐自闭和沉默，用装出来的孤傲和自尊，对抗内心的脆弱，对抗外来的欺凌和嘲弄。时间长了，竟由内至外结出一副坚硬的盔甲，这让她看上去有种与年龄不符的老成与世故，与性别不同的冷酷与不恭——青春期的叛逆已经显山露水。这不能归咎于舅舅，起初他忙着挣钱，没日没夜地忙着进货、出货，靠买卖积累的富足让他挺直脊梁。后来，他住上了体面的楼房，穿上了体面的西装，娶了漂亮年轻的新舅妈，生了可爱的儿子，一门心思也都在他的新生活上了。

欧宁时常梦见一条河流，奔流浩荡，无边无际，她在河面上随波逐流。突然掀起轩然大波，她被浪头打进水底，耳边是水声的轰鸣，眼前是恐怖的邪魅，快要窒息时才挣扎着醒来，伴着急速的心跳，然后睁大眼睛盼望天明……

三

顿河不是梦中那条河，它碧绿荡漾，被风情万种的凤尾竹簇拥着，深深的，静静的，只有船经过时，才会起些涟漪和波澜。欧宁很想下去试探一下，看它是否如她想象中温柔。

河边有几棵遮天蔽日的大榕树，树冠放肆地铺张开来，靠水的一侧几乎全是它们的影子，浓得化不开的绿荫生出森森凉意。

榕树下有石凳石桌，一个卖杜果的阿婆，慈眉善目的样子，用一个白色的手帕细细地擦拭竹篮里的杜果。杜果橙黄透亮，似乎有太阳的味道，扑鼻而来。见欧宁扭头打量那些杜果，阿婆马上热心地介绍："很甜呢，好吃，尝一下吧。"

欧宁笑了笑，亮出手里的麻辣鱼块。鱼块的麻辣，让她额头冒汗。相对于生活中的甜腻，她更喜欢麻辣的味道，似乎这鞭笞一般的刺激，才能让她感受到生命的活力。

阿婆见欧宁无意照顾她的生意，便转过头去，继续擦拭杜果。

河边较浅的水域，几个光着膀子的男人泡在水里，把水撩在自己身上，也互相泼向同伴，不时发出开怀的大笑，撩拨着欧宁的耳膜。她心里盘算着如何打发在西镇小住的日子，打发这百无聊赖的时光。

河流在不远的弯处休憩，夕阳西照，一半幽绿，一半金黄，迷人地荡漾着，连河边那些翠竹绿树也变得毛茸茸的，柔和起来。河湾里有两柱青山，峻峭的山峰被斜阳镀上一层亮色。两山之间，就是镇上那所中学，隔着铁栅栏能

看见学校的篮球场，有几个人在那里打球，人不多，他们在打半场。

欧宁走了过去，好像也没打招呼，就加入了其中的一方。不一会儿工夫，汗水就湿了她的衣服，T恤粘在身上。

一个皮肤黝黑的男孩惊讶地大叫："啊，你是个女人……"

他这么一喊，其他男孩都纷纷扭过头，诧异地打量欧宁。她仿佛被扒光了衣服，无地自容。

"还以为是个男孩呢，男人婆啊……"皮肤黝黑的家伙做了个鬼脸。

一时间，起哄声，口哨声，在球场响起。

这样的情景以前也经常发生，欧宁最痛恨的，就是"男人婆"这个标签。尖锐的疼痛感，像一面大镜子，清晰地照出她的狼狈。她怒火中烧，冲上去和那个皮肤黝黑的家伙扭打起来。

这时候，老凯出现了。

一个四十来岁的男人，身形高大健壮，穿着白色衬衣，牛仔长裤，头发有些凌乱。他冲到乱成一团的球场，沙哑着嗓子大声说："阿毛，你住手！"

阿毛不屑地皱着鼻子，说："老凯，关你什么事！混血种！"

"这么多人欺负一个女孩，算什么英雄！"老凯走上前来，把欧宁护在了身后。

欧宁从侧面看这个名叫老凯的男人，他深目高鼻，皮肤白皙，果然是混血，却说着一口流利的当地方言。

众男孩聒噪起来："混血种，男人婆，扑通扑通掉下河……"

老凯并不理会他们，拉起欧宁，走向一幢二层小楼。身后是阿毛他们的笑声口哨声。

在走进楼房之前，欧宁怎么都不会想到，这就是青荷说的那个图书馆，更不会想到管理这个图书馆的，竟是一个操着当地口音的混血男人。

图书馆并不大，也就是一个篮球场的面积，但楼顶很高，四面都有通风的窗子，每个窗子都装着小风扇，想必是为了排放屋子里的湿气；地上是老式的条木地板，打了蜡，一尘不染；四五排书架依次并列，每个书架的边框架上都有标识，文学、哲学、自然科学……古今中外，一目了然；靠窗处有几张书桌，显然是供人阅读的地方；墙边摆着几盆盛开的茉莉，淡淡的香气弥散其间，醒脑提神；空调开着，凉爽宜人，但没有一个读者。

"不必跟他们计较，看书吧，书里有美好的世界。"老凯说。

欧宁随意地翻着图书，一本又一本，时间在她茫然的翻阅中一点一滴消逝。

老凯徜徉在书架间，把读者阅后随意丢放的图书捡起来，归置到它们该放的地方；有些卷了边角的图书，他用手细细地抚展压平，再让它回其所在。老凯对待那些图书，像对待老朋友一样，那双如顿河般幽绿的眼睛里充满了爱意，他白皙的手背上有长长的汗毛，颀长的手指在书脊上划过，如同弹在琴键上。他专心地做着这些，完全无视欧宁的存在。

"怎么借书？"欧宁看着老凯，目光有些挑衅的意味。

老凯这才抬起头，用那双幽绿的眼睛快速地看了欧宁一眼："门口有借书规则，你自己看吧。"

随即低头继续摆弄那些书。

欧宁挑了一本张爱玲的《倾城之恋》，交了二十元押金，走了出去。

篮球场上，早已没了阿毛那帮男孩的身影，她站在这里，回望着图书馆，愣了好一会儿神，心中有些不明所以，不知道为什么会对老凯有种异样的感觉。这个四十来岁的混血男人，好像早就在欧宁的梦里出现过，第一次看到他，她就有种莫名的心跳，却又说不出是什么感觉，这感觉让她烦躁。

无论如何，老凯就以这种方式出现在了欧宁的生活里。他的出现，让欧宁在十七岁的那个暑假，从懵懂莽撞过渡到明白和稳重，自此，她开始告别叛逆。

天色暗了下来，镇上的灯光开始次第亮起。

经过阿修猪杂粉老店时，欧宁被一股浓烈的麻辣猪杂香味所吸引，便踅了

进去，找一处空位坐下，叫了巨辣的一碗。正吃得满头大汗，却听到"嗨"的一声，见阿毛坐到了对面。他没再叫欧宁"男人婆"，那"嗨"的一声，算是打了招呼。

欧宁回了他一个浅浅的笑。

"其实你笑起来挺好看的，一点也不像男人婆。"阿毛说。

欧宁本来还想对他笑一下，却忍住了。她向来这样，别人越说什么好，她就越抵触什么。

"对不起啊，下午……"阿毛又说，"我们做朋友吧，以后可以经常一起打球。"

"你怎么不吃啊？"欧宁敲了下碗沿儿，"很好吃的。"

"天天吃，都吃腻了。"阿毛说。"你喜欢猪杂粉？我天天请你吃，给你免单。"

"你给我免单？财大气粗啊。"欧宁揶揄道，撇了下嘴。

"小意思哦，阿修，我老爸，我家的店。"阿毛说。

欧宁又回了他一个浅浅的笑。"下午，你们叫老凯混血种，这里怎么会有老凯这样的人？"

"他啊……"阿毛一脸鄙夷，跟欧宁说起了老凯。

老凯没有爸爸。他妈早些年和亲戚去香港做生意，认识了一个英国人，好上了，后来又被抛弃了。回来后大着肚子，然后就生了老凯。老凯土生土长，却有一半英国血统，但他不会讲英语，平时话也很少，后来考了个不知名的大学。毕业后被他舅舅安排在镇上的图书馆工作，虽然是公职人员，但没有谁家女子肯嫁给他，他跟他老妈一起生活；后来，他老妈去世，他就一个人生活。

"一个英国杂种，却不会讲英语，可笑得很。"阿毛说着，自己先笑了起来。

四

《倾城之恋》不愧是张爱玲的名作，欧宁被书里男女主人公的爱情所吸引，陷入其中，不能自拔。

青荷撇了下嘴，说张爱玲的故事都是小儿科，轻浮，只能赚你们这些中学生的眼泪。欧宁问她谁的小说不是小儿科。青荷说，玛格丽特的《飘》，纳博科夫的《洛丽塔》，读了你就知道什么才是真正的爱，什么才叫深沉、博大。

欧宁知道青荷不是信口开河，她有文学情结，高中时也做过文学梦，整日泡在小说里，结果高考时除了语文，其他各科都没及格。但欧宁还是放不下张爱玲，废寝忘食地把《倾城之恋》读完，就迫不及待地想拥抱玛格丽特和纳博科夫了。

还书那天，看到青荷竟也在图书馆。她穿着一件墨蓝色纱裙，这让她婀娜多姿的身材显得很飘逸，乌黑的长发随意地扎成一束，发梢别出心裁地戴了只白玉蝴蝶发夹，样子文艺而慵懒。她就那么在书架前走着，好像要找哪本书，又好像什么也不找。

隔着书架，老凯在另一边整理着图书。总有些潦草的读者，看完书随意乱放，老凯就总有做不完的事。阳光从天窗照进来，照在老凯身上，融融的，他的睫毛上似乎也沾染了早晨的阳光，有种绒绒的感觉，像一圈树林，围着两汪幽深的绿色。

他们轻声说着什么，不时笑出声来，很默契，很用心。欧宁在门口站了好一会儿，他们竟没有发现。

欧宁莫名其妙地有些生气，故意把书扔在桌子上，弄出很大的声响。

老凯扭过头来，问："还书吗？这么快就看完了？"

"张爱玲有什么看头，"青荷向欧宁招手，"喏，我给你找到了，《洛丽塔》。"

"一大早就跑过来，不会是专门给我找书的吧？"欧宁坏坏地冲他们笑。

"那还能为什么？"青荷有些奇怪。

是啊，那还能为什么呢？欧宁朝老凯挤了一下眼睛，接了青荷手里的书，转身跑出了图书馆。

身后传来老凯和青荷的笑声。

青荷说得没错，与亨伯特和安娜贝儿的恋情相比，白流苏和范柳原所谓的倾城之恋，简直就是小孩子过家家。欧宁沉浸在这部作品里，任时间在身边无声地流过……

青荷中午没有回来吃饭。实际上，她总是很忙，常常东一顿西一顿的，走到哪里吃到哪里，常常是欧宁一个人吃或一个人不吃。

到了傍晚，青荷才回来，而欧宁已经把《洛丽塔》看了一半。

"凑那么近，你不要眼睛了？"青荷叫道，"呀呀，午饭也没吃，拿别人的爱情填自己的肚子啊！"

欧宁这才感到有些饿了。忽然想起阿修猪杂粉，肠胃便咕咕欢叫着，表示同意。

原以为会遇到阿毛，想向他打听更多关于老凯的事。老凯就像一个谜，他由内至外散发着一股神秘的引力，让欧宁渴望接近，渴望探究。可是，阿毛不在。当地男孩子，肯定有很多朋友，也有很多可做的事情，哪像她这个无所事事的外地人呢。

阿毛的老爸，那个叫阿修的男人把一碗猪杂粉端了上来，欧宁道谢，付款，兀自吃起来。许是饿了一天，也顾不上麻辣烫嘴了，风卷残云般地，不一会儿就见了碗底。

陷在山里的缘故吧，西镇的夜总是来得特别早，西边的斜阳照着东边的山头，明晃晃的，像一顶顶崭新的草帽，而镇上的灯光都如星星般璀璨着亮起来。灯一亮，每一家店铺的生意也似乎好了很多，顾客进进出出，买点儿什么或什么也不买，人气很旺。

镇上的灯光投进顿河，一条大河也被星星点点地照亮了。白天繁忙的船只都泊在岸边，偶尔有风吹过，也是溽热的。一些船工光着膀子，陆陆续续地下水，激起阵阵哗啦作响的水声。

中学篮球场还亮着灯，一个人穿着红色背心和短裤，正独自打球。他动作优美极了，三步上篮、投球麻利而准确。欧宁快步走过去，近了，发现竟是老凯。

"欧宁，"老凯叫道，声音依然暗哑，"过来打球噢。"

奇怪，他怎么会知道我的名字？欧宁心想。哦，应该是我在借书卡上写了姓名吧。

"小欧，过来一起啊。"见欧宁待着没动，老凯又叫了一声。

欧宁这才反应过来，快步跑过去，跟老凯一起打了起来。他传球给她，她接球上篮，他防守；然后他上篮，她防守……乐此不疲。欧宁到底不是老凯的对手，对老凯防不胜防，十投九中，欧宁却几乎没有还手之力，十投九空。但欧宁很高兴，因为她近距离地接触了老凯。

终于有些累了，他们并排坐在球场边的条凳上，第一次开始了正式交流。

"小欧，通知等到了没？"老凯用手抹去脑门的汗水，笑着问。

欧宁摇了摇头，回了他一个无所谓的笑。

"耐心些，该来的总会来的。"老凯说着，从口袋里摸出一支香烟，犹豫了一下，又装了回去。

"那不该来的呢？"欧宁故意拧着反问。

"怎么会呢？你这么聪明……"老凯转过头看了欧宁一眼，又沉默了片刻，说，"你看起来好像心事重重的，这与你的年龄可不相符，开朗些嘛。"

老凯说着让欧宁开朗些的话，自己却叹了口气。灯光柔和地照过来，侧面看去，那张脸有一种雕塑的美，鼻子高高地挺起来，嘴角紧紧地收进去，这让他显得冷峻而忧郁。

榕树在周围静止不动，天空的星星在闪烁，球场边上的草丛里有不知名的小虫在呢喃。多么迷人的夜晚！这是许久以来，最令欧宁开心的时光。她有

点莫名兴奋，这兴奋里有一种强烈的期待，期待和老凯靠近。

突然就想起了《洛丽塔》，想起了亨伯特和少女洛丽塔的恋情，那是年龄相差几十岁的老少恋情啊！

这个近在咫尺的男人，身上散发着汗液和荷尔蒙的混合味道，他正把眼光投向河流的方向，若有所思的样子。他不可能知道我的心思，我是不是要大胆一些？欧宁这样想着，不由得手心冒汗，喉咙发干，心跳急剧加速，呼吸都几乎要停止了。她为自己有这样的念头感到羞耻，同时，却有种隐隐的快意……

"小欧，我听你表姐提及过你的身世。你比我幸福多了，起码，你有人疼爱啊。"老凯的声音仿佛从天际飘过来。

欧宁愣了一下，有些失望。她不想说这个煞风景的话题。关于她的家庭，似乎已经很遥远了。父亲的温暖和母亲的冰冷，都模糊了，至于弟弟，更记不起他的样子了。他们，恐怕也早就忘记我了吧，欧宁心想。至于舅舅，他应该是疼我的，管我吃喝，给我钱，可这是真正的关爱吗？他知道我第一次来例假时的惊慌失措吗？他知道我在学校被人欺负时的孤独无助吗？一瞬间，带着痛楚的怨气郁满了欧宁的心间。

欧宁对老凯摇了摇头，坚决地摇了摇头。

老凯并不看她，自顾自地说："小欧，你知道我的身世吗？我生下来就没见过我的父亲，我母亲几年前也离开了人世。镇上的人没有几个愿意理我，我从小就被他们取笑，说我是野生的，是杂种……我的样子在他们眼里就是个异类，是个可笑的存在。"

他说着，眼睛里竟浮起了一层水雾。欧宁的心倏地疼了一下，她想用手擦拭那双眼睛，但还是克制住了自己的冲动。

五

那天晚上之后，欧宁觉得和老凯亲近了许多，至少，他们已经是朋友了。

早上醒来，欧宁脑海里第一个念头，便是去图书馆。她飞快地穿好衣服，洗过脸，来到青荷的卧室门前，喊："开门，青荷，起来啊。"

青荷睡眼惺忪地开门，披着头发，睡衣松松垮垮地贴在身上，但身体的轮廓却显山露水。

"干吗呀这么早？"

欧宁望着她梳妆台上的玫瑰色口红，有点不好意思地指了指："我想……用一下。"

"用呗。"青荷笑了笑，"小欧长大了，知道美了。"

"就你知道臭美，我不可以？"欧宁从她身边挤进去。

青荷用手摸了摸欧宁的短发："再长一些，就更好看了。小欧，留长发吧，你是女孩。"

欧宁不说话，拿起口红涂了嘴唇。看着镜子里的自己，眼睛发光，嘴唇柔嫩地红着，像含苞欲放的花朵。突然发现，自己也有美丽的时候。

她对青荷说："我不吃早餐了，我要去图书馆。"

青荷睁大眼睛看着欧宁笑："傻啊，你忘了图书馆下午才开门……"

而欧宁已经跑了出去。

"老凯，开门哪，我来了！"站在图书馆门前，欧宁冲楼上喊。

里面响起不紧不慢的脚步声，很快，门开了，老凯温暖的笑脸出现在门口。那是一种舒缓的笑，先从他清澈幽绿的眼睛开始，然后传到他那有型的薄唇，嘴唇张开，露出一口洁白匀称的牙齿。他的笑容如阳光般灿烂，让欧宁的心也快乐明媚起来。

上午的时光是属于他们两个人的。

老凯穿着一件白色 T 恤，坐在一个深红色的木桌前，在一个本子上写着大段的文字。不知道他为什么不用电脑，而总是喜欢这么书写；也不知道他在写什么，似乎整天在写。欧宁在书架前徜徉，挑了自以为喜欢的书，坐在老凯对面看，却看不进去；丢下这本，再换一本，还是看不进去；有时，她会故意拿着书本向老凯求教，说书上哪个字不认识，哪个词语不甚理解，老凯头都不抬，词典、辞海，自己去查。他声音喑哑地打发她。

欧宁才懒得去查，便眯起眼睛偷偷地观察老凯。他眼睛深邃，鼻梁挺拔，嘴唇薄薄地抿着，呼吸拂在胳臂上，那些茂密的汗毛就如同风过丛林，一波一波地涌动。她忽然想到写信时的温莎公爵，想到写作时的莎士比亚，或某一个英国绅士。

好几个上午都是这么过去的。

到了中午，他们一般是叫外卖；很多时候，青荷也会把午饭送到图书馆来。这个表姐真的不错。她发现欧宁渐渐开朗起来，而且喜欢泡在图书馆用功，她好像很有成就感，干脆就再接再厉起来。午饭装在一个手提食盒里，五层，五菜一汤，两荤三素或三荤两素，刚好满足他们三个人的食量。

吃过午饭，青荷会在图书馆逗留一会儿，跟老凯天上地下地闲扯，都是当地的一些人和事。这时候，欧宁就感到受了冷落，会自惭形秽。跟青荷比起来，她就像一个丑小鸭，皮肤不白，嘴唇略厚，眼睛大，眼圈周围有浅淡的雀斑，头发短而硬，就连阿毛他们都当她是男人婆。青荷多美啊，难怪老凯见了她总是有说有笑。

好在这段时间不长，青荷有她的生意，不可能都泡在这里。

到了下午，图书馆就会有读者，或找老凯还书借书，或在阅览区阅读，总归是他们的二人世界成了公共场所。老凯不再写作，除了给人办理借阅手续，就是整理读者随意乱放的图书。这时候，欧宁会有些淘气地跟在他身旁，装模作样地帮他整理，不是放错了位置，就是折了书页。老凯总是无奈地叹口气，额头那几道深刻的皱纹就叠在一起。那些皱纹给老凯增加了可爱，还有些性

019

中篇小说·消失的顿河

感。性感，欧宁想到这个词的时候，脸颊悄悄地红了。她忽然想用手去抚摸老凯那些皱纹，她为自己这个想法紧张了好一会儿……

就这样在图书馆待到天黑，然后欧宁求老凯带她去镇上，吃阿修家的猪杂粉。说是求他，是因为老凯从来不吃猪杂。难道这也是遗传的力量？好像英国人是不吃动物内脏的。但欧宁太喜欢阿修家的猪杂粉了。喜欢那软弹的粉，喜欢那刺激的麻辣，甚至喜欢猪杂残留的异味。老凯总是迁就欧宁，像大哥哥，像父亲。

西镇是个悠然舒慢的小镇。几条街几乎是平行的，从一条街的尾部出来，拐个弯，便进入下一条街，青石铺成的路面干净整洁，走上去，会发出碎碎的声音。欧宁和老凯的足音是不同的，欧宁的凉鞋敲上去，像指尖弹在八音琴上，清脆而悠扬；老凯的皮鞋踩上去，像鼓槌打在架子鼓上，铿锵有力。他们走在街道上，他高大的个子和混血的脸庞，她娇小的身材和稚气的面孔，会引来许多好奇的目光，但欧宁全然不顾，她就喜欢让老凯陪着，目空一切地走过青石街，走过霓虹灯，走进阿修猪杂粉店。

欧宁要了一大碗猪杂粉，再放上青的小葱和红的剁椒，吃得汗流浃背，心满意足。老凯不吃猪杂粉，他给自己要一杯奶茶，一边小口啜着，一边看欧宁狼吞虎咽地吃。那眼神温柔极了，像主人看着自己精心豢养的小动物，让欧宁一次次怦然心动。

"呀，欧宁！"

阿毛不知什么时候来到跟前，他穿着黑色的圆领衫、热裤，脑门一绺头发搭在眼睛上。看到欧宁和老凯面对面坐在店里，有些惊讶地大叫："欧宁，你怎么和他在一起！"

欧宁有些生气，狠狠地瞪了阿毛一眼："我们为什么不能在一起？"

"他，一个混血种！"阿毛一副旁若无人的样子。

老凯却一点也不在意，好像已经习惯了这种语气和态度，他温和地看着阿毛，微笑着说："这孩子……"

欧宁扔下碗筷，起身径直出了店门。

老凯在后边跟了出来。

从汤粉店出来，右拐三十米，便是顿河了。欧宁放慢了脚步，老凯很快就跟了上来。河边的路灯照着他的脸，他的嘴角挑了一下，有些笑意。

欧宁说："你还笑，有什么好笑的……"

老凯说："我笑你生气的样子。"

"你不生气？他那么骂你？"欧宁有些奇怪。

"没有啊，阿毛只是说我混血种，别人还骂我杂种呢。我要是生气，早就气死了。"老凯摊了下手，"我从记事起，就活在别人的闲言碎语里，人家都骂我是杂种，是野种，是婊子养的。从生物学上说，我的确是杂种，但我不是野种，更不是婊子养的……"

欧宁和老凯走在河边，顿河在他们身旁静静地淌着，偶尔听到有水鸟划过水面的声音，间或有人洗澡发出大笑声。她扭过头看着老凯，他表情淡定，声音平缓，好像在讲与自己无关的事情。

那次在球场上，欧宁听到阿毛他们骂老凯野种的时候，还未曾有任何感觉，而这一刻，这个沉默而内敛的男人，再次吐出这几个词语时，她的心竟微微地疼痛了。

欧宁想到了自己，想到了她的童年和少年。在舅舅家的小镇上，在学校，在同伴之间，总会有一些话语刺激她，比如没有爹娘的孩子，比如野生的小羔子……她变得脆弱而敏感，稍有点风吹草动，就马上刺猬般地乍起浑身的利刺。而眼前的老凯，居然如此泰然处之，可以说有些麻木不仁。

"我母亲不是婊子，她是一个好女人，她洁身自好，忠于爱情，即使我父亲抛弃了她，她也没有移情别恋，一个人把我抚养成人。"老凯不紧不慢地讲述着。

"你可以想见一位单身母亲的艰难。她一个人做几份工，只是为了让我生活得不比别人差。我睡到半夜醒来，看到她还在灯下做手工，只要能赚钱，再琐碎再苦再累的活儿她都接。经常一熬一个通宵，困极了，就靠在椅子上打个盹儿。有一次，打瞌睡时额头碰在桌子上，碰破了。此后，那里就醒目地印了一道疤痕。我说，妈妈，我来帮你一起干活儿吧。她坚决地摇头，她只要我好好学习，长大成为有用的人……"老凯的眼睛里涌出了清亮的泪。

"我在学校被人欺负，被人骂野种，说我是没有爸爸的孩子，说我长得跟他们不一样，是杂种。我哭着回家问母亲，我说妈妈，我有爸爸吗？我是野种、是杂种吗？母亲一把抱过我，把我抱在怀里说，凯，你不是野种，你有爸爸，你的爸爸在英国。我委屈地说，爸爸是坏蛋，他不要我们了……母亲却训斥我，不许这样说你爸爸，他是因为有事才回国的。他是一位绅士，一定会回来找我们的。可直到母亲得病去世，我父亲也没有出现。母亲太苦了，太痴情了。临死时，她身体疼痛得蜷缩成一团，她本来就瘦小，那时候，我把她抱在怀里，那么轻，轻得像一团棉絮，很不真实……"

老凯陷入沉痛的回忆中，泪水不停地滑落，滑落到唇边，又顺着嘴角流进嘴里。那一刻，顿河的水似乎也陷入悲伤，在河湾处静静地停留。沿河的灯光洒下来，抚摸着它的悲伤。

"我连声叫着妈妈，她费力地张开眼睛，看着我，想说什么，却说不动了，一点力气都没有了。就那样看着我，看着我，慢慢地合上了眼睛。她那么不甘心，她舍不下我，她还在等我的英国父亲。"

老凯用手擦了一把脸上的泪，好像突然醒悟过来，说："我怎么说起这些了？说这些干吗呢……"

这时候，欧宁早已是泪流满面了。她看着老凯，看着他抿起的薄唇，他幽深的眼眸，有一种想上前拥抱他的冲动。

"老凯，我也是野孩子，我愿意跟你一起做野孩子……"欧宁听见自己的声音里有义无反顾的决绝。

"傻话呢。"老凯破涕为笑了，"水有源，树有根，每个人都有父母，我们也有。你父母在城里，我爸爸在英国，他们只是有不得已的难处，不能跟我们

守在一起。原谅他们吧，谁没有不得已的时候呢。"

夜幕正在如火如荼地拉开，天空的星星闪烁不定。西镇和顿河在夜的海洋之上，要荡漾起来了，欧宁感觉到自己的脚步和身体，也要飘起来了。

六

欧宁对老凯越来越依恋了。

这个四十来岁的男人，他沉默的个性和淡淡的忧郁都对欧宁充满了吸引力。晚上睡觉时，她会关上灯，细细地想一遍他的样子——他站在书架前整理图书，那修长的手指抚过书页，像蚕宝宝爬过桑叶；他低头书写，微风吹过他胳臂上浓密的汗毛，如森林般起伏；他在球场上跳跃腾挪，如一头矫健的豹子；他讲起悲惨的过往，像孩子一样纵情流泪……欧宁几乎要疯狂了。这疯狂里藏着强烈的渴望，渴望里又有些许羞涩和胆怯，就像图书馆里摆放的那些茉莉，将开未开的，若有若无的，让人迷醉却又捉摸不透。

欧宁不知道这是不是共情，但知道他们都是被抛弃的、与世隔离的人。她被父母抛弃给舅舅，只能跟自己玩耍，同学们都与她保持着距离；老凯被父亲抛弃在西镇，所有人都视他为异类，四十岁了还孑然一身，终日与青灯黄卷相伴；他们自言自语，坚守孤独，但他们丰盈而充实，冷傲而高贵。

"我们是两个野孩子，我愿意跟他一起做野孩子。"欧宁就是这么想的。

意外却来得猝不及防。

那天下午，欧宁接到了舅舅的电话，他兴奋地告诉她："小欧，你报的那所大学，通知书寄到了……"

青荷不在家，欧宁也来不及找她，就匆匆忙忙出了家门，朝图书馆跑去——她要把这个消息第一时间告诉老凯，与他分享自己的快乐。一路上，欧宁想象着老凯得知这个消息时的样子，他一定会为她开心吧，他一定会挑起嘴角，先从眼睛开始，让那迷人的笑慢慢地散开，绽放在整个脸庞。

可是，图书馆的门却紧闭着。

"老凯，开门哪！"欧宁站在图书馆门前，冲着楼上喊。

等了一会儿，没有听到熟悉的脚步声，更没有看到老凯灿烂的笑脸。欧宁使劲拍打着图书馆的门，门依然紧闭着，好像故意拒收她的喜讯。回身看了看篮球场，只看到阿毛他们正兴致勃勃地打球，并没有老凯的身影。

阿毛看到欧宁，大声喊："欧宁，来啊，一起打球。"

她没有理会阿毛，闷闷不乐地转身离开，一个人坐到河边的石凳上，望着河水发呆。

晚霞洒在顿河上，眼前的河水是静的，像凝固的胭脂；远处的河水是动的，像跳荡的火苗。河面上有几只竹排，上面坐着游客，船工撑起了竹篙，竹排顺流而下，游客们发出欢快的笑声。恍惚间，欧宁觉得自己也坐在竹排上，漂向山外，离西镇越来越远。心念一动，一下子意识到就要离开这里，离开老凯了，刹那间泪流满面。

就这么离开了吗？就这么失去了吗？欧宁感到自己再一次被世界抛弃。

回到表姐家，院子里静悄悄的。青荷还没回来？正要走回自己的房间，却发现青荷卧室的窗子半掩着，里面传出一些奇怪的声音，遥远而贴近，熟悉而陌生。这是什么声音？欧宁有些心惊肉跳，更有种不好的预感，忍不住走到青荷的窗前，从缝隙望去——

青荷和老凯正在办一件让她感到羞耻却又难过的事情。

天！欧宁明白了什么，好像被抽去了筋骨，浑身无力，几欲瘫软，大脑里一片空白。她用牙齿狠狠地咬着嘴唇，嘴里弥散着浓重的血腥味，勉强回到自己的房间门口，一下子坐到台阶上。

不知道过了多久，他们从房间出来。青荷看到了欧宁，叫道："小欧，你怎么了？脸色这么难看？"

欧宁没有理她，扭脸看着老凯。他避开了她的眼睛，匆匆走出了院子。欧宁心想，一定是她眼睛里有愤怒的火苗，让他不敢直视。青荷下意识地拉了下

衣襟，却更突出了她丰满的胸部。她用手拢了拢散开的长发，走近前来，摸摸欧宁的脑门，说："小欧，你没事吧？"

欧宁甩开青荷的手，起身进了自己房间。天气闷热，她却感到浑身冰凉。躺在床上，望着窗外，望着天上一朵孤独的云，仿佛沉入深渊，愤怒而忧伤……

她感觉自己被所有人抛弃了，被整个世界抛弃了，同时，她也抛弃了所有人，抛弃了整个世界。她想放开嗓子大喊，想发泄心中的愤懑，却又压抑着自己。她不明白为什么有这种奇怪的念头，她对人们，所有熟悉和不熟悉的人，对他们所谓的爱，所有的亲密，都嗤之以鼻，充满了鄙视和厌烦。她为此格外忧伤，痛苦不堪，她用牙齿咬着枕头的一角，拼命克制着不发出声音。

青荷在外面敲门："小欧，晚饭都凉了，还不吃？"

欧宁没有回应。青荷又叫了两次，欧宁依然不说话。

那是个漫长而孤独的夜，欧宁沉在黑暗的谷底。

天终于开始亮了。欧宁望着镜子里自己肿胀的嘴唇、肿胀的双眼，不知所以。

经过青荷卧室的时候，她正对着梳妆台打扮自己，依然妩媚而俏丽，温柔而魅惑。她看到欧宁往外走，问："小欧，这么早要去哪里？"

欧宁冷冷地瞟了她一眼，不想多说一句话。

太阳如常升起，阳光如常照着顿河和周围的群山，一个崭新的日子如期而至。

清晨的顿河像羞涩的少女，被一层乳白色的轻雾笼罩着，看不清楚它是否在流动。早起的船工正将货物一件件搬上船去，初升的太阳洒在河面，洒在船工们的脸上。青山连成排，在水里倒映出逶迤的线条。

欧宁在顿河边漫无目的地走着，大脑空空如洗。

这时听见有人叫："小欧，散步啊？"

不远处站着老凯。欧宁停下来望着他，想从他脸上看出点什么，不安，抑或些许的羞愧。但她错了，老凯已没有了昨天傍晚的慌乱，他那么镇定，仿佛什么事都不曾发生过。他甚至还将微笑抛过来："走，我们一起打球去。"

欧宁这才看见老凯右手托着一个篮球，抛了一下，用指头顶住，任篮球在指尖快速地旋转。她为他的镇定再次愤怒起来，转过头，不去看他。从他身边经过的时候，突然涌起了一个恶作剧的念头，用英语骂了一声：Hybrid！

她骂的是——杂种。

身后没有任何反应。果然如阿毛所说，这个英国种，竟然听不懂英语。活该！欧宁心里泛起一股快意，加快了脚步，扬长而去。

快乐并没有持续多久，便又陷入了忧伤。欧宁不再去图书馆，也不想见到老凯。分明是欲盖弥彰，越是躲避，越是难过，越是疏远，越是想念。她有些后悔不该那么骂他。

南方的夏季似乎格外长，欧宁的身心像在蒸笼内熬煎，每一天都百无聊赖，便又跟阿毛他们混在了一起。尽管她并不喜欢他们嬉皮笑脸的无赖样，可除了去球场上和他们打球，几乎无事可做，她等着青荷做完手头的那批货，就回舅舅家。

那天傍晚，欧宁和阿毛他们打完球，居然冒出一个念头，去河里洗澡。她绕开他们几个，独自去了个比较隐蔽的地方。月光在云层里若隐若现，岸上的凤尾竹轻轻拂动，榕树静静地垂着长须。欧宁悄悄地脱了衣服，正准备下水，阿毛他们不知从哪里突然蹿出来："小欧，一起洗澡啊！"

欧宁吓了一跳，赶紧蹲下身子，双手下意识地抱在胸前。

这时，另外一个声音出现了："滚开，看谁敢过去！"

阿毛他们尖叫着，哄笑着，四散而去。

那声音如狮虎咆哮，却又那么熟悉，是老凯，他怎么会在这里？难道他一直跟着我？抑或在暗中保护我？欧宁低下头，百般滋味一起涌上心头。

欧宁很想知道老凯此刻的表情，也很想知道今晚的月光有什么不同。她蹲在地上，微微仰起头，月光像轻纱，像过滤了的牛奶，洒在河面上，洒在凤尾

竹的叶片上，洒在榕树长长垂下的须根上，当然，也洒在她的身上。她已经脱得一丝不挂，她的皮肤应该也像在牛奶里浸泡过一样，光滑，白皙，散发着若有若无的香。

老凯，他应该也是。

那晚和老凯在球场上打球时，月光也一样，他的皮肤在月光下一样是光滑的，结实的肌肉蕴含着力量，那些密集的汗珠在月光下闪烁，像天空无数颗星星。欧宁被他混着汗液的体味所迷醉，目光涣散，不小心打了个趔趄，向后倒去，却被他一把扶住。她身体失重，想顺势扑向他，扑在他怀里。可是，他却轻轻推开了她。欧宁心想，若此刻情景再现，我一定不会让他推开，一定要紧紧地拥抱他。她曾经在幻想中无数次偎在他怀里，他的怀抱宽阔而温热，让人感到踏实。但今晚，老凯出现在这里，在这样的场面，这样的情景下，她却感到愤恨而难过——眼前浮现出他和青荷那个纠缠的傍晚，他们不管不顾放肆的样子……

一股无名之火从心头升起，欧宁慢慢地站起来，慢慢地转过身，面向老凯，充满快意且邪恶地冲老凯大喊："看啊，我也是个女人，我的身体一点不比青荷差，我比她更年轻，更结实，更有活力！"

老凯明显受到了惊吓，面部有些扭曲，眉头攒在一起，猛地转过身，背对着欧宁，声音喑哑地说："小欧，你不要这样，快把衣服穿上……"

欧宁用英文骂了他一句：Hybrid！

随即纵身一跃，跳进水里，将头埋了进去。河水是温的，河底的沙子柔柔地在脚面上起落，茂盛的水草酥酥地划过肌肤。欧宁闭上眼睛，好像儿时躺在父亲的怀抱，父亲的怀抱是摇篮，她在摇篮里沉入梦乡，做着甜甜的梦。父亲也是一个梦，那个梦离她太远了，她无法将他定格在她的生命里，只能任他顺水漂流，她正在被他忘却，她是多余的小欧……

不知过了多久，欧宁才慢吞吞地从河里出来。老凯还在，他背对河流而坐，明明灭灭地抽烟。她没有理他，穿好衣服回去。

青荷房间的灯还亮着，听到动静，她开门走了出来，带着一股檀香的味道。

"小欧，去哪儿了，这么晚才回来？"她用手理了理欧宁湿漉漉的头发，"赶紧去吹干，小心着凉。"

一月有余，欧宁的头发竟掩住了她的手指。想起有意无意蓄起的头发，欧宁突然觉得多余，决定明天就去剪短。欧宁垂着眼皮，不想正眼看青荷。天知道她此刻有多讨厌她，这个虚伪放浪的女人，漂亮的眼睛充满了情欲，摇曳的身姿充满了挑逗，不然，沉闷而无趣的老凯怎么会被她勾引？

欧宁甚至连这个地方一起讨厌了，恨不能马上逃离。

七

剪刀贴着头皮嘁嘁喳喳欢叫，一边的头发在迅速变短，每一根短发都竖起来，像随时都会发怒的刺猬；另一边还有半寸长，似乎不甘心丧失最后的温柔。

我真傻，太自作多情了。欧宁暗暗骂自己。如果她对老凯的这种感情还称为情的话。以前欧宁可不是这样，她从没有对异性动过心，甚至不会多看一眼。她刻意模糊自己的性别，刻意忘记自己是个女孩，以至于被别人看作假小子、男人婆。可自从遇见老凯，她就完全变了个人，开始留长发，开始打扮自己，她学会了涂口红，学会了把温柔的眼神停留在他脸上。天知道，这温柔是从哪里来的。她渴望见到他，渴望得到他的关注，就像一个走在寒夜里的人遇见了光明，遇见了火把。谁知道这只是欧宁一厢情愿，他居然和青荷苟且！她不想对他们使用这恶毒的词，可孤男寡女，非婚非嫁，不是苟且又是什么？

发廊小哥的剪刀停了。欧宁看了看镜子，心里充满了快感。过去那个假小子重生了，飒飒横冲，一副天王老子都管不着的生猛劲儿。

"二十。"发廊小哥收拾起剪刀。

"给你，哥儿们，不用找了。"欧宁拍出一张五十元纸币，抱起脚下的篮球，气宇轩昂地出了发廊。

"谢谢哦……"发廊小哥在身后说。又说："傻瓜，男人婆！"

欧宁听见了，但无所谓。西镇，和这里的所有人，已统统与她无关了。这是一个无聊且颓废的小镇，顿河波澜不惊，死水一潭，船只从此岸到彼岸，单调重复，卖水果的阿婆，卖猪杂粉的阿修，这个发廊小哥，和所有买卖人，无不奸诈势利，还有这里奇怪的本地土话，聒噪却不知所云。

天阴得很重，大有黑云压城的意思。球场上空无一人。欧宁从这头跑到那头，又从那头跑到这头，一次次把篮球狠狠地砸向篮板。不大一会儿，衣服就湿透了。她挥汗如雨地在球场上奔跑，仿佛又回到了中学的运动场上，十个队员，九个都是纯种男生，但她抢球，护球，进攻，防守，一点都不露怯。场外的观众发出阵阵口哨声，尖叫声。"假小子，男人婆！男人婆，假小子！"真是的，哥儿们就是假小子那又如何！我就是男人婆那又如何！

眼睛的余光看到了图书馆的落地窗，一个邪恶的念头不可遏止，欧宁抢起篮球朝窗子砸去。哗啦，一声脆响，窗玻璃碎了，碎片落了一地。当然，这只是她心里的念头，球场四周有铁丝网拦着，好像他们早就有所提防，何况，图书馆离球场有一百多米，她也没有那么大的臂力。

但确实有哗啦一声脆响——是天空的一声炸雷。紧跟着，铜钱大的雨滴就噼里啪啦砸了下来。炙热的地面被雨水一激，腾起阵阵白烟，泥土的味道混合着河里的腥味，弥漫开来，榕树痛快地立在雨中，贪婪地汲取着雨水，仿佛要把多日的干涸填满。

欧宁真的挥汗如雨了，分不清哪是汗水，哪是雨水，抑或还有泪水。衣服完全湿透了，紧紧地贴在身上，山山水水都显露出来。

"小欧，快进来避雨啊。"老凯站在图书馆门口大叫。

管得着吗你！我就喜欢淋雨，就喜欢这大自然的狂欢。欧宁全然不顾老凯的呼唤，在大雨如注的球场上奔跑。

"小欧，你想干吗？会感冒的啊！"老凯跳脚挥手。

哈哈，老凯你个坏蛋！瞧见了吗？我欧宁也不比表姐逊色。

突然雨停了，雨一下子就停了。虽然雷声还在，雨声还在，但头顶却一滴雨水也没有了——老凯冲进了球场，一把伞撑在了欧宁的头顶，她抱着篮球站在伞下。

"快，进图书馆，看你淋成这样……"老凯说。

欧宁站着没动。

"要不，快回家，回家换衣服……"老凯又说。

欧宁还是站着没动。

老凯不说话了，他们就那么沉默着站在伞下。雨还在下，伞盖把雨水集中起来，又顺着边沿流下，形成一个圆形的水帘。欧宁和老凯并肩站着，能感觉到他的体温，能听到他的呼吸和心跳。

"我要吃猪杂粉……"她突然仰起脸对老凯说。

阿修猪杂粉店里，没有一个吃粉的人。老凯给欧宁要了一大碗猪杂粉，又拿过桌子上的剁椒酱，挖了一勺，看着欧宁，犹豫着是不是全放进去。欧宁摁了一下他的手腕，连同勺子一起浸到碗里，不管不顾地开吃。麻辣的热烈像电流一样源源不断地输送到她的体内，很快，身子热起来，头上也冒出了细密的汗珠。

老凯坐在对面看着欧宁吃，他习惯性地摸出一支烟，犹豫了片刻，没有点火，就那么在手里拿着。欧宁低头喝着汤，没有说话，却在等他说。

雨还在下，雨水把石板街洗得干干净净，连街上的人都洗净了。

老凯抿了抿薄唇，挑了一下眉毛，那双幽绿的眼睛亮了一下："小欧，你不该这样，小小年纪不该有这么重的心事。"

欧宁撇了下嘴，露出你懂什么的表情。

"我知道，你承受了这个年龄本不该承受的痛苦，你被父母抛弃，被别人

消失的顿河

歧视、嘲笑，所以你对这个世界充满了敌意……"老凯说。

这话他前些日子曾经说过，那时欧宁感到的是共情，而此时她却有种被人窥视的愠怒，便捧起了大碗，将整个脸都埋了进去。

"你知道，我从小就被人歧视，被人孤立，被人骂，从小到大，我生活得多么压抑。别人骂我是没有爸爸的野种，我做梦都想得到父爱，一次又一次向母亲追问我爸爸的下落。母亲说，你有爸爸，你的爸爸在英国；母亲还说，你有父爱，有很多很多的父爱。终于在一场大病之后，我有了一百个爸爸……"说到这里，老凯笑了，露出一排洁白整齐的牙齿，用它们轻轻咬了咬薄薄的唇。

欧宁的心里咯噔了一下。一百个爸爸？难道老凯的母亲真的是妓女？

"小学那会儿，有一段时间，我总是生病，吃药打针都不见好，母亲就去找一个巫婆给我禳灾。巫婆说我命里缺少父爱，要有一百个爸爸保护才可以活命。一百个爸爸，我就一个爸爸还不知下落，哪里找一百个爸爸？巫婆就给指了一条路。"

难道巫婆要老凯的母亲卖身？欧宁的心揪了起来。

"你别想歪了。"老凯说，"巫婆的办法是去山上找一棵柏树，让我认柏树做干爸。柏树，"百"树，我有了一百个爸爸。"

欧宁的心放了下来，长出了一口气。

"后来，别人再骂我野种时，我就说我也有爸爸，我爸爸就是山上那棵老柏树。虽然别人都嘲笑我，但说来真是神奇，我的病好了，身体也渐渐强壮起来。我对那棵柏树充满了感恩，每天上学路过那里，总要对柏树拜上几拜，一边还念念有词，爸，儿子来给您磕头了……"老凯又笑了，那笑容先从眼睛开始，再到嘴角，洋溢着迷人的波纹。然后抿了抿嘴唇，接着说："那棵柏树已经很老了，可又看不出它有多老。树冠很大，风过处，先从一边动起，慢慢才动到另一边。树上有各种鸟，还有松鼠和蛇。大自然多么练达而博爱啊，它包容了所有可以包容的，庇护了一切生灵。"

欧宁问:"那棵柏树还在吗?"

"不在了。"老凯看着店外,好像目光能越过街区的房屋,抵达那个山坡。"我上大一那个假期回来,去山坡上拜我的干爸,发现它被人伐走了。我站在那个树墩前,难过了许久。我对它已经有了感情,也许是我对父亲的爱,移情给了它吧。我一点也不恨我的父亲了,虽然他抛弃了母亲和我,但他毕竟给了我生命。所有给予我生命、给予我爱的,我都一样爱着他们。"

欧宁突然鼻子有些发酸。对面的老凯,和她的父亲年纪相仿,究竟是一种什么样的情愫,为什么他那么吸引她?为什么看到他和青荷相爱又那么妒忌、那么愤恨呢?

八

第二天,雨停了,天边的云彩,红彤彤的,被火点燃了一样。

欧宁和青荷背着行李,踏上泊在岸边的船,找了个靠窗的位置坐下。整个船上就她们两个人,显得空空荡荡的,好像专为她们而开。青荷坐在欧宁旁边,用手随意地拨弄了一下她的短发,惋惜地说:"刚刚留长一点,又剪了……"

窗外的山上披了一层红色的纱,安静而羞涩地美丽着。水的波纹一圈圈漾开,由深红过渡为浅粉。镇上传来清脆的丝竹一样的乐声,绵延不绝。欧宁回望了一眼西镇,思绪如身边的顿河,浩浩荡荡,发生的事、认识的人,从心头流过。

就要离开了吗?就这样离开了吗?

船正要起锚,一个声音传了过来:"等一等,等一等啊……"

在机船沉闷的轰鸣声里,欧宁一下子辨出是老凯的声音。老凯满脸汗水,一边跑,一边向她们招手。一股热流忽地自心底涌上来,欧宁对老凯的恨意倏然消退。两个半月,仿若走过了漫长的岁月,步步惊心,步步动魄。她望着

他，微笑着望着他。

"小欧，得知你要走了，没有什么可以送的，送你一本书吧，你一直想看的玛格丽特的《飘》，我译的，刚刚出版。"老凯气喘吁吁，声音依然喑哑。

"谢谢你，老凯。"欧宁看了看手里的书，崭新的，散发着淡淡的墨香。封面上是四个烫金的大字：乘风而去。

"不是《飘》吗？"

"哦，Gone with the wind，原著名。"老凯笑着说，"不过，我更喜欢《乘风而去》。"

天，老凯是懂英文的，而且能译这么厚的小说！那么，她用英语骂他杂种，他都是知道的。欧宁的脸一下子红了。"对不起，老凯……"

"没关系。We are two wild children, I would like to be a wild child with you, I love you！"老凯笑着说。

我们是两个野孩子，我愿意跟你一起做野孩子——这是欧宁对老凯说过的话，现在，他用英语回应了她。刹那间，欧宁泪流满面。

船开了，欧宁任凭眼泪恣意流淌，冲着岸上越来越远的老凯大喊："我也爱你，老凯！"

就在那一瞬间，欧宁明白了她对老凯所有的感情，她不过是一个极度缺乏父爱的孩子，在寻找寄托和依恋，迷幻而执着……

几天后，欧宁回到了省城。

当欧宁走出车站，看到前来接她的父亲时，周身的血液一下子热流滚滚，多年的疏离倏然拉近，沉积的怨恨瞬间冰释。她扑过去，抱住已经有些沧桑的父亲，叫了声："爸爸……"

父亲抖动着嘴唇，泪水大颗地滑落："对不起，小欧，爸妈对不住你……"

"没有，爸爸，我很好，真的，你看，我已经长大了，已经是大学生了……"欧宁仰脸看着父亲，露出少女的笑，也是女儿对父亲的笑。

欧宁知道，她与这个世界冰释前嫌，与所有的不快握手言和，都源于那个假期，源于不期而遇的老凯——那个在她生命中出现，使她从叛逆回归正常，给过她温暖的人。

大一上学期，欧宁收到了老凯跟青荷结婚的消息，因为学业紧张，她没能去参加他们的婚礼。她站在地图前寻找着顿河，可始终难觅其踪。或者这名字根本就不存在，是青荷信口胡诌？还是那段迷乱的青春期颠覆了她的记忆，抹去了所有痕迹？

不过，都已经不重要了。顿河，跟欧宁的青春一样，有过短暂的波折和停顿，终归要浩荡而去，拦不住，只能回味。回味里有光，这已然足够。

雷诺的门

一

雷诺醒来时，天已大亮，他知道太阳已经出来了，虽然还看不见太阳。

这是一座三层别墅，卧室在二层，透过落地窗，能看到院里的铁栅栏上镀着金色的阳光。粉白的蔷薇开得放肆而清醒，攀到栅栏顶端，便马上折回，再盘旋着缠绕一圈。

楚云推门进来，走到床边，挨着雷诺坐下，轻柔地抚着他的头发，仿佛抚慰自己的孩子般，说："昨晚又没睡好？"

雷诺半躺着，心里荒芜得像长满了野草。他望了一眼楚云。她也在望他，眼里有疼惜，也有担忧。出了那事之后，他总是彻夜难眠，即便勉强入睡，也睡得很浅，不是噩梦连连，就是从梦中惊醒。为了不影响楚云休息，他和她分房而睡，但明显能看出，楚云也没睡好，往日白里透红的面容，已微微有些发黄，眼睛周围，隐隐泛着黑色的阴影。

不能再这样下去了，事情已经过去，就让它过去吧，他必须尽快回归正常生活。雷诺折身坐了起来。

楚云已把拖鞋放到了床前。

女儿琳琳坐在餐桌前，皱着眉，嘟着嘴，筷子在盘子里点点戳戳，却并没有吃饭。这孩子相貌遗传了妈妈,身材高挑,五官精致,才十四岁,刚上初二,就已经看出是个美人坯子;性格却像雷诺,内向,怯懦,敏感。

"快吃饭,吃完饭妈送你上学。"

雷诺进洗漱间时,听到楚云对女儿说。可等他洗漱完毕,回到餐厅,女儿仍然磨磨蹭蹭地没吃几口。

"宝贝儿,饭菜不合口味?"雷诺问。

保姆夏阿姨在时,琳琳就总嫌人家做的饭不好吃,三天两头找碴儿,结果把保姆气走了。新保姆还没找到,楚云只得亲自下厨,可还是不对女儿的口味,吃口饭比吃药还难。

琳琳抬起头,可怜巴巴地望着雷诺:"爸爸,跟你商量个事……"

"说,想吃麦当劳,还是肯德基?爸带你去。"雷诺微笑地看着女儿。

"爸爸,我想请假休息一天……"琳琳眼中已有了泪光。

"怎么了?不舒服?"雷诺摸摸女儿的额头,并没发烧。

"那怎么行?这个月都请过几次假了,落下功课,还跟得上吗?"楚云已换好衣服,从卧室出来,一口拒绝了女儿的请求,"不行,别跟大人耍心眼,雕虫小技!"

雷诺看了看妻子,又看了看女儿,无奈地摇摇头。

琳琳委屈地撇撇嘴,放下筷子,起身背上书包。

"等下,爸爸送你。"雷诺回头对楚云使了个眼色,"你上班吧,我带女儿到外面吃早点。"

到处都是甜腻的香味,到处都是细碎的紫色花朵,满院的洋槐,正轰轰烈烈地开花。大多数洋槐都开白花,偏偏这里的洋槐开紫花。紫洋槐比白洋槐的花瓣要大些,花香也更浓,甜腻,沉闷,像一团化不开的糖稀。

说实话,雷诺并不喜欢这甜腻的闷香,但当初开发这个楼盘时,他还是力排众议,用这种紫洋槐绿化了小区。因为他喜欢紫色,因为这紫洋槐来自他的家乡,当然,主要因为他是老板,他花的是自己的钱。

奥迪在浓稠的花香里辟出一条通道，朝小区门口驶去。

花瓣从树上纷纷扬扬地落下来，打在挡风玻璃和车窗上，像紫色的雨。琳琳开了车窗，伸手去接那紫色雨滴，她把那些雨滴一颗一颗小心地收藏在白色的手帕里。看到女儿有这样的好心情，雷诺宽慰了许多。没事了，一切都过去了，生活还是美好的。

已经看到大门了，电动门，岗亭，和彬彬有礼而不失威严的保安，把这个尊贵静雅的小区与庸常纷扰的外界分隔开来，显示着它与众不同的身份。只有门口那个瓜果摊有些扎眼，好像一件新衣服上打了一块旧补丁。

车到门前，电动门缓缓打开，保安立正敬礼，瓜果摊的老孙也起身向雷诺鞠了一躬。他稍稍减速，算是对他们还了礼，随即出了大门。

出门右拐不远，是个电影院。电影院熬了一夜，这会儿正在睡觉。但旁边的麦当劳和肯德基还在营业，好像它们为了钱从来不知疲倦。

雷诺点了下刹车，车速慢下来。

"我们去吃麦当劳？"他问。

琳琳摇摇头，手里还捧着那些紫色雨滴。

"那就吃肯德基？"雷诺又问，奥迪已停在路边。

琳琳仍然摇头，她把手帕折起来，紫色雨滴好像渗进了丝绢里。

雷诺松开刹车，奥迪继续向前驶去，但车速没有快起来——已经到了上班高峰，路上的人和车渐渐多了。再过一个街区，就是琳琳就读的市七中，那里的人和车会更多。七中是重点中学，初中戴帽高中，师资配备、软硬件设施都属一流，学生有本市的和市外的，有钱的和有权的，考进来的和托关系进来的……号称万人中学，实际上学生已经过万了。

果然，七中门口的人和车已经很多了。七中的学生素质高，都怕迟到。家长希望孩子成为好学生，首先自己要成为好家长。他们会比孩子起得更早，为孩子准备早餐，亲自送孩子上学，用实际行动支持孩子的成长。

当然也有例外。比如这边的几个——他们聚在离校门较远的地方，骑着自行车，屁股却不在车座上，而是放在后架上，一只脚踩着脚蹬，另一只脚支着地；他们也穿校服，但他们的头发却很特别，电视或杂志上歌星的那种样子，黄的、红的、绿的，或别的颜色；他们也背着书包，但书包里有根线伸出来，伸到胸口那里，分成两岔，通进耳朵里，放着他们喜欢的歌曲；他们聚在那儿抽烟，或喝着可乐。

从这几个学生身边经过，雷诺肚子抽了一下，好像肠子短了一截。他看了一眼女儿，琳琳低着头，都快钻到仪表盘下面了。看来那件事还是在女儿的心中留下了阴影。

学校铃声响起时，车子刚好到校门口。还没停稳，琳琳已经拉开车门跳了下去。

"宝贝，还没吃饭啊……"雷诺喊了一声。

琳琳好像没听见，很快跑进校门，拐了一下，看不见了。

雷诺轻轻叹了一下，缓缓启动车子。

其实，琳琳并没跑远，她躲在墙角，看着她爸开车绕花坛兜了半圈，沿原路开了一段，没入滚滚的人流和车流，才离开校门，朝操场跑去。

已经到了早操的时间，大喇叭正播放运动员进行曲，各班级都在固定的地点集合。琳琳刚站到队里，体育委员就喊出了口令："向右——转，跑步——走！"

唰唰，唰唰，满世界都是跑步的声音。

脚下的塑胶跑道踩上去感觉肉肉的，很有弹性。琳琳的心紧了一下，想起手机里一条消息，说某校操场下挖出一具尸体，是一位老师被谋杀后埋在那里的，破案了。她下意识地看看脚下，暗红的颜色，像陈旧的血迹。心又紧了一下，好像有点反胃，赶忙抬起头，把目光看向远处。

远处有一副高低杠，几个男生聚在那里，有的把胳膊架在杠上，有的干脆坐在上面。他们在那里吃面包，喝可乐，说着什么，不时发出很大的笑声。

是在校门口看到的那几个男生。这时候，他们的彩色头发不见了，都是学

校要求的那种很正统、很正经的发型。但琳琳知道，那是发套。学校有这么一部分男生，他们在校外染彩发，到学校戴发套；他们分布在不同的班级，但他们彼此认识，甚至很熟悉，经常在校内外聚集。

他们也认出了琳琳。有个男生朝琳琳指了一下，立马引出嗷嗷怪叫。

琳琳赶忙低下头，从他们跟前跑过。但他们的目光还追着琳琳，时而炽热如燃烧的炭火，时而冰冷如凛冽的寒风。她双臂摆动的幅度大了些，试图甩掉它们，可是不行，好像那些眼睛贴在了她的脊背上。

转了一圈，琳琳又跑到那几个男生跟前。她低下头，不想看见他们。可低头的瞬间，眼睛余光还是看到了一个男生——那个男生个头很高，很瘦，像秋天田野的一只蚱蜢，他对着琳琳喊了一声，同时伸出右手，在自己脸上掴了一掌。立马又是嗷嗷的怪叫，还有刺耳的口哨。

琳琳认出来了。这只蚱蜢就是那天事件的领头者，他让她爸受辱，让她和她妈蒙羞，让她全家陷入了一场麻烦。琳琳像受惊的麻雀，飞快朝前方跑去。她的脚步已经乱了，可她还在跑，她想逃脱那些眼睛的围猎；她的脑子也乱了，她绕着操场跑，他们就守在操场边，环形的跑道像个绳套，把她死死地套在里边了。

琳琳跑了一圈，又跑了一圈。实在跑不动了，她还跑；早操已经结束了，她还在跑……就这么跑啊跑，终于跌坐在地上，大口大口地呕吐起来……

二

到了慈善大厦，雷诺把车停在楼前的停车场。还没到上班时间，他没有下车。

楼前的中心花坛里，种着一棵巨大的铁树，四周簇拥着层层叠叠的花盆，大朵大朵的花儿竞相开放。

季节按部就班，却又略显匆忙。春天好像只踏进一只脚，就拔腿溜走了；

夏天及时插足，万物尽情释放，已不再羞羞答答，统统是迫不及待的蓬勃。城市也一样，好像一觉醒来，城中村的老房子、棚户区就消失了，代之以一个个齐整的社区、一栋栋气派的大楼。

这里有雷诺的一份功劳，如果还算功劳的话。从入行以来，他参与建设的项目无数，可每每看到一些大楼，他心里都有种说不出的感觉。比如眼前这座慈善大厦，从招投标到完工交付，雷诺全程参与，并从中获得了不小的利润，同时也知道投资不菲。无论投资从何而来，反正不是这座楼里的人创造的，他觉得似乎不该建得如此富丽堂皇，慈善总会——一个到处化缘的单位，在如此阔绰的大楼里办公，就那么心安理得？

当然，并不是说这些单位不重要，恰恰相反，它们很重要，而且非常重要。如果没有它们，就不会产生像雷诺这样的亿万富翁，甚至，城市就会失序，社会生活就无法正常运转，而眼下雷诺要办的事，恐怕也求助无门。比如眼下，雷诺在建的那所希望学校，就需要慈善总会的资助。

三天前，雷诺和楚云带着女儿回老家参加了希望学校的奠基仪式。

作为主要捐赠人，雷诺和楚云都希望女儿能感受到他们的一片爱心，让爱的种子在她心里生根发芽，也希望女儿能看到乡下孩子与城里孩子生活和学习条件的巨大差别，让这种差别成为激励女儿奋发向上的动力。效果很好。当琳琳看到乡亲和孩子们列队欢迎他们时，欣喜和骄傲油然而生；当她认识那个父残母嫁、跟着爷爷生活的贫困男孩时，当即决定把她每月的零花钱分出一半，为男孩购买学习用品。

奠基仪式结束后，他们吃了雷诺母亲做的酸辣面蝌蚪，然后开车返城。

那是一个好日子，没有任何迹象证明那不是一个好日子。天气很好，春日的阳光像手掌一样抚摸着大地，温暖的风儿一阵一阵地迎面扑来，返青的麦田如碧绿的海洋，金色的油菜花开得汪洋恣肆。在这么一个好天气里，他们做了一件好事，当然心情也很好。

雷诺驾着奥迪行驶在高速公路上，平稳顺畅。楚云坐在后排，将头靠在柔

软的靠背上，惬意而满足，女儿琳琳坐在副驾位，不时一惊一乍地感叹着沿途的风景，表情夸张而率真。没有理由说这不是一个好日子，这么一个好日子，也没有理由发生不好的事情。

可是，不好的事情已经追上来了。

后面响起一阵刺耳的机车声，一群少年穿着不同颜色的骑行服，驾着大马力的机车，追了过来。雷诺往右边拨了下方向盘，给他们让出了超车道。按照交规，摩托车是不许上高速公路的，以奥迪的车速，要甩开他们易如反掌，但雷诺宽容地笑了笑，男孩子嘛，都喜欢冒险，他才不愿与他们逞强斗狠而放弃沿途的好风景。然而，骑手们把雷诺的宽容当成了懦弱，前两辆机车超车后，突然冲进慢车道，驶在了奥迪前面。雷诺吓得倒抽一口凉气，下意识地点一脚急刹车，头伸出车窗，骂了句："找死啊小兔崽子！"

后面三辆机车随即靠上来，一下一下把奥迪往路边挤。

雷诺时而猛打一把方向，时而急踩一脚刹车，忙乱而狼狈。

楚云和琳琳也发出一声声惊慌的尖叫。

几个男孩就这么包围着奥迪、调戏着雷诺，不时回头怪叫，竖中指。

太危险了，这样太危险了。雷诺心想。他倒不在意几个孩子的嘲弄和挑衅，他怕他们的无知会酿成大祸。必须尽快摆脱他们的无理纠缠。

一辆货车帮了雷诺的忙。当奥迪靠近那辆货车时，前面两辆机车先自胆怯了，他们放慢车速，让到了路边。就在这当儿，雷诺猛踩油门，打了把方向，进入快车道，超过了货车，同时，左手伸出车窗，用食指和中指比了个"V"，善意地朝后边晃了晃。

琳琳挺了一下身子，欢叫一声："爸，你好给力耶！"

"还笑，刚才没把人吓死……"楚云说。说话时她右眼皮跳了一下。

"其实刚才我也害怕，怕那几个不知深浅的家伙惹出什么大祸。"雷诺说，"没事了，他们鞭长莫及了。"

"可我现在还怕呢……"楚云说。她右眼皮又跳了一下。

"妈你别怕，两个轮的追不上咱四个轮的。"琳琳说。

楚云不说话了，心里总觉得这事没完。右眼皮噗噗跳个不停，她吸了一口气，又呼了一口气。

雷诺加大油门。隔离带里的冬青一闪一闪地退去，田野里的麦苗和油菜花一层一层向后铺展，还有河流，房屋，田埂上的人和牲畜，统统与奥迪背道而驰。

然而，前面又出现了几辆大货车。一辆大货车试图超过另一辆大货车，占据了超车道，雷诺不得不慢了下来。

一辆机车从后面追了上来，贴着前面货车的屁股，画了一个圈儿，潇洒利落地挡在奥迪车前。雷诺踩下了刹车。又有几辆机车追上来，把奥迪围在了中间。骑手们一只脚点地，脸上是阴谋得逞后的坏笑。

一个高个子男孩从机车上下来，走到奥迪跟前，微笑着敲敲车窗。

雷诺放下了车玻璃。

高个子男孩一只手伸进车窗，动了一下，另一只手便开了车门。他把雷诺从车里拖出来，拉了一下，又推了一下，双手扶着雷诺的肩膀，把他固定在后车门上。

几个男孩都下了机车，他们围上来，看着高个子男孩，也看着雷诺。

"谁找死啊？你？还是我们？"高个子男孩说。

他就说了一句，随即挥起右手，一耳光扇在雷诺的左脸上，啪。

也就这么一句，几个男孩走上来，每人扇了雷诺一耳光，好像早有规定，每人只打一耳光。不同的是，有人扇了雷诺的左脸，有人扇了雷诺的右脸，有的清脆，有的沉闷，但通通干脆利落，没有拖泥带水。

自始至终，就那一句话，雷诺还没来得及反抗，他们就扇完了耳光。

事实上，雷诺好像根本没打算反抗，从他被拉下车，到固定在车门上，再到挨完耳光，他好像都没反应过来。

楚云早就意识到出事了。她看到雷诺被拉下车，嘴里叫着"干什么，你们

消失的顿河

要干什么"，试图开门下车，但左侧后门被雷诺顶住了，推了两下，没能推开，只好把屁股挪到右侧，从右侧后门下了车。等她绕过车尾走到雷诺跟前，那几个男孩已经上了机车，在刺耳的轰鸣声中扬长而去了。

"怎么啦？怎么回事？"楚云喊叫着。

雷诺没有回答，好像不明白发生了什么。他的脸已经肿了，一股鲜血从嘴角流出，像条红色的蚯蚓，越爬越长。

"他们打你啦？他们为什么打你？"楚云喊叫着。

雷诺稍稍清醒了一些，感到脸上火辣辣的，但不觉得疼。是啊，他们为什么打我？发生了什么？他有点奇怪。"谁找死啊？你？还是我们？"他好像记起了这句话，接着又记起刚刚发生的一些事——超车，挑衅，他好像骂过他们："找死啊小兔崽子！"然后是反超车，他好像对他们比了个"V"；然后呢，他就被堵住了，啪，嘭，啪，啪，嘭……一个接一个耳光，五下还是六下，记不清了。嘴里有些腥咸，他啐了一口，唾沫带着血水溅在路面上。下巴和脖子那里有些痒，他伸手抹了一把。

"别擦！"楚云叫了一声，"等会儿让警察看看，这帮人渣！"

楚云掏出电话开始报警："喂，110吗？我们被人打了……"

雷诺突然想起了女儿，赶紧拉开车门——

琳琳已经吓坏了。她双手捂着脸，头伏在膝盖上，瘦削的身子瑟瑟发抖。

"琳琳，你没事吧？"雷诺叫道。他想钻进车里，进了半截身子，又退出来，绕到右侧，拉开车门，"宝贝别怕，爸爸在呢……"

琳琳没有吭声，也没有哭，她仍然趴在膝盖上，身子颤抖得像一棵风中的小树。

雷诺几乎是把女儿从副驾位上拖出来的。琳琳的双脚刚一落地，身子一软，差点倒在地上。雷诺赶忙接住了，他刚把女儿抱住，琳琳就一头扎进他的怀里，身子跟着贴上来，恨不得钻进他的身体里。

"我照顾女儿，你来开车。"雷诺对楚云说。他抱着女儿上了后座。

气愤的楚云上了车，拿起瓶托的矿泉水瓶，拧开盖子，喝了一口，没喝到，水早已被雷诺喝完了。她不甘心，仰起脖子，张着嘴，举着瓶子，竟然控出来几滴。她嘬了一下嘴，又嘬了一下，好像在品咂水的滋味。完全可以再开一瓶，杯托那里就有，可她没开。渴和渴不一样，因情绪引起的渴，喝水是没用的，喝多少水也没用，有用的也许正是这么仰脖子张嘴控那么几滴，然后一下一下嘬着。直到不再感到口渴，她激烈的情绪才舒缓下来。

楚云直接把车开进了派出所……

手机突然响起，打断了雷诺的回忆。是楚云的电话，女儿病了，发烧呕吐，楚云让雷诺直接到中心医院。

三

车到中心医院门口，楚云和女儿已经等在那里了。雷诺摁了一声喇叭，母女俩朝他走过来，要上车的样子。

雷诺问："怎么不先进去？"

楚云阴着脸，说："已经看过大夫了。"

母女俩上车，楚云上了后座，琳琳坐了副驾位。雷诺又问起女儿的病情。琳琳把头伏在膝盖上，一声不吭，楚云让他开车，让先回家再说。

回到家里，琳琳仍是一声不吭，兀自进了自己房间。雷诺跟了两步，又停下了，回身用询问的目光看着楚云。

楚云把几张化验单递给雷诺，说："娇气，矫情，你自己看吧。"

雷诺一项一项看着，各项指标都没什么异常，只是肌酸激酶过高，大夫诊断为运动过量所致。

"这一大早的，怎么会运动过量？"雷诺问。

"跑操。"楚云皱了下眉头，"老师说，早操都结束了，她还在跑，早自习都没上。跑累了，跑吐了，直到跌倒在操场上。"

消失的顿河

"可……这是为什么呀？老师体罚？"雷诺又问。

"逞能呗。"楚云说，"问过老师了，不存在体罚的事。"

"噢，没事就好。大夫怎么说？"

"能有什么事？大夫让休息，开了营养心肌的药。"楚云已经走到了门口，"公司还有一大堆事，我得赶过去。你呢？"

"我在家陪陪女儿，待会儿给慈善总会打个电话。"

楚云出门以后，雷诺先给慈善总会打了电话，通报了希望学校的进展情况，又问了那笔资助款，这才走向女儿的房间。他站在门口听了听，屋里并无动静，然后敲了两下门："宝贝，爸爸可以进来吗？"

屋里传来一声轻轻的"嗯"。

推开房门，雷诺见琳琳坐在窗前，左手支撑着下巴，右手握着笔，在纸上胡乱画着什么。桌子上放着一个瓶子，几个小纸袋，显然是从医院带回的药。

"宝贝，爸给你倒水，咱把药吃了吧？"雷诺说。

琳琳摇了摇头，说："爸，我可不可以休学？"

"这才开学一个多月，你觉得呢？"

"那，能不能请假？"

"为什么？"

琳琳不说话了，又在纸上画起来，是一个又一个圆圈，越来越多，越来越密，竟成了一个纠缠不清的线团。

实际上，最近一段时间琳琳经常找各种理由请假，不是头疼，就是肚子疼，要么就是喊累。带她去医院检查，也没查出什么问题。大夫说应该是青春期厌学，从小学刚升初中的孩子，都有这种情况。可琳琳从小学到初中，一直热爱学习，成绩算不上优异，也说得过去；平时话不多，朋友也不多，偶尔完不成作业被罚留校，或在走廊蹲着写作业，也没有过多抱怨。为什么会突然厌学呢？

"爸，我好累，真的好累，我不想再看见他们……"

“他们？谁？”

琳琳又不说话了，继续在纸上画起来，那个线团越来越大，越来越浓，已经超过了纸的边界，已经成一团墨渍。

“告诉爸爸，他们是谁？”

“他们嘘我，朝我吹口哨，扇耳光……”

“他们打你？”

“不是，他们扇自己，比画的那样子……”

雷诺的心好像被指头捏了一下，猛地一抽，脸上也跟着火辣辣地疼起来。莫非那几个人渣跟琳琳一个学校？他有些后悔了，也许那天不该带女儿回去。她才十四岁，像春天还没有绽放的花蕾，任何一场风雪都足以让她受到伤害。

望着萎靡的女儿，雷诺想起了自己的童年——

雷诺十岁时，父亲就去世了。母亲瘦弱的肩膀挑不起风雨飘摇的日子，终于有一天，她试探着告诉雷诺，说要给他重新找个父亲。雷诺无声地哭了。母亲没说改嫁，只说要给他重新找个父亲；而雷诺也需要一个父亲来庇护，来养活。他的心里有股莫可名状的酸楚，可还是点了点头。

母亲带着雷诺，从雷湾来到继父的祁营村。日子好过了许多，地里的庄稼和家里的粗活儿累活儿都由继父来干，母亲也再不用那么辛苦了。更重要的是，继父对雷诺很好，家里好吃的、好穿的，都紧着雷诺，他再也不用为交学费发愁了。

雷诺以为好日子来了，他可以像别的孩子一样，任性，撒娇，可以和小伙伴们一起，淘气，贪玩。可突然有一天，他发现根本不是他希望的样子。那天，村里有一家娶媳妇，撒喜糖，雷诺兴高采烈地跟人们一起去抢。他刚摸到一块糖，一只脚就踩到了他手上——一个男孩对雷诺吼，哪里的小油瓶，敢来俺庄抢食！雷诺感到理亏，正要抽手，那只脚加了力气，嘎巴一声，他的食指和那块糖一起断了。雷诺捧着手指，惨叫着哭起来。男孩父亲过来，按倒男孩，用鞋子狠抽男孩的屁股。男孩没有哭，却扯着喉咙大喊：

小油瓶，大肚子，

拖来带去没裤子……

雷诺这才意识到，在祁营村，他是一个外人，不，连外人也不如，他是个小油瓶，是被母亲拖来的。他做过努力，试图跟村里的孩子们成为伙伴，可当他带着讨好的笑容走近时，孩子们一哄而散，边跑边喊：

小油瓶，大肚子，

拖来带去没裤子……

雷诺尝到了被人孤立的滋味。慢慢地，他变得沉默而自闭，甚至有些怯懦，他害怕上学，害怕走进教室，更害怕那些嫌弃的目光。后来，他就开始逃学了。

继父发现了这一情况，拉住雷诺的胳膊问，发生什么事了？有人欺负你了？母亲也过来询问。雷诺颤抖着声音说，我不想上学了……

你……继父瞪着眼，高高扬起了巴掌。

母亲也急得满脸通红，她站在继父身旁，像大山旁的一棵小树，但这棵小树却下意识地护住了身下的小草，生怕那厚厚的巴掌落下去。母亲揽过雷诺，她不知道儿子在外面受了委屈，但她知道倔强内向的儿子，就是有委屈也不会说出口。

继父扬起的手无力地耷下来，愤怒而无奈地说，我不是你亲爹，无权打你，可我把你当成了亲儿，我和你妈的希望都在你身上。我读书不多，讲不出大道理，但我知道除了读书，你没有别的出路……

雷诺垂着眼皮，眼泪一颗一颗往外涌，我不上学了，我找活儿干，自己养活自己。

继父把雷诺领到一处建筑工地。

那是继父干活儿的地方，尘土飞扬，声音嘈杂。运水泥的，拉沙的，搬砖的，砌墙的……人们各自忙着；他们面目模糊，汗如雨下，身上、脸上沾满了泥浆；他们都不说话，偶尔交流也只是对一下眼神。雷诺有点茫然地望着这一切。

继父脱了上衣，光着膀子走到工棚下，对一个工头模样的人说着什么。那人朝雷诺这边望了一眼，点点头。

这样，雷诺就有了任务。他的任务是搬砖，把砖块从稍远的地方，搬到墙脚下，供大工砌墙。一开始，雷诺每次搬五块，他觉得五块砖并没多重，自己完全干得了小工这活儿，甚至可以养活自己。可几趟下来，他就没这种自信了，那些砖好像突然增加了分量，每次搬五块已很吃力。他每次搬四块，可还是力不从心，便减到三块，两块。不能再减了，要是每次搬一块，那就让人看笑话了。他汗流浃背，湿衣服紧紧贴在身上，很不舒服，便学着别人也光了膀子，但汗水仍然不停地流，流进眼睛里，刺得慌。还不止这些，他的胳膊像灌了铅，沉得几乎抬不起来；虽然隔着手套，可指头肚好像磨掉了，感觉像脱骨的鸡爪，触到砖头上，像被牙一下一下地咬……

继父站在架子上砌砖。他砌得很专心，甚至没有扭头看一眼雷诺。

吃饭的时候，继父领了几个馒头，打了一盒豆腐青菜，端到雷诺面前。可雷诺一点也吃不下去。他还是他，但脖子腰胳膊腿儿，甚至每一根手指头都不是他的了。它们六亲不认，挣扎着要跟他的身子分家。

雷诺快要哭了。他舔了舔干裂的嘴唇，沮丧地说，伯，这活儿我干不了……

继父龇着牙笑了一下，就说嘛。

雷诺说，我不干了……

继父又笑了一下，就说嘛。

雷诺说，我要上学。

继父还是笑了一下，就说嘛。

雷诺说，我不在你村里上学，我要回雷湾。

这回，继父没有笑，他盯着雷诺看了半天。

雷湾和祁营毗邻，他有些怀念那个破宅烂院的家了，至少在那里，没人说

消失的顿河

他是拖油瓶。

继父和母亲商量后，把雷诺转回了雷湾学校。清晨，他早早起床，回到雷湾上学；中午，就在教室里吃母亲给他准备的干粮；到了晚上，他才回到祁营。在自己的村子里，没有嫌弃和嘲笑的目光，他感受到的，是怜悯、关爱和安全。他仍然内向、敏感，但心里却不再害怕了。

雷诺在雷湾读完了小学和初中，然后到县城读了高中，然后，考上了大学。也许是那次建筑工地的经历，他读的是土建专业。毕业后，进了一家地产公司，凭着一股韧劲，从底层做起，慢慢做到部门经理，公司副总，同时也收获了爱情，娶了楚云这么一个才貌双全的女子。后来，夫妻俩自立门户，成立了自己的公司，然后越做越大，成了身价过亿的地产大亨。

母亲和继父已经年迈，雷诺就隔三岔五地回去看望，送些吃的用的，当然，也送钱。每次回去，母亲总说起过去艰难的日子，说起曾经帮过他们的人，劝雷诺报答乡亲们。雷诺知恩图报，甚至以德报怨，每次都会带些礼品，分给乡亲们，不光是雷湾的人，还有祁营村的人，不光是帮过他的人，也包括嫌弃和欺侮过他的人。他给两个村里都修了水泥路，装上了太阳能路灯。眼下，他正在建一所希望学校。学校在两个村子中间，从小学到初中，二十个班，教学楼、图书馆、食堂、操场等各种配套设施，一应俱全。总投资五千多万，雷诺出资 70%，市慈善总会出资 30%。

也就是回去参加开工典礼的返程中，他被几个少年扇了耳光。楚云和琳琳都目睹了发生的一切。

"没事了，宝贝，都过去了，没事了……"

雷诺从回忆中清醒，发现琳琳趴在桌子上，已经睡着了。

"醒醒，嗨，醒醒宝贝。"他拍着琳琳的肩膀。

琳琳睁了下眼，随即又闭上了，嘴里含糊地说："爸，我好累……"

"那就上床睡，这样会感冒的，来，上床。"他起身抱起琳琳，把她放到床上，又拉开被子，为她盖好。在床边站了一会儿，见琳琳睡得很安稳，这才走出女儿卧室，轻轻带上房门。

雷诺来到书房，打开电脑，把一个 U 盘插了进去。这是一份土地竞拍计划，老城区有个城中村已拆迁完毕，空出的那块地正待开发，地段、面积都合适，雷诺志在必得。可他看了两页，竟然没看出一点眉目。返回首页，从头看，还是不行，电脑上那些文字，像无数蚊虫，在他眼前跳跃、飞舞，捉摸不定。

他深吸一口气，又缓缓吐出，起身走出书房，进了洗浴间，打算洗个热水澡，让身心清醒过来。

洗浴间很大，将近十平方米的 SPA 浴池，连着楼顶的太阳能加电热双能水箱，保证随时都有充足的热水。雷诺设定了水温，摁下了按钮——几股水流从不同的出水口喷涌而出。等他把脱下的衣服挂到衣架上，浴池里已充满了合适的水量。

雷诺下了浴池，在一个浴兜里躺下，无数股水流从周围向他袭来，如拳，如掌，如针，如刷，好像要把他揉碎了、融化了一样。他感到他像个日行千里的轮胎，呲呲地往外排着浊气，一点点瘪下去，一点点空起来……他侧了一下头，旁边那个浴兜空着，要是楚云也在就好了，他们可以一边享受 SPA，一边说些有意思或没意思的话。

第一次享受 SPA，就是跟楚云一起。那时他们还在给别人打工，不过都已做到了公司高层，公司安排他们去国外度假。在地中海的邮轮上，他们第一次真正体会到了什么是天堂般的幸福。

那是一艘豪华邮轮，和电影里的泰坦尼克号差不多大小。船有三层。下面两层是客舱，顶层是娱乐场所。酒吧里，人们穿着得体的服装，悠闲地品着红酒，小口吃着七分熟的牛排，一边小声交谈；赌场里，人们一掷千金，赢者兴高采烈，输者垂头丧气；舞池里，一对对跳舞的男女，搂着抱着，或情真意切，或貌合神离……

雷诺和楚云做完 SPA，一起来到甲板上，欣赏着马耳他著名的三蓝——

"蓝海，蓝洞，蓝窗"。那片蓝色汪洋，像蓝宝石，透明纯粹，像世界尽头的某个仙境。

突然，从舰岛拐角处冲出五六个年轻人，确切地说，是未脱稚气的少年，他们手握木棒和利器，绕过甲板上的几盆郁金香和剑兰，向着雷诺冲过来。眼前依然可见灿烂的晚霞和无边的碧蓝，耳边仿佛还响着舒缓的萨克斯乐曲，但刚刚吃过的牛排却带着血腥，像要从胃里泛出来。雷诺一把拉起楚云，拔腿就跑。

他们绕着舰岛跑，可迷宫一样的邮轮，怎么也找不到进入客舱的门。追赶的脚步越来越近，他们被逼到了甲板一角，身后是汪洋大海，面前是那群面目狰狞的少年，他们坏笑着，挥舞着手中凶器步步逼近。雷诺紧张得口干舌燥，他的心好像要跳出胸腔了。突然，楚云推了他一把，他一个趔趄，跌出船舷，跌向汹涌的大海……

四

"雷诺，雷诺……"

雷诺惊叫一声醒来，才知道是一场噩梦。他汗水涔涔，浑身虚脱，像一条搁浅在海滩的鱼，在热风里无力地苟延残喘。

浴室外传来楚云的喊声："琳琳，你爸呢？"

雷诺无力地应了一声。

楚云推门进来，看到躺在浴池里的雷诺，又叫了一声："呀，怎么这会儿洗澡？你一天都在家？"

"一天？怎么会是一天呢？"雷诺有些奇怪。

"就是一天啊，天都黑了。"楚云说。

雷诺瞅了瞅壁钟，已经六点了。真就在家待了一天？他心里盘算着——早上送女儿上学，然后去了慈善总会，然后，女儿病了，他去了医院，然后接女儿回家，然后呢？在浴池里泡了一天？他有些不可思议，总觉得有一段时间被掐去了。

"快点快点，穿衣服准备吃饭，有好消息告诉你。"楚云在一旁催着。

雷诺穿好衣服走到餐厅，见琳琳正坐在餐桌边吃泡面，这才想起女儿一天没吃东西了。走过去，抱歉地说："对不起，爸爸把你给忘了……"

琳琳没说话，抬起头对他笑了一下。

"别吃了，都是些垃圾食品。"楚云说，语气里有责备，却没了往日的严厉，"瞧，我给咱买了好吃的。"

一边说着，一边从塑料袋里掏出一个食品盒，一屉一屉拉开，一套烤鸭，一条清蒸鲈鱼，还有两个时鲜蔬菜，各自盛在合适的容器里——都是饭店的熟品。

"干吗啊，搞这么丰盛？"雷诺把盘子摆到餐桌上。

"跟你说了嘛，好消息，提前庆贺一下。"楚云转身去酒柜里拿酒。

但琳琳已吃完泡面了，说："我饱了，写作业去了。"

要是以往，楚云少不了又是一顿唠叨，但今天却表现出极大的宽容："琳琳，先把药吃了。你今天没上课，作业也可以先不写，明天补上就好。"

琳琳答应着，已进了卧室。

楚云开了一瓶干红，给两个酒杯斟上，先自坐下来。

雷诺跟着坐下来："说吧，有什么好消息？"

"好消息是下酒菜，先干杯。"楚云说。

雷诺端起酒杯，与楚云碰了一下，浅浅地呷了一口。

楚云却一口干了，说："干呀，有你这样干杯的吗？"

雷诺干掉了杯中酒。这女人，天生好酒量，有时在场面应酬，都是楚云一马当先，其间还得替雷诺挡酒。

楚云一边卷烤鸭，一边说："金地置业的杨总打电话了，说他们准备放弃老城区那块地，并全力协助我们竞拍。这是不是一个好消息？"

"嗯，是个好消息。"雷诺说，"可是，金地为什么要这么做呢？"

"心中有愧啊，投桃报李呗。"楚云把卷好的烤鸭递给雷诺。

雷诺接过，却没有吃。金地置业是雷诺最大的竞争对手，以杨总的实力，鹿死谁手或未可知。所谓心中有愧，无非因为飙车党为首的那个孩子，他母亲是金地置业的财务总监。可因此就让杨总放弃那块好地，财务总监的面子也太大了。何况，雷诺没有深究，并非消解了心中块垒，而是不愿跟几个孩子较真；更何况，就是扇了他几个耳光，从法律层面，也够不上处罚，更谈不上投桃报李了。

楚云好像看透了雷诺的心思，说："无论如何，少了金地这个对手，杨总又愿意帮忙，拿下那块地应该没问题。你说呢？"

雷诺点点头，心想，虽说同行是冤家，可毕竟都做地产这一行，抬头不见低头见的，冤家宜解不宜结。他没再深究，杨总卖他一份人情，面子里子都有了。

吃着喝着，不觉一瓶干红已经喝完了。楚云兴致很高，还想再开一瓶，被雷诺拦住了："不能再喝了，项目部做的计划我还没看，晚上加个班，把它看完。"

楚云想了想，把那瓶酒放回酒柜，说："好，听你的，不喝了，今晚加班。你收拾，我去洗个澡。"

雷诺收拾好餐桌，上了二楼，先到女儿卧室门口，听了听，没有动静；稍停，把门开了个缝，见台灯亮着，女儿已上床睡了。就轻轻关了门，进了书房。

电脑处于屏保状态。雷诺点了下鼠标，显示器闪了一下，那份计划呈现在眼前。文件里的字不再飘忽，一粒一粒都是从容不迫的样子。项目部的计划很得当，每一句话，每一个数据，都精准到位。他一边看，一边根据自己的经验，做些微调。

五

楚云开车来到派出所,那几个男孩已经在那里了。他们都卸了头盔,留着各种各样的发型,长的,短的,顺溜的或散开的,倒向左边的或倒向右边的。红的,像一个火球,绿的,像一头韭菜,黄的,像一颗蛋黄;都穿骑手服,印着外文字母和图案,很多兜,有明有暗,分布在上下左右;都系着很宽的皮带,皮带扣没系紧,随意斜在肚脐下面,裤子却没有脱落,也有很多兜;他们面朝墙,站成稍息的样子。

一个民警走上来,问:"你们是受害者吧?"

雷诺点点头。楚云也点点头。琳琳躲在雷诺身后。

民警说:"进来吧,我们做个笔录。"

他们进了办公楼。

一个中年民警讯问,另一个年轻民警记录。讯问很简单,大体是:姓名,性别,年龄,住址;从哪里来,到哪里去;在什么地方遇到了那几个男孩;发生了什么事,为什么发生了这些事……雷诺一一做了回答。

中年民警问:"您有没有受伤?或者说有没有感到不舒服?要不要去医院做个检查?"

雷诺摸了摸脸颊,火辣辣的感觉已经消退,又用舌头在嘴里舐摸了一圈,左腮帮上有涩涩的一小块,应该是挨耳光时被牙齿撞破的,他不知道这算不算受伤。但他说:

"我不舒服,很不舒服。我四十多岁的人了,被一帮孩子无缘无故掴了耳光,能舒服吗?换了你,能舒服吗?"

中年民警点点头,说:"是的是的,雷先生,我们理解您的心情。这帮浑小子,太缺少教养了,太无法无天了,真该好好收拾收拾他们!"

雷诺没说话,等着听民警如何收拾他们。

中年民警说:"我们已通知了他们家人,都说回家一定好好收拾。当然,

首先是向您赔礼道歉。"

"我不要什么赔礼道歉，也不想知道他们家长如何收拾他们，"雷诺打断了中年民警，"我只想知道你们怎么处理这事。"

"当然当然，我们肯定会严肃处理的。"中年民警说，"在我们处理之前，还是想听听受害人的想法。"

"依法严惩。"雷诺吼了一声。

琳琳好像被吓到了，她钻进雷诺怀里，抱住了他的腰。大概她觉得只有父亲才能保护她。想到自己无故挨打受辱，却无还手之力，雷诺心中充满了羞愧。

"瞧瞧，我女儿被吓成啥样了……"楚云说。

"是的是的，孩子是无辜的……"中年民警说。

"我们都是无辜的，招谁惹谁了我们？"楚云说。

"依法严惩。"雷诺咬着牙挤出四个字。

"会的会的，我们肯定依法处理。"中年民警说。

"怎么处理？"雷诺和楚云同时问。

"批评教育，"中年民警顿了一下，"当然，还有经济处罚。"

"就这些？"楚云吃惊地睁大眼睛。

"孩子嘛，打不得骂不得，我们也只有这个权力……"中年民警有些为难。

"法律呢？你是说，他们不属于违法犯罪？"雷诺有些奇怪。

"属于违法，但不一定犯罪。"中年民警进一步解释，"犯罪肯定违法，但违法不一定犯罪。"

雷诺和楚云都被弄糊涂了。人们通常说违法犯罪，怎么到了这里，违法又不一定犯罪了？那么违法与犯罪的界线在哪里？非得把人打残了、打死了才算犯罪？没造成恶果就不处罚？这算不算姑息养奸？算不算把人往犯罪道路上推呢？他们想着想着，把自己给想糊涂了。

这时，那几个男孩被带了进来。

他们站在雷诺三人对面，高个男孩正对着雷诺。他一只手插在裤兜里，另一只手在头发上划了一下，也插进了裤兜。年轻民警吼了一声：手！高个子男孩抽出了一只手。又吼了一声：那只手！另一只也抽了出来。

中年民警绕着他们走了一圈，又走了一圈，问："你们都干了什么事？"

没人吭声。

"说，你们都干了什么？"

高个男孩脖子一梗，大声说："坏事！"

另外几个男孩齐声说："坏事！"

"知错吗？"

高个男孩低了声，痛心疾首的样子："知错了……"

男孩们都装出痛心疾首的样子："知错了……"

楚云叫起来："瞧瞧，什么态度，什么态度啊？"

高个男孩说："惩前毖后，治病救人，我们低头认罪。"

男孩们跟着说："知错改过，善莫大焉，我们愿意接受法律制裁。"

"那就向受害人赔礼道歉！"

高个男孩带头向前跨了一步，男孩们跟着向前跨了一步。

高个男孩喊："一鞠躬——"

他们鞠了一躬。

高个男孩喊："再鞠躬——"

他们又鞠了一躬。

"干什么干什么，给死人送葬啊！"楚云又叫起来，"我们不接受这种道歉，雷诺，转过身去。"

就在雷诺转身时，高个男孩喊了"三鞠躬"，然后又喊了"礼成"，然后，他们齐刷刷退了回去。

雷诺身子颤抖了，他对民警说："你们都看见了，都看见了吧……"

两个民警对视了一眼，然后都看那几个男孩。男孩们又恢复了稍息的姿

势，脸上也是爱咋咋的样子。

然而，马上就有所谓了——因为有个人冲进了屋里。

没听见门响，一个五短身材的汉子就进了屋，像影子飘了一下，五短汉子就到了高个男孩跟前，没等民警阻拦，一脚就把高个男孩踩倒了。高个男孩要爬起来，五短汉子又踩了一脚，又要爬起来，又踩了一脚……就这么爬起来就踩，爬起来就踩，一直踩到五短汉子没了再踩的气力。

谁也没有阻拦，雷诺和楚云当然没有，两个民警也没有，另外几个男孩也没有，好像谁都觉得高个男孩活该。

然而，到底还是低估了高个男孩的耐力。他爬起来了，鞋子被踩掉了，露出两只脚，穿在一双鲜艳的袜子里；一股水从他裤管里流出来，淌到地板上，散发着浓重的尿臊气。

"呀呀，打尿了！"年轻民警叫起来。

这时，中年民警才拉住五短汉子："你是什么人？怎么动手打人啊？"

"我没动手，这畜生不值得我动手。"五短汉子说。

"动脚也不行，都让你踩尿了。"年轻民警说。

"装的，狗日的一挨揍就他妈装孙子。"五短汉子说着，又要去踩。

中年民警拉着，没踩上。

"你是什么人？"

"我是他老子！"

"老子也不行。你不能走，得看看把人打伤没有……"

高个男孩的腿夹紧了，身子缩着，抖着，好像随时都会瘫下去，他两手捂在裤裆那里，可怜巴巴地看着民警。

雷诺有些不知所措了。小时候，他受村里孩子欺侮，他妈会领着他去找人家大人告状，大人也是这样，当面把自家孩子揍一顿，半真半假，算给了一个交代。眼下，五短汉子却不像做样子，真恼了，真踩啊，还能咋样？得饶人处且饶人吧，算了。

雷诺给楚云使了个眼色，拉着女儿朝外面走去。

"哎哎，"民警在后面喊，"还没处理完呢……"

雷诺没吭声，心想，算了，杀人不过头点地，算了。

六

雷诺没有想到，事情并没"头点地"；没有杀人，等着他的，是女儿琳琳的自杀。

早上起来，楚云朝琳琳卧室努了下嘴，说："叫了几次，都不肯起来。"

雷诺走到琳琳卧室门前，轻轻敲了敲，没听到动静，就把门推开了。

琳琳穿着睡衣，一动不动地坐在床上，双腿蜷曲，胳膊肘支在膝盖上，手托着下巴，头发乱着，有一绺刘海垂下来，半遮了眼睛，茫然地盯着对面的墙。墙上是一幅油画，油画里的洋槐正在开花，紫色的花穗洋洋洒洒；琳琳抱着洋槐树，下半身露在树的右边，上半身露在树的左边，脸朝前方，那双眼睛清澈纯净，像养在水里的两颗宝石，跟当下的琳琳形成鲜明对比。

雷诺说："起床吧，宝贝，吃了饭该上学了。"

琳琳无动于衷的样子。

雷诺坐到床边，轻声说："宝贝，还不舒服吗？"

琳琳躲了一下，还是没吭声。

楚云也进来了。琳琳瞥了一眼，继续盯着墙上的油画。她看得很努力，也很可怜，好像要走进画里去。但她总算开口了："我不想上学，别逼我！"

不是说话，是大声喊叫，歇斯底里的那种。

楚云忍不住了，抬手打在琳琳脸上——啪，像踩断了一根干树枝。

琳琳猛地转过头，看着楚云。她不相信她妈会打她，不相信她妈也会打她的脸。爸爸被人扇了耳光，不敢还手；她被妈妈扇了耳光，也不能还手。这个世界怎么啦？难道一定要扇耳光羞辱对方？友善呢？母爱呢？难道一切都是

消失的顿河

假的？但她没有再喊叫，也没有哭，她双手抱头，把脸夹在了两腿中间。

雷诺拉着楚云出去了，顺手带上房门。

"你怎么可以打她？怎么可以打她脸啊？"雷诺愤怒了。

"没看几点了，再磨蹭下去，又要迟到了，我们都要迟到了……"楚云说。

"肯定有原因的，你就不问青红皂白？"

"娇气，矫情，受不得一点委屈；自虐，自怜，都是你给惯的。"

"她还是个孩子啊，小女孩啊，我宠点惯点不行吗？"

"行，怎么不行。她不上学，我们也不用上班了，人辛苦总要为个什么，不为什么又为什么？"

楚云气急败坏地坐到沙发上，喘着粗气。

卧室门开了，琳琳穿着校服，拎着书包，站在了门口。

"你们别吵了，我这就上学。"竟是一脸的平静。

雷诺看看妻子，又看看女儿，没再说什么，上前接过书包，搂着琳琳的肩膀，走到门口。父女俩换了鞋子，出门，关门。雷诺用力大了，防盗门发出愤怒的声响，琳琳下意识地摸了一下门把手，好像给门以安慰。

洋槐花依然潇洒如雨滴，花香依然浓得像化不开的糖稀。琳琳却没像以往那样坐在副驾座，也没像昨天那样去接花的雨滴。通过后视镜，雷诺看到女儿坐在后排，脸色白得像一张纸，眼神空洞，一言不发。

保安照例行礼，卖水果的老孙照例鞠躬。

经过麦当劳，雷诺没征求女儿的意见，就把车停到路边，进店买了一个汉堡，一大份薯条，上车递给女儿："吃吧，昨天一天都没怎么吃东西。"

琳琳接过了，却没吃，好像打了个嗝儿，脸上抽了一下。

车子继续向前驶去。到了十字路口，雷诺把车开上右转道，转过弯就是通往七中的明德路。红灯亮起，他及时踩了刹车。

琳琳突然说话了："爸，我们去医院吧……"

"去医院？还不舒服吗？"雷诺问。

"爸，我吃药了，把昨天的药全都吃了……"琳琳哭了。

"你疯了？要命的啊！"雷诺惊叫。

"那会儿我不想活了，可这会儿我又不想死了……"琳琳哭着说。

雷诺顾不上红灯了，他拨了一把方向盘，从直行和右转车辆间挤过去，闯过了停车线，闯过了红灯。有司机朝他怒骂，交警也挥手示意他停车，他全然不管不顾，径直往中心医院方向开去。

琳琳脸色苍白，开始干哕，不断有肥皂泡一样的东西从她嘴里冒出来。

"爸，快点，我不想死……"琳琳哭着说。

"没事宝贝，挺住啊，很快的……"雷诺几乎是在喊了，是安慰，也是鼓励。

然而却快不起来。到了上班高峰，路就不像路了，像一条淌着泥浆的河沟，黏稠而迟滞。雷诺打开双闪，不停地摁喇叭，见缝插针，没缝也要拱出一条缝来。

又到了一个路口，绿灯。雷诺却开到路口中心的安全岛，把头伸出车窗，向警察说了些什么。警察探头往车里看了一眼，随即骑上了摩托车。警灯闪起，警笛响起，摩托车在前边开路，雷诺在后边紧跟。

到了中心医院，雷诺来不及把车停好，抱起女儿就冲进了急诊室……

楚云赶到医院时，琳琳已进了ICU。

雷诺在走廊里，从这头经过ICU走到那头，又从那头经过ICU走到这头。楚云问，琳琳咋啦？雷诺一声不吭，仍然在走。问，琳琳咋样啦？没吭声，还在走。又问，琳琳她在哪儿？没吭声，但看了一眼ICU，还是走。

楚云只好跟着雷诺走，从这头经过ICU走到那头，又从那头经过ICU走到这头。走了两趟，她不走了，也走不动了。她靠着一根柱子蹲下来，开始流泪。她知道雷诺生她的气了。

雷诺不光生楚云的气，也生自己的气。昨天女儿跑步跑到呕吐，晕眩，腿抽筋，那是什么？是自虐，是求关注、求关爱的信号，他们却没在意。不

但没在意，还喝了酒。早上女儿说不想上学，又是一个信号，他们还是没在意，不但没在意，还打了女儿。于是，自虐就发展到自残和自杀……怪谁？怨谁？

楚云哭着，想的却是另一番心思。现在的孩子怎么啦？批评两句就绝食罢课，动一指头就寻死觅活。咋这么娇气？咋这么矫情啊？想当年，她可是在父母的打骂中长大的。梳头不配合，梳齿就会扎到头上；吃饭吧嗒嘴，筷子就会打到头上；要是考试成绩不好，回到家就主动伸手讨板子……很正常啊，养不教，父之过；教不严，师之惰——这话错了？错话能传几千年？几千年的人都错了？

雷诺走到柱子跟前，停住了。楚云抬起头，她看见雷诺长吸了一口气，突然用头朝柱子连撞了三下：咚！咚！咚！短促有力。

楚云立刻直了眼："雷诺你干吗？"

雷诺一只手扶着柱子，伸出另一只手，竖起食指抵在唇边，制止了楚云的惊叫。楚云住了声，嘴还张着，眼睛也张着。她想起身扶他，看他没让她扶的意思，就没动。扶一个人，柱子要比她牢靠得多。

ICU的门开了，琳琳被推了出来。

雷诺把自己从柱子上推开，抢步上前，他看到女儿脸色惨白，嘴唇没一点血色，眼睛睁着，满是幽怨和无助。

医生说已洗过胃了，应该没有大碍，但需要住院观察两天。

进了病房，安置好琳琳，护士们就出去了。楚云一下子扑到床上，抱住琳琳哭起来："你怎么这样啊？你要把妈妈吓死啊……"

琳琳目光空洞，眼睛盯着天花板，默不作声。

雷诺在床边蹲下，拉起琳琳的手。那一刻，他觉得女儿的手那么纤小，那么柔弱，好像一小团棉花糖，好像要在他的大手里化掉一样。他突然好害怕，怕女儿就这样消失了。"对不起，宝贝，我们太粗心了，没有关注到你的情绪……"

琳琳盯着天花板，还是默不作声。

"对不起，是妈妈不好，妈妈不该打你……"楚云哭得诚恳而愧疚，已经哭肿的眼睛更肿了。

琳琳终于转过头了，她看着楚云，嘴角抽了一下，又抽了一下，突然一头扎进妈妈怀里，号啕大哭起来。

楚云抱住女儿的肩膀，轻轻拍着，无声地安慰着。

"宝贝，对不起。是爸妈不好，没关心到你，没保护好你……"她心痛得无以言表。

琳琳在楚云怀里，哭了好一会儿，又抽噎了好一会儿，才抬起头，说："我不想上学了。太丢人了，他们打了爸，而且羞辱我，我一点面子、一点尊严都没有了……"

楚云惊得眼睛都直了："他们……羞辱你？他们跟你一个学校？"

琳琳点点头。

楚云这才明白女儿厌学、自虐乃至自杀的真正原因。那天在派出所，听民警说够不上法律处罚，又见高个男孩的父亲把他打得屁滚尿流，总算出了口恶气，事情也就过去了。谁知道她过去了，事情没过去，女儿一直笼罩在那片阴影下。

雷诺头一天就知道事情没过去。琳琳说那几个男孩朝她吹口哨、扇耳光时，他就知道事情没过去；只是晚上楚云带回了好消息，他们喝了些酒，就想让那件事过去。看来掩耳盗铃只能欲盖弥彰，那件事过不去，也不能就这样过去。

七

一个小时后，雷诺到了派出所。

中年民警很热情，给雷诺让座，倒水，然后绕过办公桌，在对面坐下，掏

出烟盒，问雷诺抽不抽，见雷诺摇头，他自己点了一支，说："那天你们走得太着急，事情还没处理完呢。"

"哦，那天被气蒙了……又见那家大人喷火冒烟的，我不想火上浇油。"雷诺说。

"其实也没多大事，也算处理完了，就少你签个字。哦，还有，"中年民警拉开抽屉，拿出一个信封，"每人罚了二百，算是给你的赔偿，这是一千，你点点。"

他先把信封放到桌子上，又推到雷诺面前，随后拿出一个本子，翻了几页，又倒回去两页，说："这是处理结果，你看看，没什么意见，就在下面签个字。"

雷诺没动信封，拿过本子看起来。案情经过没多大出入，但雷诺不同意他们的认错态度——认错了吗？嘴上认了，可态度却像庆祝胜利一样，充满了炫耀。他的手颤抖了，手里的本子也颤抖了。

处理结果，雷诺就完全不能接受了——赔礼道歉。道歉了吗？道歉了，但很嚣张，像一群意犹未尽的野狗。也鞠躬了，像跟遗体告别一样，鞠了三个躬。家长要严加管教，严吗？严，家长踩了高个男孩，都踩出尿了，但那不是管教，是做给外人看的。回家以后呢？还会打骂吗？批评教育？温言相劝？鬼知道。雷诺的手颤得更厉害了，好像手要背叛他，拿着本子逃跑一样。

罚款赔偿，一耳光二百元，雷诺愤怒了——他的脸就值二百元啊？一个亿万富豪的脸就值二百元啊？当然，这与钱无关，与人的身价无关，可你掏二百元去问街上一个乞丐，他让你搧一耳光吗？道理呢？法律呢？尊严呢？雷诺站了起来，他把本子摔到桌子上。

啪！很响，像谁搧了谁的耳光。

他以为中年民警会吓一跳，甚至会跳起来，会大吼大叫冲他发脾气。可是，没有——

中年民警稳稳坐在椅子上，稳稳地抽着烟，脸色也不愠不火，说："怎么？对处理结果不满意是吧？"不等雷诺回答，又接着说："其实，我也不满意，很不满意。"

雷诺没想到中年民警会这么说，一时心里有些惭愧，觉得自己不该不问青红皂白就摔摔打打。正要道歉，见中年民警用手往下按了按，示意他坐下，就坐下了。

"畜生，现在的孩子真是无法无天了！"中年民警说，"当然，作为民警我不该骂人，我这是换位思考。这段时间我们正进行警风整顿，其中一项就是换位思考。我把我换到老百姓的位置上，这么骂不过分吧？"

雷诺点了下头。

"哦，他们也不是畜生，畜生开不上那么好的摩托车。不就是钱烧的吗？还是那句话，钱不是万能的。"中年民警说，"当然，我这么说可不是仇富，我跟钱又没仇，也知道没钱是万万不能的。"

雷诺点了下头。

"可是，有钱就了不起吗？就该那么嚣张吗？钱能买来命吗？开着摩托上高速，出了事咋办？不要命了？行，就算胆大不怕死，也要别人陪着一起死吗？说到底，是缺少教养！"中年民警有点义愤填膺了。

雷诺点了下头。

"都是独生子女给害的，千顷地里一棵苗，娇啊，宠啊，想啥是啥，要啥有啥，结果呢，自私自利，唯我独尊，天王老子都不怕。养不教，父之过。老祖宗的古训错了吗？棍棒底下出孝子也错了？"

雷诺又点了下头。

"学校呢？专门的教育机构啊，教育了吗？过去私塾先生能打板子，现在不让了，别说打，骂都不能骂了，怕伤自尊，怕想不开跳楼。教不严，师之惰啊，老师们是省事了，弄出来一堆歪瓜裂枣，都推给我们警察啊？"中年民警愤愤不平。

雷诺没有点头。他想这都是国家政策，社会问题，都不是他能掌握的，他

只掌握能够掌握的事，有个合理的处理结果，给他找回面子，给女儿找回心理安慰。

"那你说，我这事怎么处理？"雷诺问。

"已经处理过了啊，虽然你不满意，我也不满意，我们都不满意，可也只能这么处理了。"中年民警重新把那个本子推到雷诺面前。

"就这么处理？"雷诺没动本子。

"那你说怎么处理？"中年民警又点了一支烟，"判刑？够不上刑事案啊。劳教？现在已经取消了。就剩下行政拘留了，可拘留也够不上啊……只能是批评教育，赔礼道歉，经济赔偿了。这都是软尺子啊，松了你不满意，紧了他不满意，咋能让双方都满意呢？你给想想。"

雷诺开始想了。他从中年民警的烟盒里抽出一根烟，想吸，却没吸。他把那根烟在手里捋着，发出沙沙的声响，一些烟丝被他捋出来，纷纷落在地上。他把那根烟捋得几乎散架，也没想出他想要的答案。

雷诺出去了。走到车跟前，发现手里还捏着那根半空的纸烟，他心里愤愤不平，把那根烟摔到地上，踢了一脚，想把它踢出去，却没踢着。

"畜生！"他说。

又踢了一脚。踢着了，却没踢出去，那根烟被他踢烂了。

上车后，雷诺给姚参打了个电话，说了那天的扇脸事件，说了女儿琳琳的事，也说了派出所的处理结果。姚参听了很气愤，让雷诺去他那里。

姚参就是小时候抢喜糖踩断雷诺手指的那个孩子。后来，他们一起上了中学，又一起考上大学，成了好朋友。大学毕业后，姚参先在检察院工作了几年，之后又辞职办了一家律师事务所。

到了以后，姚参问起那几个男孩的情况，比如姓名、年龄、家庭住址，雷诺才发现他知之甚少，只知道他们跟琳琳同一个学校。姚参说，这就难办了，初中生啊，恐怕年龄也够不上处罚。

"那你说……这事只能不了了之？"雷诺泄气了。

"那倒不是。譬如寻衅滋事罪，以危险方式驾驶罪，都是刑事犯罪，关键是后果和年龄。"姚参说。

"按这两项罪名，会怎么处罚？"

"危险方式驾驶罪，判三年以下有期徒刑或拘役；寻衅滋事罪，判五年以下有期徒刑或拘役。"

"这……重了点吧？"雷诺犹豫了，"还都是孩子，会不会影响他们的前途？"

"这会儿你倒有恻隐之心了，刚才还气得跟蛤蟆似的。"姚参笑了，"那你说，你想怎么处理？"

又是这句话。雷诺要知道怎么处理，就不去派出所了，也不来找他这个律师了。不过，雷诺也不是没想法，来找姚参的路上，他曾经做过种种设想——

比如，把那几个耳光扇回去。当然不是他亲自动手，他一个大人，也下不去手；让他们自己扇，或者互相扇；他甚至想象过那场面，解恨，解气，甚至想象过要不要阻止他们。

比如，他们如果不肯扇，就让他们跪下求饶。雷诺想象过他们跪下求饶的样子，痛哭流涕，追悔莫及；想象过他会征求琳琳的意见，琳琳呢，可能会大人不计小人过，说算了，姑且记下你们这次，下不为例。

比如，让他们的家长赔礼道歉。登门？还是登报？雷诺觉得登门好。他只想要他们真心悔过，并不想坏了他们的名誉。

比如经济赔偿。当然，二百块肯定不行，数额看各家的经济条件，反正得让他们感到心疼，不然不长记性。当然，他不会收这钱，那就捐给慈善总会……

看雷诺久久无语，姚参笑了，说："我知道你的想法，你想的都不行。法律黑白分明，没有灰色地带。"

雷诺说："那你就别问我，你看咋办？"

"这件事伤害不大侮辱性大，如果处理不当，可能会造成严重后果。"姚参

说，"这样，你签个委托书，我以律师身份正式介入。"

"可以，既然要办，咱就正式办。"雷诺说完，又半真半假地问，"那代理费呢？"

"免了，算法律援助。别以为穷人才需要法律援助，你这个富翁在法律面前，基本上也是一穷二白。"

从律师事务所出来，雷诺给楚云打了电话，说了派出所的处理结果，也说了姚参的意见。果然，楚云对派出所的处理很不满意，但觉得姚参说的是条路子。雷诺问了女儿的情况，楚云说稳定了，已经睡着了；又让雷诺回家，说公司一大堆事，他不能休息不好；说医院有她陪着就行了，没必要都耗在那里。雷诺想了想，女儿大了，妈妈陪着毕竟要方便许多，就直接回家了。

八

早上，雷诺是被手机铃声惊醒的。他一个激灵跳起来，一边找鞋子，一边接电话。

是楚云的电话。还好，女儿平安无事，楚云说的是他挨打的事——电视、广播、报纸，还有几家门户网站，都报道了雷诺被打的事件。

女儿平安，雷诺就放心了。他重又躺到床上，翻看着手机里的信息。一夜之间，网络上都是雷诺被打的新闻，而且众口一词，好像都不认可派出所的处理结果，好像都认定雷诺不会就此罢休……如今的手机可真会揣摩人的心思，只要你关注什么，它就会善解人意地把相关内容一股脑推送到你面前。在众多内容中，雷诺还看到了一条视频——

雷诺被高个男孩固定在后车门上，一个男孩走上来，对高个男孩笑了一下，随即，一耳光扇在雷诺脸上，啪！

这是镜头里的声音，还有画外音：爽！脆！是另外几个男孩的喝彩。

又一个男孩走上来，对高个男孩笑了一下，还回头对别的男孩笑了一下，随即，耳光再次扇在雷诺脸上，啪！

仍然伴着画外音：爽！脆！还有一阵哄笑。

一个又一个男孩扇完了耳光，有的扇了雷诺的左脸，有的扇了雷诺的右脸，有的清脆，有的沉闷，但通通干脆利落，一点不拖泥带水。雷诺没反抗，甚至没反应，他一脸蒙的样子，好像在配合他们做一场有趣的游戏……

雷诺看着视频，心里开始发疼。视频播完，他又愣了很长时间，突然挥起拳头，狠狠砸向床头柜。这一次不只心疼，而且手疼。手疼慢慢消退，心疼却愈加尖锐了。他想大哭一场——显然，他们不但扇了他耳光，而且录了视频，而且发到了网上；他们不但要摧毁他肉体的脸面，而且要摧毁他精神的脸面。显然，他们是处心积虑的，他们就是要摧毁一个人的尊严，甚至要摧毁社会的道德体系。

雷诺被这段视频折磨了半天，得出的结果是：他想大哭一场。

但他没哭。他想：这事不能完。

正想给姚参打电话，姚参的电话却先打过来了。姚参说，他刚刚去了法院，立案庭的法官说这事不能立案。因为事件本身构不成伤害罪，连轻伤害都够不上；因为加害人都是些孩子，够不上刑罚的年龄；还因为派出所的处理并无不当，也不具备行政诉讼的条件……还有几条原因，雷诺没听懂。姚参说，这就是当下法律的漏洞，没办法啊；又说这事没完，说马上要开全国人大了，作为人大代表，他计划在会上发起议案，主张补充立法，至少要推动地方立法……他讲了很多，但雷诺基本没听进去。

这不是亡羊补牢的事，人大立法可以补上法律的漏洞，但补不上雷诺心上的血窟窿，等法律的漏洞补上了，他的血就流完了。他等不及，也不想等了。既然法律不能给他主持公道，那么纪律呢？那几个男孩是学生，那么，校规校纪总能处罚他们吧？

开除学籍；留校察看；记过，记大过；警告，严重警告……雷诺想到了一系列很解恨的词语。

他决定去找他们的学校。

春意越来越浓了，小区里的绿植蓬勃而茂盛，各种花儿开得轰轰烈烈。鹅卵石铺成的小径，脚踩上去能感到凹凸，好像来自路面的问候。

"雷总，上班去啊？"

是清洁工杨阿姨。路上落了厚厚一层洋槐花，还有一些正纷纷扬扬洒下来。杨阿姨把它们扫在一起，收在一个干净的布袋里。这让雷诺想起了女儿，那天，琳琳伸手去接那些花瓣，一片一片小心地收藏在白色的手帕里。

雷诺心里一动，遂笑着点点头："杨阿姨辛苦。"

"哪里啊，"杨阿姨说，"您是干大事的，才辛苦呢。"

"其实，可以先不扫，这个季节，扫也扫不尽的。"雷诺说。

"那可不行，公司有规定呢。"杨阿姨说，"再说，这洋槐花多好，收起来能蒸着吃。"

"是哩，小时候我也吃过，好吃。"雷诺说。

"雷总……"杨阿姨欲言又止。

"杨阿姨有事吗？"雷诺说。

"那事我们都知道了……您没事吧？"杨阿姨说。

"什么事？"雷诺刚一开口，就明白了，赶紧说，"噢，没事，我没事……"

"嗯，没事就好。"杨阿姨说，"俺知道您心里憋屈，想开些，人在做，天在看，他们会遭报应的……"

"没事，杨阿姨，我真的没事……"雷诺说着，快步离开了，倒好像他做了什么丢人的事。

杨阿姨跟门口卖水果的老孙是两口子。起初，老孙把水果摊摆在小区门口，是看小区住户多，都是有钱人，生意好做，但保安觉得影响小区形象，时不时地驱赶。有一次正好被雷诺看到，就叫来物业经理，不但允许老孙摆摊，还安排他老伴到小区做了清洁工。从那天起，这老两口就记了雷诺的恩，进进出出，都向他鞠躬请安。没想到，连老孙两口都知道了他挨打的事，而他，竟落到了让杨阿姨同情安慰的地步。

雷诺心里泛起一阵悲凉。

雷诺找到七中校长，跟校长说他是初二（五）班雷琳琳的爸爸，他叫雷诺。

校长是位女校长，很热情，但雷诺能看出这热情是职业的，敷衍的，随时都会冷却，因为校长并不认识雷诺，也不知道雷琳琳。

这也难怪，学校都是先知道学生，然后才知道学生家长的。而七中这样的万人中学，校长一般只认识两类学生：好学生和差学生。成绩好的学生就是好学生，成绩不好的，也不叫坏学生，学校的叫法是差生，如果成绩不好再调皮捣蛋，那就叫问题学生。这两类学生是少数。更多的学生，成绩不好也不差，占大多数，但不引人注目，甚至可以忽略不计。这很正常，所谓成者王侯败者贼，历史书上都是王侯和贼寇的故事，且被人记住的，多是贼寇的故事，因为贼寇的故事往往更有趣。

雷琳琳属于成绩不好也不差的学生。所以，校长没什么印象。

雷诺拿出手机，让校长看那段视频。

这时，进来一个老师，校长让他一起看视频。他们看见雷诺被固定在后车门上，男孩们一个接着一个上来扇他耳光，啪！嘭！他们还听见了男孩们的喝彩：爽！脆！而雷诺没有反抗，也没有反应，他好像在配合男孩们做一场有趣的游戏……

雷诺挨一个耳光校长就哎哟一声，挨一个耳光她就哎哟一声，一声比一声高，最后是一声长长的"哎哟"，像害了牙疼，一手按着腮帮子，另一只手拿着手机，样子有些滑稽。

"天，您怎么招惹了他们……"老师说。老师在"他们"上加重了语气，显然认识那几个男孩，他们很有名，都属于那种问题学生。

"我没招惹他们，我根本不认识他们。"雷诺说。

"那，你们怎么遇到了一起？"老师说。

消失的顿河

"我在路上开车，他们拦住了我……"雷诺说。

"不管怎么说，打人是不对的。"校长说，"报案了吗？"

雷诺就说了派出所的处理结果。

"这么处理有什么不对吗？"校长说。

"就这么道歉啊？"雷诺说。

他后退了一步，学着男孩们的样子，嘴里喊，一鞠躬，再鞠躬，三鞠躬……对着校长鞠了三个躬。

校长和老师都笑了，笑了半截又戛然而止，他们看见雷诺喷火的眼睛，他们的笑像刚要开放的花朵突然遭了风霜，立刻蔫巴了。

"就这么道歉啊？"雷诺说。

"还有罚款，我一个耳光就值二百块钱啊？"

"还有我女儿，我女儿也受了极大的伤害。"

雷诺讲了琳琳受惊吓、被羞辱、自虐和自杀的事。

校长和老师看看雷诺，也互相看看，好像觉得派出所那么处理是不太合适。

"那您觉得该怎么处理？"校长问。

"拘留？判刑？够不上啊。"老师说，"以他们的年龄和违法情节，够不上刑罚。"

"您很懂法。"雷诺看着那个老师，"民警也是这么说的。"

"我教思想品德，课本上这么说的，"老师说，"犯罪肯定是违法，但违法不一定是犯罪，他们够不上犯罪。"

"那您觉得该怎么处理？"校长又问。

雷诺有些愤怒了。民警这么问，律师这么问，校长也这么问，他们是执法者，是教育者，他们不知道该怎么处理，倒要他来回答，但雷诺不能不回答了。他无故挨了打，他一家都无故蒙受了羞辱，他女儿更受到了极大的伤害，他必须为自己、为家人讨一个公道。

"国有国法，校有校规，既然够不上国法，那就按你们的校规处理。"雷诺说。

校长和老师互相看着，似乎在斟酌该适用哪一条校规。

"开除学籍，学校不能留这种害群之马。"雷诺挥了一下手，像赶走了一群马。

"这不合适，就算他们是害群之马，也不能往社会上赶，不然，还要教育机构干什么？"校长说。

"也不合法，"老师说，"都是初中生，义务教育阶段，按教育法是不能开除学籍的。"

"那就留校察看，记大过，警告……张贴布告，以儆效尤。"雷诺说。

校长看着雷诺，许久没说话，许久才说："雷……您女儿叫什么名字来着？"

雷诺说叫雷琳琳。

"哦，雷琳琳家长，首先，我代表学校对您的不幸遭遇深表歉意，并对雷琳琳同学表示诚挚的慰问。"校长没鞠躬，但她的神情是真诚的，"这样，您先回去，我找班主任了解一下情况，学校研究处理意见，然后再跟您沟通。"

雷诺张了下嘴，还想说什么，又觉得没什么说的了。校长已经道了歉，已经说要研究处理了，他还能再说什么呢？就对校长和老师表达了歉意和谢意，好像他做了什么对不起学校的事，好像人家帮了他忙。然后，就离开了。

公司门口围了一些人。有人要往公司里进，有人阻拦着，解释着。要进公司的，是几个记者，报社的，电台的，电视台的，扛着录像机，拿着录音机，或者拿着笔和笔记本；拦着不让进的，是公司的员工，保安和负责行政工作的陈总。

雷诺停好车，拎起公文包，朝办公楼走去。

"来了……"有人喊了一声。

所有人都看向雷诺。还有那些录像机、录音机、笔和笔记本。

"雷总，您对上周末发生的事怎么看？"

"当时发生了什么？他们为什么打您？"

"公安部门怎么处理的？您对处理结果满意吗？"

"有没有走法律程序的打算？"

"……"

提问像连珠炮似的轰来，雷诺反而冷静了。作为知名的企业家、慈善家和社会名流，他无数次面对过这样的场面，知道如何应付这些记者。

"各位朋友，这里不是说话的地方，我们到公司去谈好吗？"雷诺微笑着说。

保安让到了一边，陈总在前边带路，他们进了办公楼。

雷诺招呼众人落座，大部分记者都坐下了，电视台的记者没坐，扛着录像机照来照去。雷诺也没有坐，他左手托着右胳膊肘，右手拇指和食指做成一个U形，下巴正好搁在U形凹槽里，嘴角挂着一丝微笑。这种神态显示着他的涵养和耐心。从楼下到楼上这段不长的路，他已想好该如何应对了。

记者们都没有提问，刚才已经问过了，这会儿他们等着答案。雷诺就说了那天事情的经过，派出所的处理结果。这显然不是记者们想要的答案，他们七嘴八舌地又提出一大堆问题。

"飙车党啊，违法上高速，还打人，太嚣张了吧？"

"赔礼道歉，就这么赔礼道歉啊？"

"一个耳光二百元啊？太便宜他们了……"

"伤害性不大侮辱性极强，这事不能算完！"

"雷总，接下来您打算怎么办？"

都是义愤填膺的样子，好像他们是受害者，雷诺倒成了办案人员。

雷诺很平静。在派出所，面对中年民警，他愤怒过；在律师事务所，面对姚参，他激动过；在学校，面对校长和老师，他既愤怒又激动；但这会儿，他平静了。

"那你们说怎么办呢？"雷诺把这个问题抛给了记者们。

"这事不能算完！"记者们说。

"对，做法医鉴定，走法律程序。"他们说。

"该判刑判刑，该赔钱赔钱，还有精神赔偿。"他们这么说。

这时候，雷诺才坐下来，他把自己坐成了中年民警那种姿态，他甚至很想像中年民警那样抽一支烟。

"他们都是些中学生。"雷诺说。

"他们还是孩子，够不上刑罚。"他说。

"违法，不等于犯罪……"他这么说。

他把中年民警、姚参以及学校老师说过的话，重复了一遍，然后，站起来，朝门口走去。走到门口，又回过头说："我也不知道该怎么办了。也许你们知道，法网恢恢，可真就疏而不漏吗？有了漏洞怎么办呢？"

雷诺走进办公室，这才觉出累。他几乎是强撑着冲了杯咖啡，坐到沙发上，慢慢地喝着。

从昨天到现在，他一直处于高度紧张状态，医院、派出所、律师事务所，再到学校，好多事像钝刀子一样，一下一下拉着他本就绷紧的神经。人在家中坐，祸从天上来——他想起一句老话。当然，他没在家里，他们一家在高速公路上。可不是还有一句话——大路朝天，各走半边吗？他依法经营，照章纳税，热心公益，招谁惹谁了，偏偏被这般殴打羞辱？受了冤屈还无处申诉，申诉了却得不到公正解决，甚至，连什么是公正都无从得知……他觉得就像那个堂吉诃德，累个半死，拳脚却如同打在风中，闪了自己的腰。这个世界怎么啦？这个世界上的人都怎么啦？

陈总走进来，欲言又止的样子。

"都走了？"雷诺放下咖啡。

"走了，每人发了个红包，车马费。"陈总说。

"应该的，记者们也很辛苦。"雷诺点点头。

"我们都知道了，公司差不多都知道了。"陈总说，"琳琳没事吧？你们都没事吧？"

"没事。"雷诺说，"小孩子，心理上一时不能接受。"

"不能就这么算完，事关您的尊严，还有公司的脸面，得有个说法。"陈总说，"要不要让公司律师介入？"

"我已经找过姚参了，先看看吧。"雷诺说，"哦，对了，那块地的竞拍计划我看过了，改了几处，按方案准备吧。"

雷诺从公文包里取出了那个 U 盘。

九

傍晚时，雷诺的手机响了，是金地置业的杨总。雷诺没理，任手机响着。

楚云替他接了，脸马上灿烂起来，说，好的好的，雷诺这会儿不在，我等下告诉他。挂了电话，楚云说杨总要请他们吃饭。雷诺怪她多事，说鸿门宴，不该答应赴约。楚云说，鸿门宴就鸿门宴，也许是那块地的事，咱不能因小失大。雷诺不认为女儿的事是小事，更不认为土地比女儿重要。雷诺说要去你去吧，我守着女儿。

楚云就一个人去了。

琳琳靠在病床上，戴着耳机刷手机，眉眼和嘴角满是笑意。她这个年龄段的孩子，都喜欢各种新潮手机，喜欢手机里各种新潮的玩意儿。学校不许带手机，他们的手机多放在家里，一有空就拿出来玩。现在琳琳是个病人，她有大把的时间。

"宝贝，看什么呢，这么开心？"雷诺问。

"你不懂，也不会喜欢的。"琳琳眼皮都没抬。

"是的，你的世界，爸妈未必懂得，但你喜欢的，爸妈肯定也喜欢。"雷诺说。

"真的？"琳琳抬起头。

"当然。因为爸妈做的一切，就是为了让你开心，让你幸福。"雷诺说。

琳琳摇摇头，有种迷惘的神情。

"宝贝，听爸跟你说说话好吗？"雷诺问得很小心。

见琳琳点了头，雷诺想了一下，说——

宝贝，你知道人来到这世上多不容易啊。当年我们想要你的时候，你妈总怀不上，医生说是你妈内分泌失调，得吃药。可西药不能吃，怕影响了你，只能吃中药，草啊，石头啊，蝎子蜈蚣癞蛤蟆啊，看着都头皮发麻，你妈硬是一罐子一罐子喝了大半年。好不容易怀上你了，又担惊受怕的，整天待在家里，八九个月啊，你妈没出过大门一步，这才安全地把你接到这个世界。

宝贝，你知道一个人长大多不容易啊。冬天怕给你冻着，夏天怕给你热着，你咳嗽一声家里都地动山摇的。好不容易你学会走路了，又怕你磕了碰了，恨不能把你捧在手心里。等你开始上学了，就算我们再忙，也是天天接，天天送的，就怕你在路上被车撞了。

宝贝，你怎么可以拿别人的错误来惩罚自己呢？就算爸妈粗心，对你关心不够，可我们天天忙得焦头烂额也是为了你啊，想给你最好的生活，让你上最好的学校，为了不让你输在起跑线。

宝贝，我们这么疼你爱你，你怎么可以不爱惜自己呢？

宝贝啊……

雷诺这么说，说了很多。

"爸，这话你们都说过 N 遍了，我耳朵都起茧了。"琳琳说。

"说得不对吗？"

"对着呢，心灵鸡汤怎么会不对？可要是煲心灵鸡汤你可没我在行。只是，你们又何曾听我说过心里话？没有，你们从来不愿听。"

"那好，今天你说给爸听，想说什么就说什么。"

琳琳想了一会儿，终于开口了，她说——

爸，你们做父母的确实很辛苦。可在我们看来，你们那是自虐，是故意做给孩子看的，很变态，是让我们产生负罪感，要是读不好书，就更是个罪人了。过去都说孩子是自家的好，现在呢，都是"别人家的孩子"好。"别人家的孩子"学习好、能上好大学，能满足家长的虚荣心。老师比家长更虚荣，更势利，更喜欢"别人家的孩子"，因为"别人家的孩子"能提高升学率，能让学校成为名校，能让校长升官，让老师多拿奖金。

爸，你别说可怜天下父母心，真正可怜的不是天下父母，是天下的孩子。父母都望子成龙望女成凤，可成龙成凤的是少数，多数人是虫，可怜虫，是鸡，甚至落榜的还不如鸡，最多是落汤鸡。你知道我们这些可怜虫落汤鸡有多可怜吗？小学时我不知道，初中生的书包重三十一斤零七两，我在超市称过，都赶上我体重的一半了，这还不算心理负担。想过我们的年龄吗？想过我们的小身架吗？想过我们的承受能力吗？动辄就是打骂丢脸色，可打骂丢脸色我也成不了"别人家的孩子"，更变不成龙凤。

爸，我们这些可怜的虫和鸡，天天困在课本里，逃无可逃，有人抑郁了，有人自杀了，更多的人麻木了。我们不想麻木，就惹是生非。比如谈恋爱，比如抽烟，还有很多种方式，都是因为你们不让，我们才偏要做。爸你放心，我不谈恋爱也没抽烟，我有我的方式，用三角板划自己的皮肉。有的同学用烟头烫，用刀片或笔尖划，我不敢，我用三角板。但那种痛是一样的，痛让我清醒，让我知道自己还活着，痛快，痛快，痛并快乐着，大概就是这种感觉……

琳琳说着，雷诺听着，他们的眼里都有了泪水，他们用盈着泪水的眼睛互相看着。

"天，你就这么残害自己啊！"

雷诺听不下去了，他拉过琳琳的手，看到她的小臂上有一条条细细的疤痕，像一条条蠕动的小虫子。

"宝贝，你怎么可以这样……"雷诺的心都要碎了。

"这次吃药算极端的一次。当时我真的不想活了，不是我妈打了我，是我觉得活着太难了。平日里老师讽刺我，挖苦我，你们逼我、骂我，就连那几个问题生也羞辱我，人活着太难了啊……"琳琳也是心碎的样子。

"对不起宝贝，是爸妈不好，让你受委屈了。"雷诺说，"那几个坏学生，我去找过学校了，学校会惩罚他们的，爸一定给你讨回公道。"

"没用的。不是找过派出所了吗？不是找过律师了吗？警局法院都管不了，学校更没办法。"琳琳说，"学校病了，社会也病了，人人都有病，还治得了别人的病？"

雷诺从来没听女儿说过这么多话，有些话很深刻，有些话很偏激，但他都没法反驳。这让他很担心，她说到了变态，谁也难以预料变态的结果，就像他突如其来地被扇了耳光。

手机响了一声，打开看了，是琳琳班主任在家长群里发了微信，说学校要建语音试验室，号召家长自愿捐助。雷诺摇摇头，眼下上面反复强调不许摊派，可学校还是有各种名目；虽然是强调自愿，可班主任开口了，哪个家长敢不自愿？

这时候，楚云正在跟杨总吃饭，当然也喝酒，无酒不成席。

杨总长着一个小脑袋，跟红薯一样，但他的肚子很大，像一只麻袋没有扎紧，从里面突然拱出一块红薯。除了杨总，还有另外四男一女，楚云知道女人是金地的财务总监，也是领头那个男孩的母亲。另外四个男人她不认识。

杨总让楚云坐主宾位，她不肯。她以为是竞拍的事，人家已经把那块地让给她了，她不能蹬鼻子上脸。杨总说过这事，说找几个托儿，像陪太子读书一样，走个过场。她把那几个人当成了托儿，心想，这顿饭一定自己买单。

几个大杯摆在桌子中央，杨总拿起酒瓶，在杯子上面走了几个来回，瓶子就空了。然后，他端起一只杯子，其他人也都端起杯子。

杨总说："各位，雷总有事没来，楚总来了也一样。谁都知道，云雷地产雷总是船长，楚总是掌舵人。"

众人都说，那是那是，巾帼不让须眉。

楚云谦虚着，也端起了酒杯。

"楚总你放下，这杯酒是罚酒，我们喝你不喝。"杨总说。又对众人说，"圣人言，养不教父之过，各位都是有罪过的人，罪过都在这酒杯里，这叫自作自受，干！"

杨总把酒杯送到嘴边，并不见有多大动作，杯子就见了底。

众人都跟着干了杯。

杨总又拿起一瓶酒，同样在杯子上走了几个来回，瓶子空了，杯子满了。

"楚总，这杯是赔罪酒。孩子们不知天高地厚，冒犯了雷总，是可忍，孰不可忍！不过话又说回来，都是咱自己孩子，自己孩子犯了错，叔不可忍婶儿也得忍不是？"杨总为自己的幽默笑了一下，"这杯赔罪酒我们干了，楚总你随意。"

又是一饮而尽。

这时候，楚云才知道并不是地的事。在座的是那几个男孩的家长，他们替他们的孩子赔罪来了。高个男孩的爸爸没来，但他母亲在，酒量也很好。

"他爸没来，没脸来啊。他是个粗人，就知道动拳头，不会说话。"财务总监说。

楚云想起那个五短汉子，一脚一脚，真踩啊，高个男孩的尿都踩出来了。

"兄弟几个就这一个男孩，要左手不敢给右手，要手心不敢给手背，惯得没样了，闯出大祸了啊。"财务总监说。

楚云想起那个男孩，瘦瘦的，高高的，一脸稚气，却是天不怕地不怕的模样。

"这几位说起来也算事业有成，可看看几个孩子，就算身家千万，又有何用？失败啊，惭愧啊！"杨总说。

楚云想起那些男孩，染彩发，听摇滚，飙车，抽烟，一脸稚气，又很痞、很社会的样子。

"可无论如何，孩子们的错，就是大人的错，楚总，对不起啊！"杨总站了起来。

几个人都站了起来。

他们对楚云深深鞠了一躬。

"别，别，请坐，都请坐……"楚云赶忙起身摆手。

她没想到会是这种场面，高档的酒店，丰盛的酒宴，掏心掏肺的话，很诚恳，很正式。还要怎样呢？还能怎样呢？

"打也打了，骂也骂了，派出所也处理过了，那件事咱就翻篇了。"楚云端起酒杯，"来，我敬各位一杯，谢谢你们的真诚！"

十

琳琳同意出院了。

其实，也早该出院了。可琳琳说她很难受，一说出院就难受。雷诺知道，她这是逃避，与外面世界相比，病房像个保险箱，她宁愿躲在这与世隔绝的地方。但医院终归不能常住，何况，病房紧张，医生已催过好多次了。

回到小区，楚云带琳琳先回家，雷诺去车库停车。车刚停好，手机响了，是七中那个女校长。

校长说，雷琳琳家长，事情我们都了解清楚了，跟您说的基本一样……校长停住了，显然在等雷诺的反应。但雷诺没反应。肯定一样啊，难道他会诬陷那几个男孩？还有那段视频，他们自己拍的，难道他们自己会诬陷自己？校长说，您在听吗？雷诺说，在听呢，校长您说。校长说，我再次向您表示歉意……校长又停了一下，接着说，不过，说到底还都是孩子，都在义务教育阶段，开除学籍是违法的；处分嘛，尺度也不好掌握，要进档案的，要跟孩子一辈子的，会影响他们前途的……我们都是家长，能忍心毁了孩子们？雷诺沉默了，很明显，校长在护短。而且，派出所处理过了，校长想让雷诺接受派出所的处理结果。

"哦，对了校长，听说学校要建语音室，让家长们捐款？"雷诺忽然想起家长微信群里的信息。

"没有没有，"校长连忙否认，"语音室要建，但不会搞摊派的……"

"校长您别误会，我是说不用费事了，我个人愿意为学校捐个语音室。"雷诺说。

"啊呀，太感谢您了！"校长马上热情起来，"早听说您是爱心人士，慈善家，救助孤寡老人，给家乡修路，还捐资建希望学校……您要肯出手相助，那可太好了！"

"就这么定了。具体怎么做，您派人直接联系我就是。"

"好，好好。对了，那件事您放心，我们会妥善处理的，有了结果，及时向您汇报。"

雷诺对着手机笑了，很得意，也有点猥琐。

天色完全黑了。小广场上，有一些老人在跳舞，没有音乐，静默中夸张的动作显得很怪异，像一群张牙舞爪的鬼魅。老人们经常在这里跳广场舞。原来乐声轰鸣，四邻不安，进而引起矛盾，年轻人说老人们打扰了他们休息，老人们说年轻人影响了他们锻炼。争执不下，就有人往广场上倒垃圾。后来，雷诺自己掏钱给老人们更新了音响，新设备配了蓝牙耳机，既满足了老人跳舞的需求，也免去了音乐对四邻的打扰。没想到静默中的舞蹈竟如此怪异，若是深夜看见，说不定被吓破胆呢。

这么想着，雷诺走了过去。

舞蹈突然停了。领舞的王阿姨迎上来，说："雷总啊，天杀的孩子们，让您受委屈了……"

王阿姨说得太突兀，雷诺一时没听明白，愣了一下，然后明白了，说："哦哦，没事的，没事了。"

老人们好像没完，纷纷围上来，表达着同情和安慰，也表达着愤慨和诅咒，那样子，好像雷诺是他们的家人，甚至，比他们自己受了委屈还委屈。但老人们不知道，他们的同情和安慰让雷诺瞬间觉得自己懦弱无能，让他有种再次被施暴的羞辱。他冲出老人的包围，逃回到家里。

琳琳回了她的房间。楚云歪在床头刷手机。看见雷诺，她说，牛奶面包都弄好了，在餐桌上，你自己吃吧。雷诺却一点胃口也没有，说算了，不饿。说完简单洗漱了一下就躺到了床上。

过了一会儿手机突然响起来。雷诺激灵一下，是他的手机。刚要伸手，楚云喝道："别动！"

雷诺的手倏地缩回来。

楚云伸手拿起手机。喂，扭头朝雷诺使了个眼色。杨总啊，雷诺在洗澡呢……哦，您说……哦，是吗？我不知道啊，真不知道……哦哦，放心，会处理好的，一定会……

放下手机，楚云脸上现出了愠色。

雷诺问："杨总说了什么？"

楚云没有回答。

又问："怎么了？"

楚云还是没吭声。

"拍卖的事？"

楚云突然暴发了：拍你个大头鬼，瞧你干的好事！雷诺说我干什么了你发这么大火？楚云又不吭声了。雷诺说，对不起，这些天我真的好累……楚云说，累吗？我看你不累，派出所啊，找律师啊，还找到学校了，你累吗？

"我不该去找吗？"雷诺也生气了。

"派出所不是处理了吗？姚参不是也给了结果吗？又去找学校，没完没了啊你？"楚云吼起来。

"派出所那叫处理啊？姚参那叫结果啊？逃了国法逃不了校规。"雷诺说，"我不能白挨打，我们也不能白白蒙羞。"

"别扯上我们，你就是为你那点可怜的自尊。"

"那琳琳呢？女儿自虐甚至自杀又是因为什么？"

"脆弱，娇气，矫情，都是你给惯的。"

雷诺挺了下身子，但没起身，也没说话，转过脸闭上了眼睛。

十一

到了村口，已近中午，家家厨房已炊烟袅袅。这才是家的味道，泥土的，青草的，树木的，庄稼的，牲畜的……各种味道混在一起，像母亲的老棉袄把雷诺包裹起来。他抽了下鼻子，又抽了一下，他想把心掏出来，放在家乡的味道里。

雷诺把车泊好，还没进门，大黄狗蹿出来，一下一下往他身上扑。雷诺蹲下来，黄狗就势偎进他怀里，哼哼唧唧的，仰着头，要跟他进一步亲热。雷诺捧起狗脸，看着它水汪汪的眼睛，有种想哭的感觉。

"雷诺回来了？"继父出现在门口。

"伯……"雷诺叫了一声，放开黄狗，起身扑向了继父。

在继父怀里，他觉得自己变成了一只小狗，一只失散了多年又回到主人身边的小狗。虽然这个老人与他没血缘关系，虽然他一直叫他"伯"，可心里早就把他当成亲爹了。老人并不伟岸的身子一直是他挡风的墙，到现在仍觉得这怀抱最温暖，这肩膀最可靠。

母亲也出来了，双手沾满面粉，显然正在做饭。

雷诺放开继父，问："妈，啥饭？"

母亲说："你想吃啥饭？"

雷诺忽然想起小学课文《小蝌蚪找妈妈》，心里一动，说："我要吃杂面蝌蚪。"

母亲于是给雷诺做杂面蝌蚪。雷诺说他想喝酒，继父说不是要开车吗，敢喝？雷诺说今天不走了，他想在家住两天。继父看着他，想说什么，终是什么也没说，就从堂屋搬来小桌，支在厨房。雷诺明白继父的用心，他想让他一边喝酒，一边看母亲做饭，跟母亲说话。

继父出去了一会儿，带回一包卤肉，还有一把青蒜，几棵十香菜。青蒜和十香菜洗净了，跟花椒、辣椒一起放到小石臼里捣，叮叮咣咣的声音，很庸常，但很亲切。等所有的调料都捣成了烂泥，烧一勺热油泼进去，嗞啦一声，顿时弥漫起浓郁的香气，又加了老陈醋，那香气就更加丰盈充沛了。黄瓜切好，拌了料汁，放到小桌上，剩下的调料，待会儿做酸辣蝌蚪。

爷儿俩开了一瓶酒，就着卤肉和凉拌黄瓜喝起来；母亲掐了些杂面，开始调和面糊。

一开始，都没有说话，只喝酒。吱，一杯，吱，一杯。雷诺就这么喝。继父喝得很慢，像有话，却欲言又止。

一只苍蝇落在盘子上，得意地搓着两条前腿。他们夹菜时，苍蝇飞起来，等他们放下筷子，它又慢慢落上去。

"别急着喝酒，吃碗蝌蚪再喝。"母亲说。

调好面糊，正好开锅了。母亲把面糊舀到漏瓢里，左手握着瓢把，右手在左手腕上轻轻地敲。面糊漏出来，成几十根指头粗的面柱，接近水面时，断成指头肚大小的颗粒，像一群蝌蚪，拖着细细的尾巴，在锅里欢快地游动。漏完一瓢，母亲用笊篱搅了搅，随即捞进旁边的凉水盆里，开始漏第二瓢。第二瓢漏完，水盆里的蝌蚪也凉下来。母亲盛了两碗，浇上料汁，拌匀了，放到爷儿俩面前。

"先吃，吃完再喝。"她说。

雷诺冲母亲笑了一下，端起碗，呼噜就是一口。一群蝌蚪游进嘴里，滑溜，娇嫩，带着麻辣酸爽的味道，在嘴里兜了一圈，就迫不及待地钻进喉咙眼，像它们的妈妈在召唤一样。

雷诺眼里涌出了泪水。

"你看你，好好的咋就哭了……"母亲伸手给他擦泪。

母亲的手很粗糙，但很温柔。雷诺把脸伏在母亲的掌心，任泪水放肆地流。

许久，他抬起头，对二老说："伯，妈……"

"呀，雷诺回来了？"

院子里有人喊。跟着是一阵杂乱的脚步声，一群人堵到厨房门口。

"看见你车停在门口，就知道你回来了。"他们说。

雷诺连忙站起来，一边打招呼，一边把人往里边让。没人进来。厨房太小了，容不下那么多人。

"让让，让让。"有人说。

是姚参他爸姚满仓。他拨开人群进了厨房，径直坐到小桌旁。

姚满仓向来这样，到哪儿都像在他的炕头，来去自如，坐卧随意。他这般行事风格，一方面源于担任多年村主任，积累了威望；另一方面，他儿子的成就也为他增添了底气。姚参大学毕业后，在检察院工作，他是第一个把小汽车开进祁营村的祁营村人。祁营村不是没见过小汽车，但姚参的车不一样。看见了吧，白牌，姚满仓说，公检法的车。姚满仓的话让人们感到了一种深刻的复杂。后来，姚参辞职开了律师事务所，但他总能借到白牌车开回家。他想让人们羡慕他的身份。

所以，姚满仓向来如此行事。

继父给姚满仓添了筷子酒杯。雷诺给他满上了酒。

但姚满仓却没动筷子，也没端杯子。

"酒不急，咱先说事。"姚满仓的小腿绞在一起，右脚压在左脚上，点了一下。

"没事，叔，我就是回来看看。"雷诺说。

"咋叫没事？出恁大事能叫没事？"姚满仓很气愤。

"叔，真没事，没事了。"雷诺咽了一下。

"没事你咽个啥？"姚满仓说，"咱不惹事，可出了事也不能怕事。"

姚满仓的脚又点了一下。按说，说事也不该当着众人，可姚满仓就是要众人在场，他要人们见证他姚满仓的能量。

"雷诺腮帮还肿着哩。"人们说。

"噢，眼窝乌青哩。"人们说。

"太欺侮人了，这事不能算完。"他们说。

雷诺下意识地摸摸脸，摸摸眼窝。这些天他心里上火，牙疼，晚上睡不好，眼窝可能也青了。

"从你妈来到祁营村，你就是祁营村人，有事叔给你兜着，不行咱找姚参。你找过姚参了吗？"姚满仓说。

"对，祁营村给你做主，姚参在公检法哩，法办了狗日的。"人们说。

雷诺忽然有些反胃，好像那些蝌蚪不想在肚里待了，甩着尾巴要游出来。他"嗷"了一声，站起来，冲了出去……

这时候，楚云正满世界找雷诺。

雷诺跟楚云吵了一架，早上出门时谁也没说，上车后干脆手机也关了，所以，楚云不知他去了哪里，谁也不知他去了哪里。

可那天是土地拍卖的日子。尽管事先跟金地置业的杨总有约，他们愿让出那块土地，但头天晚上杨总在电话里对雷诺去找学校很生气，楚云担心节外生枝，出现什么变故。何况，雷诺是大老板，是法人，有些事情得他拍板才行。这个节骨眼上，他会去哪里呢？楚云都快要急疯了。

会不会回了老家？陈总说。

她一下子醒过来，让陈总先去拍卖会现场，自己和司机往老家赶去。

楚云找到雷诺时，他醉卧在房后一棵梨树下，身边是一摊呕吐物，嘴里还在吐，一点一点，搜肠刮肚的样子。

"你怎么喝成这样？"楚云愤怒了，"你忘了今天土地开拍吗？"

雷诺茫然地看着楚云，好像不认识她。

"快，把雷总弄上车。"楚云对司机说。

司机上前扶起雷诺。

雷诺不愿上车，趔着身子挣扎："我哪儿也不去，我找我妈……"

楚云没理他，强行把他塞进车里，让司机赶紧开车。

刚上高速，陈总就打来了电话，说见到杨总了，杨总不阴不阳的，有点怪。楚云说正往回赶，让陈总沉住气，随机应变。一边催司机加速。扭头再看雷诺，他歪靠在后座上，长一口短一口地吐气，不过，酒倒是醒过来了，说，对不起，我把今天的事忘了……

楚云叹口气，没说话。

汽车在疾驰，路边景物飞快地朝后方掠去。

"你跟学校怎么说了？"楚云问。

"我给学校看了手机上的视频。"雷诺没说他跟学校提出的要求。

"杨总很生气，他觉得你不该去找学校。"

"学生犯了错，学校不该管吗？"

"不是该不该管，是面子。也骂了，也打了，也给咱赔礼道歉了，杨总觉得你没给他面子。"

"那我们的面子呢？关键是女儿，她怎样面对同学？"

"我不想跟你吵架，我担心那块地……"

好像要印证楚云的担心，陈总的电话又打过来了——地价已拍到560万一亩了，还没有落槌。楚云问杨总是什么情况，陈总说杨总不在场，但主要是金地置业在举牌。楚云心里紧了一下，她担心的事还是发生了。那块地属于三级住宅用地，她和雷诺商量的底线是650万到700万一亩，也就是说，当下已迫近他们的底线了。

楚云让陈总守住底线，随即拨了杨总的电话，却无人接听。

"他要反悔，你打电话也没用。"雷诺说。

楚云知道没用，可还是给杨总发了一条信息："杨总好！老家有点急事，我和雷诺回来处理一下，正往回赶。拍卖会上全靠您关照，真是太感谢您了。"

这时，陈总又来电话，说地价已破了他们的底线，700万一亩了。楚云看看雷诺，他皱着眉头，没吱声。她想了想，对陈总说，再给你50万的权限，过了750万就放弃吧。其实，她心里清楚，杨总反悔了，他自己不到场，又不接电话，就没有商量的余地了。

此后，杨总一直没回信息，陈总也没再来电话，车里，谁都没说话……

出了收费站，陈总已等在那里。他说那块地被金地置业拍下了，770万一亩。

楚云无奈地叹了口气。

雷诺没有吭声。

十二

他们站在国旗下。

这是学校的传统，凡有重大活动，都在操场上的国旗下举行，好的，不好的，展示出来，好像在向祖国汇报和检讨。先是表彰会，表彰上学期的"三好"生和优秀教师。一个"三好"生代表上台发言，说了一通"蜡烛精神""成功摇篮"和"乌鸦反哺"之类的话，表达对老师、对学校、对父母的感谢；接着是"三好"生给优秀教师献花，很风光，也很感人。

然后是对那几个扇耳光男生的处分。

关于对这几个男生的处分，有两种意见——义务教育阶段不能开除，那就劝退，不能让几粒老鼠屎染坏一锅好汤；但也有人反对，认为处分过度会把事态扩大，万一哪个学生想不开有过激行为，更难收场。校长综合各方面的意见，决定给领头的高个男生记过处分，对另外几个协从者，严厉批评教育，每人写一份检讨，并当众向雷琳琳同学道歉。

琳琳本来不想到场。她不想听什么道歉，只想那件事赶快过去。可班主任做她工作，说这是给你爸挣面子，也是给你挣面子；说一个耳光伤害性不大但

侮辱性极强，他们必须当面道歉；说你接受他们道歉，是帮助他们改正错误；说这是学校决定，希望你能配合。琳琳只好配合了。

几个男生站成一排，琳琳站在他们对面。都穿一样的校服，都是一脸稚气，除了个头有别，男女有别，看不出别的差别。主持会议的教导主任让高个男生把事情经过讲一遍，高个男生不讲；让另外几个男生讲，也不讲；又让琳琳讲，琳琳侧脸看着远处，她朝远处吐了几口气，没吭声。

教导主任就根据他看的视频把事情经过讲了一遍。有几个老师不同意，说太简单太乏味了，坚持让当事人讲。

其实那段视频早传开了，全校师生都知道，他们觉得教导主任复述跟当事人讲出来是两回事，何况，当时的心情呢？感受呢？为什么每个人都打了而不是派一个代表打？为什么每人只打一个耳光而不是好几个？这都关乎他们的动机目的和心理状态，当事人讲出来一定更有现场感，更有意思。过程跟意思相关，进而跟意义相关。他们不但需要过程，也需要意思和意义，这样才能起到教育作用。

当事人不讲，教导主任只好问了。

"为什么无故打人？"教导主任问。

高个男生一脸漠然，好像他也不知道为什么打了雷诺。

"为什么？"教导主任指了下高个男生。

高个男生翻了个白眼，好像在想为什么。

"你说。"教导主任不依不饶。

"没有无缘无故的爱，也没有无缘无故的恨。"高个男生说了一句名言。

"那你说说其中的缘故。"

高个男生突然吼叫起来："有几个臭钱就了不起？就趾高气扬？就不可一世胡作非为？就勾引女人？就可以不要脸？"

一连串的反问，像一连串的炸弹丢到会场上，立马引出此起彼伏的躁动。人们理解有钱人了不起，理解有钱人趾高气扬，甚至也理解一些有钱人胡作非为，但不理解“勾引女人”和“不要脸”。不是不理解，是不理解“勾引女人”和“不要脸”跟这件事的关联。太突然了，太出其不意了，他们已经觉出了意思，甚至能捕捉到某种意义了。

他们瞪着眼睛，等高个男生往下讲。

可高个男生不讲了。

琳琳一下子愣住了。她没想到高个男生会说出这种话，她原以为他就是把过程讲一遍，那样她最多再受一次羞辱，可没想到会扯出“勾引女人”和“不要脸”的话题。

“雷琳琳同学，你说，怎么回事？”教导主任的目光转向了琳琳。

所有的目光都聚集到她的身上。

琳琳的眼里涌满了泪水。她了解她爸，也相信她爸不会做出“不要脸”的事，但话从高个男生嘴里说出来，还是像炸弹一样把她的心炸得稀碎。难道真像高个男生说的“没有无缘无故的恨”？

人们迫切的目光乱箭一样射到她身上，她已经千疮百孔了。她受不住那些目光了。她突然放声大哭，扭身冲出了会场，冲出了校门，身后的乱箭嗖嗖地追。

谁也没想到会是这样。人们正听得上心，高个男生的话让他们产生了许多联想，他们进入了某种场景。学校的日子太乏味了，上不完的课，写不完的作业，他们都快成干尸了。他们把一次检讨弄得跟演节目一样，听得刺激而舒坦。可刚刚有点意思，却弄成这种局面。他们互相瞅着，不知道该怎么收场了。

十三

楚云打开家门，一团麻黑。虽然外面天还亮着，可客厅没开灯，窗帘也拉着。她一边换拖鞋，顺手开了灯。雷诺蜷在沙发上，像那里放了一件睡衣。有

几个快餐面空桶，放在茶几上。

"你一天都没出去啊？"楚云火了。

可雷诺只抬了下眼皮，没有吭声。

实际上，楚云还没意识到，雷诺不是一天没出门，而是已好几天没出门了。土地竞拍失败，楚云归咎于雷诺不辞而别回了老家，她很愤怒，一直没搭理雷诺，雷诺也一直没跟她说话。一连好几天，他把自己关在家里，跟谁都没有说话，只是楚云没意识到。

"你倒是放个屁啊……"楚云更火了。

雷诺抬了下屁股，但他没有放屁，而是起身离开客厅，走进了卧室。

这时，楚云电话响了。还没听完，她就"噢"地惊叫一声，冲着卧室喊："琳琳呢？还没回来？"

然后楼上楼下所有房间找了一遍，都没有琳琳的踪影。

"琳琳不见了，她没跟你说去了哪里？"楚云叫了起来。

雷诺倒在床上，没吭声。

中午放学，琳琳没回家，下午放学，也没回。

"快起来，快起来，琳琳不见了！"楚云上前拉起了雷诺。

雷诺坐在床边，神情茫然。

"我先去学校，你也去四下找找！"楚云来不及多说，风一样卷过客厅，出门去了。

雷诺怔了一会儿，正要重新躺下，看到楚云刚才冲过来时，把窗帘带开了一半，他起身走过去，检查了几个窗扇，没问题，都紧紧闭着。他拉严窗帘，人却恍惚着，似乎还有事要做，却想不起该做什么。

好几天，雷诺都这个样子，他怕窗，怕门，怕外面的一切事物，包括光和声音。所以，他关了家中所有窗子，拉严了所有窗帘。他把自己关在家里，渴了喝水，饿了吃快餐面；楚云下班后，两人冷战着，谁也不说话；然后就是睡觉，也睡不踏实，总是做噩梦，总是被人追杀，有时是那几个男生，有时是同行的几个老总，有时是村里人；醒来后，就干坐着发呆，想一些乱七八糟的事，小时候的事，大学的事，被扇耳光的事，找派出所、找姚参、找学校的事，还有琳琳自虐、自杀的事，想得头大了，木了，然后继续睡觉；慢慢地，竟习惯了，习惯了躲在窗帘背后的日子；再后来，不再做噩梦了，好像所有人都疏远了他，包括这个世界……

楚云回家时，见雷诺仍穿着睡衣，蜷在沙发上，冷笑一声："你心可真大，女儿丢了也不在乎啊……"

雷诺没动，也没说话。楚云觉得不对劲了，她走过去，俯身用手试了下雷诺的鼻息。雷诺身子猛地一缩，眼神迷茫，像看一个陌生人。

"你怎么了？"楚云又要伸手去试他的额头。

雷诺下意识地躲开了，但眼睛没躲，定定地看着楚云。

"琳琳找到了，去了夏阿姨家。"楚云说。

楚云先给奶奶、姥姥家打了电话，琳琳都没去；然后她去了学校，才知道上午发生的事，心里不满，却顾不上责怪谁，就由班主任陪着，挨个给琳琳的同学家打电话，还是没有。正犹豫着要不要报案，保姆夏阿姨来了电话，说琳琳在她那里，让楚云放心。琳琳总是跟夏阿姨合不来，她压根没往夏阿姨家想。

知道琳琳找到了，雷诺并没露出些许欣喜或宽慰，仍是一脸茫然。

这时候，楚云才意识到雷诺出了问题。这些日子，公司的大小事情，人们都找楚云，问了，都说雷总吩咐的。雷诺的固执，让公司失去了那块地；还有希望学校的施工方一直在催款，慈善总会那笔款又迟迟不到位；而且，能感到公司人心浮动，业务已受到了严重影响。这个雷诺，他到底要干什么？她心里有气，却故意跟雷诺冷战。现在看来，雷诺可能出问题了。

楚云看着雷诺，发现他瘦了很多，不由心里涌起一股怜惜。这些日子，雷诺经受了太多的折磨，这折磨，不是雷霆万钧的重击，而像钝刀割肉一般，是蚀骨剜心的疼。她伸出胳膊，想把雷诺揽在怀里，雷诺又一次躲开了。

第二天，姚参来了，同来的还有他一个做心理医生的朋友。姚参一进门，就大声喊叫雷诺的名字。

楚云朝卧室努了下嘴，示意雷诺还没起床。

姚参走到卧室门前，说："没有金屋藏娇吧？我进了啊。"

卧室没开灯，窗帘也拉着，虽然已是上午，却晦暗不明。雷诺盘腿坐在床头，像一尊泥胎。

"靠，黑咕隆咚的，修仙啊？"姚参说着，过去拉开窗帘。

阳光哗一声涌进来，像突然开闸的洪水。雷诺叫了一声，举起小臂挡在头顶，害怕雷击一样。随即，又跳下床，赤脚跑到窗前，唰地又把窗帘拉上了。忽然，他停下动作，静静听了一会儿，又用指头把窗帘挑开一道缝，一只眼睛凑过去，透过缝隙朝外面瞅了一下，迅速跑出卧室，跑向门口。刚触到门把手，又停下了，回头说——

"我妈来了……"

几天来这是雷诺第一次开口说话，楚云觉得那声音熟悉又陌生。她知道婆婆今天会来。昨天晚上，她发现雷诺不对劲，先给姚参打了电话，然后给婆婆打电话，告诉琳琳找到了，又说雷诺心情不好，让婆婆来劝劝他。

"妈来了，你去接一下啊。"楚云说。

雷诺抓着门把手，对楚云说："你，你去接吧。"

楚云看一眼姚参，又看一眼心理医生，他们摇摇头。

"是你妈，该你去接呀。"楚云说。

雷诺还在犹豫。终于，他放开门把手，返身朝卧室走去。刚走两步，敲门声响了，雷诺折身跑到门口，先开了一道门缝，探头朝外瞅了一下，又开大一些，伸出手，一把将母亲拉了进来，随即，又嘭地关上门，用脊背紧紧靠住。

老人被拉了一个趔趄。

楚云赶紧上前扶住她："妈，您没事吧？"

雷诺看着母亲，问："没事吧？"

老人看了看他们，也问："你们，都没事吧？"

三个人都问了"没事吧"，指向却不同。

雷诺上前护住母亲，眼睛盯着姚参和那个心理医生，问："你们要干什么？"

姚参说："雷诺，我是姚参啊……"

雷诺说："我认识你，小时候就经常欺侮我，怎么，现在又来看我笑话？"

姚参说："我看你啥笑话？你哪有什么笑话？"

雷诺撇撇嘴，说："就是，满世界都是笑话，笑话别人的人才可笑呢。"

又转脸对母亲说："妈，我饿了。"

老人看看楚云，这还不到晌午，不会没吃早饭吧？

楚云说："妈，他几天都没好好吃饭了，该是饿了。"

老人对雷诺说："行，想吃啥？妈给你做。"

雷诺说："杂面蝌蚪。"

母子俩走向厨房。楚云想跟进去，雷诺却砰地关了门，把她关在门外。楚云长叹一声，泪水溢满了眼窝。

姚参走过来，把楚云扶到沙发上。心理医生告诉她，雷诺这是典型的抑郁症。

"也怪我，不该逼他委曲求全……"楚云擦着眼泪。

"抑郁症的病因是多方面的，遗传因素，神经生化因素，心理社会因素，等等。一般来说，自制力可以控制，但遇到应激性事件可能诱发出来。所以，有了压力应该及时地用恰当的方式释放出来……"心理医生说。

"你们医生就是站着说话不腰疼，释放得有门路啊，要是释放无门呢？"姚参说，"就说雷诺被打这件事，公安、法院、学校还有学生家长……谁都该管，可谁都没法管，所有的门都堵死了，你让他怎么释放？"

"要不要住院？"楚云有些担心。

"不用，还没那么严重。"心理医生说，又问，"雷总好像特别依恋他妈，

是吧？"

"是的。"楚云说，"他少年失父，是他妈一手带大的。"

心理医生点点头，说："也许，母爱是一剂良药。"

厨房里，母亲已经调好了面糊，因为没有专用的漏瓢，只好拿漏勺代替。漏勺的孔细得多，漏出的蝌蚪也小得多，像刚刚孵化出来一样，拖着细细的尾巴，落进锅里，在沸腾的开水里欢快地游动。

雷诺又想起那篇《小蝌蚪找妈妈》，他觉得他像一只小蝌蚪，很幸福。

寻找微米

一

光线好得惊人，站在窗前，总能看到一条马路之隔的森林，会在一阵风过时，像波涛一样起伏不定。我喜欢这样的绿色波涛，它令人心旷神怡，使得纷乱的心处于宁静状态。所以，在闲暇之余，我喜欢站在二十二楼居所的落地窗前，久久地凝视它们，想象着林子里有小鹿跳跃奔跑的样子。室内冷气充足，门外那个穿湖蓝色连衣裙的女人将双腿微微挪动，高跟鞋摩擦地板，发出轻微的沙沙声，我不禁扭过头，冷冷地看了她一眼。

她裸露出的麦色皮肤表面凸显出一层颗粒，是那种受到了外来刺激后的应激表现。

我不讨厌她。她好像经常出现在我的视线之内，无论是西门大街还是东直门，她麦色健康的皮肤总能引起我的注意。不知道是不是记忆出了问题，我觉得我们似曾相识，但又记不清到底是否真的相识，她出现在我二十二楼敞开的房门之外时，我毫不惊讶她的到来，只是微微地点了点头，她便轻盈地走了进来。

我带了你爱吃的酱牛肉，你爱喝的德国黑啤。她从容地从提着的浅黄色袋子里掏出切好的熟牛肉和两罐德国黑啤。汤纳，她轻声叫了我的名字。我注视

着她有点冒汗的鼻尖，有几颗雀斑在汗水下调皮地若隐若现。当然，她知道我的名字我一点都不意外，三十多岁的我是一名健身教练，身材健硕，有着良好的形象，我还是一家知名刊物的专栏作家，并且这家刊物经常用我的帅气图片打广告，我的连载悬疑小说颇受读者欢迎。我走在外面经常被人认出，是些青春逼人的女孩，她们看到我会忍不住大叫，那激动引起的波澜，又像湖面荡起一圈圈的涟漪，让人很享受这种明明白白的扩散。

眼前这个穿着湖蓝色连衣裙的女人，毫无例外，也是我的追随者吧。我自信地扬起下巴，看着她年轻柔美又略带忧郁的脸庞。我是喜欢她这种类型的，我之前爱恋的一个女人，跟她如此相似。我坐下来，拉开啤酒易拉罐的圆环，啤酒像憋足了劲儿，噗地蹿了出来，我的脸上洒满德国啤酒的香，她抽出纸巾熟练地替我擦拭，我惊讶地望了她一眼，毕竟我们还不太熟悉。当然，我也无法拒绝她传递过来的令我奇怪而熟悉的亲切感，和她身上散发出的淡淡的迷迭香的味道，这些令我心安。

你多久没有下楼了，她依旧像老朋友般地跟我说话，并从厨房取出一个锃亮的不锈钢刀叉递给我，出去透透气也好啊。

我盯着她红润的唇，她抿着唇的样子很可爱，脸上的酒窝盛满了笑意。我发现她身上除了迷迭香，还有一股隐隐的来苏水的味道。这些味道好像在记忆的时空曾被占据过，但又无从记起，只是让有洁癖的我略微踏实些。我卷起白色的亚麻短袖，吃了几片牛肉，喝了一大口黑啤，肉糜的香和黑啤苦涩的香在舌尖和唇齿间回旋。我将头摆向窗口一侧的健身器材，示意给她看。跑步机、哑铃、杠铃等，闪着金属冷幽的光，我不也经常锻炼吗？我捏了捏自己结实的臂膀，看着她有些泛红的脸颊朗声说。

我又望向窗外，那片森林在太阳下面闪耀着，依旧有徐徐的风在它们的叶片上滚动，每一次起伏，明亮和阴暗缓缓地交替着，像极了晨曦和暮晚在眼前可见的瞬间变化。那些小鹿呢？我自语道。她顺着我的目光看着窗外，什么？她挑起淡淡的眉问。我摇头，转过头继续喝啤酒，不再说话。

汤纳，她吸了口气轻声说，你不觉得自己有点奇怪吗？

我笑得呛了一口，肩膀抖动着，线条毕现的肌肉也跟着抖起来，边笑边说，当然不觉得，奇怪的是变幻莫测的世界吧。她忧郁的眸子讶异地望着我的脸，无辜清澈如鹿般的眼睛盯了我片刻。她的眼神使我迅疾地想起了我的祖母。看着她有些瑟缩地收紧了身体，我起身调高了温度。我从她身旁的沙发换到对面，我习惯面对面地与人交流。突如其来的说话欲望，使我变得有些亢奋，更或许，啤酒里的酒精也起了不可估量的作用。那满满的一大罐液体注入肠胃，五脏六腑包括全身的毛孔都在欢畅地舞动。

我的祖母有一双和她一样的眼睛。我看着她的脸沉思，接着开始了让我有些兴致盎然的话题。

要知道，我的处所可是少有人光顾的。我的确是个奇怪的人，与其他人鲜有交往，经常独来独往。但独来独往更便于思考问题，或者说对我的创作有利。我对周围熟悉的人设置的聚会和活动，压根不感兴趣。我厌倦他们醉醺醺之后，那些放浪形骸的语言和动作。我那个笑起来一脸褶皱比我还老的表弟，说我是个极度自律的人，不过很无趣。

我在三十岁时曾经深爱着一个女人，她来自西部的一个边远小镇，皮肤麦色，有健壮优美的身材，经营一家旅馆。我在游历的路途中邂逅了她，我们一见钟情。我说。

不妨说说看。她微笑着看着我，饶有兴趣的样子。

二

我在毫无准备的情况下，在夏日的午后，对这个女人打开了话匣子，时间正以一种难以言说的排序进行着，或交错，或平行，让我以往的经历如同骏马飞驰，从四面八方奔腾而来。

那是一群互不认识的人组成的旅游团队，我在一个冬天参加了那次所谓的

探险之旅。看到的景点不过是几个空荡荡的、类似黄土砖块建成的空城，绕来绕去要绕迷路的，给人的错觉是无休止的空和绕。那一个个巨型的土黄色没有章法的构造，参差不一的门洞和窗子，像一双双瞪大了的眼睛和张开的大嘴，再加上风沙激荡空城所产生的呜咽和呼啸声，令人惊悚。

这多刺激！跳下车后，我暗自狂喜，感官带来的高度紧张激化了身体的某些功能潜质，相较同行的其他十来个男女——他们大多是疲倦掺杂着瑟缩或者畏惧的反应，他们打着呵欠，踢着僵硬的双腿，扭动着脖子，凑在一起不敢单独行动。我仿佛比一般人更为精神和果敢些。我直着脖子，双目炯然，不想漏掉任何一个观察到的细节。一个面相猥琐却女人缘极好的瘦高个男人，一路上不停地和几个打扮时髦的女人们说笑，他凭借自己抹了蜜一般的嘴巴，哄得女人们花枝乱颤地笑，我还看到在空城时，有两个女人装作惊恐的样子拱在他怀里。而他居然放肆地在我身旁，毫无顾忌地、趁机将手伸在其中一个女人的腰肢上揉了一把，我看到女人的腰肢纤细，腰如弱柳扶风不过如此。我对萍水相逢就这样做派的女人不屑一顾，甚至嗤之以鼻。直到我遇到了微米。

那晚下着瓢泼大雨，天地一片混沌，白天通畅的道路在蛮荒的野外，在视线的尽头看到的仿佛是悬崖的边缘，前方永远是在无边的黑暗里，好像一不小心，连车带人都会跌入万丈深渊。车灯照耀着湿漉漉地面上散落的枯枝败叶，车上的一行人在喝醉了酒般的旅游车的摇晃下，开始变得不耐烦和恐慌。司机一脸严肃地瞪着眼睛看着前方，毫不理会车里嘈杂的声音。

见鬼，这要走多久才能看到城市，我们可不想在这荒郊野外发生什么意外。瘦男人看了看周围，又大声骂了一句脏话，其他人都安静下来。我环顾了一下视线能够触及的地方，突然发现了左前方不远处，隐隐约约有灯光，星星点点地点缀着夜幕，好像还传过来一阵歌声，像被风雨切割后断开，又连接上的声音。

啊，前边有人家，也许是旅店呢。我抑制不住惊喜的情绪，大喊，朋友们，你们看左前方。司机依旧不说话，他拧着眉头，握紧方向盘，加大了油门。车里的人们开始激动起来，气氛热烈了。

汤纳！有人开始欢呼，还有人喊着我的名字说，还是汤纳先发现的。于是，几个人带着感激的目光齐刷刷地向我看过来。

果然是旅馆，有古老意味，是一排连在一起的两层楼房。名字在灯光下闪着古铜色：微米旅馆。顶部为椭圆形，装饰了几个带有藏青色和宝蓝色以及暗红色花纹的方形和尖形的固体物件。车停靠在旅馆一侧的空地，人们鱼贯而出，进入灯火通明开着暖气的室内。我扫视着附近的地形和风景，门前的四个大理石柱子上吊着环形缀件，上面挂着几个花朵状的罩着奶白色玻璃的灯。地势略微不平，有阶梯递增的即视感，灯光之外就什么也看不清，是荒漠或者土坡都不一定。天色愈加沉暗。旅店内，一楼是一个大房间，用木篱简单隔开，显得很规整，木篱上缠绕一些粗粝的藤蔓植物，烤肉和啤酒以及异域风情的音乐，使得聚集在这里的人们看起来都醉醺醺的，油亮通红的脸，狂放的声音，放浪的笑，在这个风雨交加的夜晚，混乱而不真实。

我将行李提到二楼的客房，帮我开门的是一个麦色皮肤身材健美的女孩，她用那双鹿一样的眼睛盯着我的脸庞，说了一句：需要什么尽管吩咐。

谢谢。我冲她点头，她那双眼睛让我心里微微一震，却说不清是什么原因引起的震动。我关上白色的房门，进去冲洗了一番，在柔软洁净散发着百合花香的床上躺了片刻，然后起来下楼准备吃点东西。

三

一楼大厅的隔断里，形形色色的人们神情放松，伴随着门外的大雨的节奏，沉浸在自己的世界里。夜晚旅店的歌舞升平，人声鼎沸，对我这个有着孤僻性格的人来说，有些不合时宜。看着喧哗的人们，为了不表现出我的不合群，我在柜台点了一大罐啤酒和一份只有三片的烤肉。找了个临窗的位置坐了下来，一个柔软的带有靠背的沙发，在凉意十足的冬天，让人很是舒适。

不久，带我上楼的女孩端着盛有烤肉的白色盘子，拿着啤酒走近我，我才注意到她穿着水红色的长裙，戴着大大的金属质地的耳环，波浪大卷的乌发垂肩，身上香味淡雅。我吸了口气，挺直了脊背。女孩放下食物和啤酒后，并未马上离开，而是在我对面的一张空沙发上坐了下来。

怎么一个人？她带着一抹笑容看着我，又扭头看着不远处另一拨和我同行的人，他们正热火朝天地猜拳行令，瘦高个男人正好朝这边看来，他一脸坏笑地冲我眨眼睛。我毫不掩饰自己鄙夷的表情，瞪了他一眼，心想，自己才不会和他一样下作，对女人一点都不尊重。

就这几片牛肉，够你吃吗？女孩的眼神带着关心。

晚上尽量少吃，不增加肠胃负担，也对保持体形有好处。

啊，和我一样。另外，我也不喜欢热闹。

女孩像遇见知音一般身子向前倾，她的声音轻柔婉转，略微有些西部人独有的鼻音，这更增加了她的妩媚。

旁边有人在大谈人活着的意义，和关于人死后发生的种种奇怪现象。那位胡子稀疏、眼睛凸出，像得了甲亢的老头参与的讨论最多，每说完一段，就抬眼看着旁边另外两个听得津津有味的年轻人。老头神情得意且自负，瞧他扬起脖子灌酒的样子便知，一大杯烈性酒痛快地干掉，一滴不剩，并用看起来脏乎乎的手指捏起酒杯，反倒过来，在另一个手掌上猛磕一下。

我是个不善于观察且反应有些迟钝的人，但今晚我却细致入微地观察了身边的人，包括面前的女孩。我叫汤纳。你的名字呢？冒昧问一下。我拿刀叉吃完第一片撒有胡椒粉和薄荷末儿的牛肉，用餐布抹了抹嘴，看着一脸淡定的她问，你怎么看待活着的意义？

她愣了一下，继而语速缓慢地说，我知道你，汤纳。微米，我的名字。我没那么多大道理可讲，只是我想活着就把我的这个旅店经营好，等我的母亲回来。每天醒来看到窗外的阳光和生机勃勃的植物，感觉日子充满希望，这就是意义吧。

我沉默了一下，不再多问。因为我看到了她眉间的忧郁，这个花儿一般的年纪，不该有忧郁的，也许生活遭遇了什么变故才如此吧。寥寥的几句，让我脑补了一个凄凉哀婉的场景，日复一日，她独自经营着旅馆，和住店的陌生人逐个说着客气而礼貌的话语，千篇一律的热情，千篇一律的微笑下藏着深深的孤独，她只字未提的父亲，等待归来的母亲，都令人遐想联翩。

　　那晚还说了什么，我记得不太清晰了。第二天，突然下起了鹅毛大雪，我就多睡了会儿，醒来时已经接近中午。我下楼去餐厅找吃的，一楼仍然有滞留的客人，他们有的骂骂咧咧地抱怨：这个鬼天气让人无法脱身，烦死了！男人们喝着酒，脸色酡红地在和身边的女人调情。

　　我点了一份牛肉炒面，一罐黑啤。仍然坐在一个角落，低着头默默地嚼着面，炒面混着牛肉粒和洋葱，混着几个火红的辣椒，很是刺激味蕾。微米悄悄地坐在我对面。她穿着件鹅黄色的衣裙，外罩一件毛茸茸的长款棕色大衣，看起来像小熊一般可爱。她眨动着眼睛对我说，不如出去走走？

　　我咽下最后一口面，啤酒还剩大半，取了餐布擦了擦嘴巴，起身跟她一起走出门。门外的雪已经铺得很厚，枯萎的灌木和花草都披上了银色的毯子。我听到瘦高个男人在我和微米的身后吹了个响亮的口哨。远处一望无际，阒无一人，分不清哪里是道路。

　　微米用戴了黑丝手套的手拉了我一下，我加快了步伐，跟紧了她。

　　我昨晚梦见了妈妈，微米仿佛沉浸在梦里，露出甜蜜的笑容，嘴边两个浅浅的酒窝都汪了蜜糖一般。停顿了片刻，她又说，妈妈将我搂在怀里，还像小时候一样，给我讲故事。

　　我和微米踩着厚厚的雪，继续朝前没有目的地走着。她的脸有些绯红，不知是风吹的还是冻的，红得像苹果。你说话啊，她红润的嘴唇哈着白色的雾气，转过头看着我。

　　白雪下的微米美极了，我看得发呆，心狂跳不已。我知道自己可能爱上她了，在这短短的时间里，不可思议地爱上了她。多年沉默寡言的我，很想跟她

表明自己的经历或者其他，想和她分享心里所有的秘密。这是个危险的事情，打破了我自己封闭的习惯。唯一可以解释的就是：我的确爱上微米了。

面前的她仰起头，鹿一样清澈的双眸看着我的脸，那谜一样微微开启的唇，如泣如诉，令我激动得手足无措，一瞬间涨红了脸，眼睛看向别处，双脚无处安放地在雪地上画着圈圈。

一只少见的大鸟沙哑着声音飞过头顶。我清了清嗓子，开始了我的诉说。

四

其实，我是个没有明确方向的人，我说着，目光越过她绣有茉莉花瓣的红色布帽，看着远处两个好像在移动的黑点。声音低了下去。

我活着的意义好像不太明朗，我的生活单调枯燥，连工作也熟悉得烂透了。得过且过吧。

这得拜我那个糟糕的父亲所赐。做生意的父亲在年轻时养了一个情人，他隔三岔五地把情人带回家，老实巴交的母亲苦苦哀求都没用，最后忍无可忍，将我送回郊外的祖母那里，就离家出走了。天知道，我那下巴右侧长颗黑珍珠一样的痣的母亲，漂亮又温顺，长着一双鹿一般的大眼睛，就这么丢下年幼的我走了。

我那时才八岁，同样遗传了母亲下巴右侧的黑痣，脸上整天挂着与年龄不相符的忧郁。可恶的是，同伴们都嘲笑和孤立我，除了祖母给予的温暖，这个世界对我来讲是冷酷的。

乡村的生活单调且清贫，年迈的祖母靠做些手工过活，早逝的祖父留下的那点积蓄也已经所剩无几。祖母那双粗糙的手能做出许多漂亮的布偶，每个布偶都样子独特而活灵活现：粉色的小猪憨态可掬，彩色的小鸟似乎要展翅高飞，咖色的猴子在跳舞……每次拿到集镇上售卖，便会被抢购一空。换取的一些钱，买些米面以及生活用品。我很馋，想尝一尝镇上卖的熏肉饼的味道，也许它是这世界上最美味的东西了。我每次看着那排着长长队伍的人买到饼后都欢天喜地的样子，很是渴慕。我跟在卖完布偶准备返回的祖母身旁，多希望她能给我买一个来吃。肚子里似乎有千军万马在左冲右突，眼睛好像被一根胶带紧紧地粘在了那一张张烤得金黄酥脆、香味扑鼻的熏肉饼上，祖母不可能不知道我的心思，但她只是提着装有物品的袋子，催促我赶紧随她往回走：走快点啊，汤汤，日上三竿啦，回去还得给小羊割草呢。

祖母瞪着浑圆的眼睛看我，那一刻，我想到了鹿的眼睛。我曾在一条长满荒草的僻静小路，看到过一只长着浅白色斑纹的小鹿，不知从哪里跑出来，看到我的一瞬，鹿也用黑亮湿润的眼睛，直直地和我对视，那眼睛里藏有温柔和爱意。过了好一会儿才掉头跑开，一路小跑，冲向不远处密密的丛林里。此后，在很多年以后，回想起和鹿对视的镜头，都一度令我怀疑是不是错觉，我们住的地方没有山峰和森林，一马平川的，怎么可能会有鹿出现呢？那么多年后，能让我念念不忘的就是这么一双眼睛。

我很诧异，身材伛偻瘦小的祖母，脸上的皮肤满是褶皱，镶嵌在褶皱之间的眼睛却如此年轻，像鹿一样。

还磨磨蹭蹭不走？祖母有些恼火地拧了一下我的耳朵，听，你听到小羊饿得咩咩叫了没？她夸张地挥舞着手，掀起衣服的一角擦着脑门的汗对我说。

瞧，即使这样，即使跟祖母一趟一趟地赶集，从没有给我买过熏肉饼，但一点儿都不影响我爱她。祖母给我烙极薄的粘着芝麻粒的脆饼，味道棒极了，我喜欢用牙齿轻轻地咬一小口，用很响的声音嚼着吃，让那些孤立我的坏家伙们羡慕得吞口水，一张饼从头吃到尾，他们的口水就从头吞到尾。

留一口给我尝尝呗。一次，一个长着三角眼厚嘴唇的家伙央求我，我傲慢地昂起头，在他绝望的眼神里，迅速地将最后一小片薄饼吞了下去。

我一直在等一场丰盛的宴席，来慰藉我贫瘠的胃，因为祖母不止一次地跟我提起即将到来的盛宴。

祖母兄弟的孩子结婚那天，阳光灿烂得出奇。冬天，大风像怪兽般呼呼地

消失的顿河

吹着，我竟然感觉不到寒冷。祖母穿着一件平时不常穿的银灰色粗布棉衫，花白的头发梳得溜光水滑的，也给我穿戴一新。她在头上包起一个印花的深蓝色头巾，瞪着圆圆的眼睛，朝门边柜子上镶嵌着的绘有鸳鸯戏水的镜子瞟了一眼，然后拉上我出门。

今天中午你可以吃到美味的东西了，祖母拉着我的手带着喜气大声说。走在铺满阳光的大道上，空气里有干裂土地和枯草混合的味道，还有田地里燃烧秸秆的浓烟味道。

你可以吃从没有吃过的肉，祖母比画着，香葱和凉拌熟牛肝、腊肉炒竹笋、香芋炖鸡块，对了，还有一道香味无比的梅菜扣肉，可比镇上的熏肉饼好吃得多。祖母用粗糙的手捏了我冰凉的脸蛋：哎，汤汤，不要总一副忧伤的模样好吧！今天可是个好日子呢。

我的表情大概一直这样，很难改变，只是祖母的手用劲过猛，差点将我满嘴的口水都挤了出来。我步履轻快，佝偻着身子的祖母，步伐一点儿不比我慢，我们走了近半个小时，就到了目的地。

五

那天中午的宴席果然丰盛，祖母提到的那些菜果然都有。我吃到了有生以来最美味的东西，我感觉那些美味只有天堂才有。我顾不上观察祖母那个长得像门神一样黑壮的侄子，更顾不上看和他并排坐在一起、穿着大红绸缎、低眉顺眼、怯生生的新娘，顾不上看新娘是不是个标准的美人。我眼里只有面前香喷喷的肉。我吃了很多梅菜扣肉，入口即化的肉和梅菜的劲道，吃得我浑身轻飘飘的，嘴角淌满了酥肉的汁液。祖母一边和她的本家亲戚说着话，一边不时地看我一眼。我低着头只管吃。

回去的路上，祖母不停地说些今天的所见所闻，我第一次发现她话特别多。

我那侄子好幸福，她得意地哑着嘴，娶了个漂亮的小娇妻。

人长得铁塔一样，怎么这么有福气哇。

我兄弟都笑得合不拢嘴哦。

今天的酒席好丰盛啊。

咦？你怎么不说话？汤汤。

我盯着祖母的脸，说不出话，视线模糊，头有些发晕。胃里像有无数个虫子在搅动，翻江倒海地搅动，紧接着，我在祖母失声的尖叫里，剧烈且呈喷射状地呕吐，感觉连胆汁都吐了出来，过了好一阵才平息。

我虚弱无力地靠在祖母怀里，祖母的眼中蓄满了心疼的泪水。我可怜的汤汤。她紧紧地抱着我说，一定是平时没吃过什么肉，吃多了，胃受不了。

我们在冬日的风里坐了很久，一直到太阳落下，天色深邃幽蓝，才慢慢地走到家。

你看，那里有颗很亮很大的星星，祖母牵着我，右手指着幽蓝的高空。顺着她指的方向，我看到一颗明亮的星星。

没有什么特别的。我说。

你认真看，尽管每天都有重复的东西出现，没什么特别的，但他们都默默地陪着你呢。所以你不孤单，你有很多朋友。包括你走掉的妈妈，也在远远地望着你呢。所以你开心些，汤汤，祖母说着，用枯瘦的手摸了摸我被风吹乱了的头发。她取掉印花的深蓝色头布，在我的脸上抹了一把。听着祖母的话，我心里竟有些异样的感动。

只是她提到我的母亲，我的眼前飞速地出现了母亲美丽温柔的脸和哀怨的眼神，也一并浮现出父亲凶神恶煞的表情，心里咯噔了一下。我不喜欢旧事重提，可他们如同梦魇，紧紧地攫取了我的肉身，我根本无法逃开。

自此我不再触碰梅菜扣肉。也再没有见过我可怜的母亲。她和她唱着的歌谣以及身体的乳香都随风而去。我恨极了我那个常年酗酒、喝多了就打母亲、还明目张胆地找野女人的父亲老汤，他毁掉了我的家。

祖母多次劝说我不要记恨父亲，说他给了我生命，再怎么差劲也养了我几年。没有多少文化的祖母总能说出些禅意的话：放下仇恨，就是放过自己，就是解脱。

可我真的能放下吗？

祖母的衣服总有一股浓烈的汗味，或者还有别的什么味道，但这些味道那么令我着迷，令我倍感亲切。她的衣服大概几天才换洗一次，每次取出一件陈旧得不知什么颜色的衣服穿上，脱掉经常外出穿的那件银灰色半长的棉服，用肥皂蘸水，边搓边看着一边玩耍的我嘟囔着，这衣服洗得多了会洗破的啊。怎么这么快又脏了呢，是不是你这个小脏驴给蹭上的污渍呢。我蹲在地上，正用沾满泥巴的两手做一个泥人，听着祖母一个人絮絮叨叨，并不接话。

祖母带着我给小羊割草的日子比较美妙。太阳、绿草和花，头顶飞过一群一群的鸟。祖母苍老的声音沙哑，且带着深不见底的神秘，给我讲祖父去世后的几天，睡到夜半，突然醒来，发现床边站着高大的祖父，在同她说着什么，但祖母一句也听不到。就看到祖父一脸严肃，嘴巴一张一合地说。

我蜷缩在祖母身边，闻着她身上的味道，听着她的声音仿佛从遥远的地方传来，缥缈而虚幻。

我在夏天的一个晚上，一个人睡在院子里，又是半夜，除了有些小虫在叫，村子里是那么安静，连邻居胖大婶家的狗都不叫一声。祖母说着，转过头瞟了我一眼。黄昏的野外安静得只剩下小羊吃草的声音，而我迎着祖母那双鹿一样的眼睛，期待又害怕，等待令人心跳的下文。

突然，祖母的声音提高了八度，眼神里布满了惊恐，好像那晚发生的事情又再次降临。突然，我躺着的那张窄窄的帆布折叠床被人抬了起来，感觉像是悬在半空，晃晃悠悠。

你看到了什么？我紧紧地贴在祖母怀里问。

我闭紧了眼睛不敢看，担心看到可怕的东西吓到自己。祖母的嘴唇有些哆嗦地说。

六

我的天！微米惊叫着扑进我怀里。

我将快要溢出表面的笑容悄悄地收起来，我知道有件事情基本可以确定，微米也爱上了我。就这么神奇，短短的时间内，我们相互吸引。

对于一个三十岁还独身的男人，对于爱情的到来，多少还是幸福和激动的。以前的我可没有奢望过一见钟情，严谨和挑剔使得女孩们对我又爱又恨。

此刻，看着怀里的微米，看着她同样有着我熟悉的鹿一样的眼睛，和诱人的红润的唇，我禁不住俯下头，轻轻地吻了上去。

我没有做梦吧？我拉着微米有些颤抖的手说。她又将头埋进我的怀里。

接着讲啊，还有吗？微米似乎对我的过往很感兴趣。

我看着风雪中那愈来愈近的黑点，他们艰难地移动着，可依然看不清他们的脸庞。但他们好像与我们眼前的甜蜜和幸福无关，于是我接着讲下去。

苍老年迈的祖母有一天真的离我而去了。祖母突然在一个闷热的午后倒下了。已经虚弱不堪的祖母拉着我的手说：以后不能陪伴你了，汤汤，去城里找你的父亲。我噙着眼泪拼命地摇头，根本不想面对那个令我憎恶的男人。

快乐些，汤汤。祖母努力地睁着眼睛看着我，她那双鹿一样的眼睛已经黯淡无光，但她还是那么热切地看着我。这人世间本来就充满坎坷，人活着不容易，快乐是一天，不快乐也是一天。那还不如开心些。答应我！祖母的声音嘶哑和不连续，间或剧烈地咳嗽。

我心痛极了，无以复加的痛楚，使我感觉自己的喉咙像被火燎了一般的难受和拥堵。我轻轻地给她捶背，但一点儿都没减轻她频繁的咳嗽。

小羊在大声地叫。它被拴在祖母院子里的一棵已经栽种了两年、却还枝干纤细的石榴树上。它已经长得膘肥体壮，所以叫声格外响亮，是在为快要离开人世的祖母放声哭泣吗？记得祖母在上一个春天，土地刚刚从严寒中解冻的日子，不知从哪里弄来这棵树苗，在院子的一角，用铁锹挖了个坑，将树

苗种下去，蹲下去用双手悉心地培着土，又盛满一瓷碗水端过来，慢慢地浇下去。

石榴树开的花可好看了，祖母喜滋滋地扭过头，对蹲在地上玩蚂蚁的我说，火红色的，能够把你的小脸照亮，照得你开心起来。长出的石榴果可甜呢。喂！汤汤，你有听我说话吗？

长大后有能力了去找回你的妈妈。你的妈妈是个好人。祖母喘着粗气费力地说。

我这才将飘忽的思绪拉回到眼前。

我去村外的镇子找医生来。我对眼皮耷拉着嘴巴微微张开的祖母说。

不用了，我的生命期限到了，该走了。祖母摆了摆手。

去哪里？我急忙问。可能太过着急，我后背上的衣服都湿透了，汗水还是不断地往外冒。

去天堂找你的祖父。祖母扬起嘴角微笑了一下，眼睛又发出些光亮来。你的祖父在天堂等我咧。祖母有些黑斑的脑门，有几颗汗珠滚动着，落在干瘪的嘴角。

我的脑海里迅速闪现出高大的、寡言少语的祖父的脸庞。想起祖父喜欢把幼年时的我举起来，放到他肩膀上稳稳地坐着，到处走动，并一本正经地给一脸懵懂的我，介绍些村子里的人和动物。

我抱紧了瘦弱轻盈得如同一片棉花的祖母。她伸过手，从床边的柜子里摸出一叠卷了边的纸币递给我说，给你攒的，给你读书用。

说完，祖母就靠在床头的陈旧垫子上，在我紧紧揽着的怀里，大口地喘气，又过了一会儿，才慢慢地闭上了眼睛。

十二岁的我，眼睁睁地看着祖母离去。我咬紧了嘴唇，不让自己哭出来。祖母说不让我掉眼泪，她去了天堂，她能看到我。

长大以后的我，对灵异的事件压根不再相信，认为是迷信，包括祖母讲过的那些，也许都是她自己的臆想罢了，更或许是幻觉罢了。

但是，在祖母离世后的一年，我居然在沉睡中见到了祖母。一次是，我刚刚入睡，祖母便站在床边认真地同我讲，汤汤，我想喝粟米粥。我很清楚祖母已经不在人世，就一下子醒来了，才知道是梦，但我一点儿都不敢怠慢，赶紧去商店里买了粟米，乘车到郊外，在她长满了草的坟头，将黄灿灿的粟米撒了一圈。

另外一次，仍然是梦。祖母在我的梦里说，汤汤，我这里雨水太大了，房屋被冲坏了，漏雨严重，你给修修吧。

我又去了她的坟头，看到祖母的坟丘果然破败严重，需要重建了。

是不是真的有魂魄存在？微米扬起头问我。看着微米写满疑问的眼睛，我有些不置可否。

七

可怜又善良的汤纳。微米脱下手套，用她温热的小手搓着我有些冰凉的僵硬的手。一股热流温暖了我的全身。我跺了跺脚，抬眼看了看四周，空旷的四野，白色的雪，无限延伸的思绪，总使人的灵魂不受控制地出窍。微米在我身边柔软地缠绕着我，在这冰火两重天、又清晰迷茫的世界，我竟然从微米柔软的手指尖，感受到了另一番遥远的情愫。

祖母去世以后，我那个令人讨厌的父亲得知消息后，匆匆地赶回来，连夜埋葬了祖母。想到上一刻我和祖母还相依为命，闻着她的气息，看着她瘦小的身影操持家务，为我做可口的饭菜，听着她扯着嗓门呵斥我不好好读书，总爱贪玩，下一刻她却突然毫无征兆地闭上了眼睛。我无法相信也无法接受这个事实。我像一条狗一样，趴在祖母的坟头。

我将脸埋在坟丘的土上，泪流不止，再也听不到祖母唠叨了。耳朵里不停地传来羊叫声，听起来凄厉无比。它会不会挣脱那棵细细的石榴树，跑过来看躺在坟丘里的祖母？我不知道祖母是不是真的上了天堂去找祖父，但我却眼睁睁地看到了穿戴一新的祖母，紧闭着鹿一样的双目，瘦小的身子平躺着，手腕戴着平时很少戴的一对银镯，被装进一个木头棺材里，再被人们埋入土下。

帮忙的人们散开后，只剩下我和老汤。老汤一直在一旁抽烟，那些呛人的味道，不停地随着风飘来飘去。我仍然趴着一动不动，面前的土已经和滴落下来的泪水和在一起，我的脸被泥巴涂得乱七八糟。时间在此刻停滞不动，大脑被忧伤填满，身体像被什么抽空了一样。老汤拖起我的时候，我的双腿软绵绵的，竟然无法站立。

此后，我跟着父亲老汤过活，他将我带回城市，在学校寄宿。因为我无法和年轻的继母生活在一起，我看不惯她。继母整天化着浓妆，穿着时髦的衣服，和一帮牌友在豪华而宽大的家里打牌，老汤根本不会说她一句，我毫不掩饰的憎恶目光令她不悦。这个和老汤生活了几年也不会生孩子的女人，一定是和老汤说了什么，老汤二话不说就开车将我送到离家不远的学校。我成了住校生，老汤除了偶尔送些生活费，和我基本没有交集。我的成绩再好，他也不知道，他从来不到学校，即便学校通知开家长会，他也找尽各种理由，不到场。

随着年龄的增长，我的忧郁和内向的性格并没有好转些。我几乎没有什么朋友。对老汤的憎恨和对祖母的思念成比例地增长。我讨厌老汤，直到我长大考上一所不错的大学，直到走向社会，直到他酗酒住院，我都不愿意面对他。我一度认为我的一切不正常，都是老汤造成的。

多年以来，我一直还保留着祖母没有卖完的布偶，一只猴子和三只鹦鹉。夜深人静睡不着觉的时候，就拿出来在灯下细细地反复地看，那上面似乎保留着祖母的味道，我的眼前会呈现出祖母做布偶的灵巧的双手和专注的眼神。心里会好受许多，仿佛祖母就在身边陪伴着我。

直到有一天，我遇到了一个谜一样的女人。

八

那时正值九月，夏季的炎热刚过，秋天的凉爽徒增了我对祖母的思念，由凉意丛生的琐碎记忆，根本无法平静下来。工作再无波澜，同事间除了惯常的赞美和妒忌，再无其他。我在健身房重复地教一些不太复杂的动作，也写不出什么心仪的文字。杂志社的老总是我的大学同班同学，他了解我的个性，对我的懈怠很是大度：放松一些，不用太赶，没准过阵子你就能写出来些激荡人心的文字呢。

我四处游走，想寻找些新颖的事物。

九月的街头没有因为天气的舒适而多增加些人气。我漫无目的地在一条长满银杏树的街道上走着，高大的城市建筑物被一排排造型别致的蔷薇和叫不出名字的球状的花簇拥着，香气扑鼻而来，路边停泊的车辆安静地和一些吹过的风以及天空温和的光摩擦而过。我在一家百货商店前逗留了片刻，犹豫着要不要进去买一块香皂的时候，被一个中等身材的女人的背影吸引了。像我这么孤傲、奇怪和冷淡的男人，能被一个素不相识的女人吸引，也确实不易。

她推着一辆简易的小车，车上挂着几个晃眼的布偶。

我跟随着她走了好几条街道。我不远不近地跟着，不仅仅喜欢她走路舒缓的姿态，她的头发随意地在脑后挽了个髻，穿着藏青色的宽大的裤子，藕色上衣短而紧，每走一步，宽大的裤脚都会轻微而急促地摆动一下，这一切的一切，也令我心生欢喜。秋天的阳光照在她的身上，圆润而饱满的臀部和腰间的弧度，在步履的移动中让我的目光滚烫，我居然生出些令人难以启齿的念头。

当我在一个路口，看着她走过去，刚想迈开脚步追赶上去，面前的车辆一辆接着一辆毫不客气地挡住了我的视线，我正无望地弯下腰蹲下来时，发生了戏剧性的一幕。

她忽然调转了方向，在绿灯通行的间隙，向我走来。

我一下子慌乱极了。我像一个偷窃喜爱的东西的孩子，众目睽睽之下被抓

了个现行，我面色发烫、无地自容地看着她的脸庞。她的样子五十多岁，岁月留给她的痕迹，那些脸颊上的皱纹，在我看来，美丽而性感。

你想买布偶？她的声音轻柔得使人感觉浑身酥麻。我摇头，接着又点头。

她的目光注视着我，又望向别处，不远处一个卖烤地瓜的老头儿，正自己剥开一个烤熟的地瓜，边吹气边吃。我迎着她转回的目光，心在瞬间狂跳不已。

啊，她也有一双鹿一样的眼睛，和祖母和母亲的眼睛如出一辙。清澈，有温暖和爱意。

我想我被施了魔法，这么多年，一直忘不了这双眼睛。

我竭力按捺住自己要跳出的心，慌乱地看着她：可以去你的住所看看吗？

我想她一定会拒绝，毕竟面对一个陌生男人提出不太合理的要求，有很难评估的风险。

但她的回答令我欣喜。

可以。我家就在前面不远处。我是独身一个人，你不能待太久。

我跟在她身后，来到她那不大的房间。房间里只有一间屋，摆着一张靠窗的单人床、一个靠墙的小方桌，还有一个矮矮的木纹塑料小凳子。旁边地上铺开的旧报纸，一堆做好的布偶整齐地摆在上面。

我忘了我们谈话的内容，只记得那女人坐在凳子上，一直用鹿一样的眼睛，看着坐在床沿、面色苍白的我，听着我发神经似的，说些与她毫不相干的事情。

我滔滔不绝地将多年积压的郁闷和委屈，都倒给了她。她身上散发出汗水的腥甜，那体香正随着衣服的褶皱和边缘，向我倾泻而来。

我不受控制地站起身来，走到她面前，跪了下去，将泪流满面的脸，埋在她略微下垂、松软的双乳之间。她叹息着，一句话也没说，只是用手轻轻地抚摸着我的脊背。世界在我和这个女人之间，变得狭小而密闭，小得只有我和她在呼吸。

你们之间发生了些什么？微米扑闪着长长的睫毛问。雪花在她的睫毛上聚集，毛茸茸的白色簇拥着乌黑的眸子。

没有，什么也没发生。我说，我一点儿都不了解她，却被她吸引，只想跟她说说话，可并不想发生什么，但我买走了她的全部布偶。

后来，我又鬼使神差地去过她那里一次，但那里的房子都拆掉了，成为一片废墟。

我再也没有见过她。

你们当真什么都没发生？当时的场面可太令人激动了，甚至有些香艳呢。坐在对面的她又追问道。

没有，我们什么都没发生。我对表情意味深长的她说。

房间的灯光照亮了她好奇的和更加诧异的眼神，夜深了。我将开着的冷气又调高了两度。

你有恋母情结。她说，然后又挪动了一下姿势，将裙子压到的一角伸展开，脸上带了些许倦意。我不好开口提出让一个年轻的女孩深夜独自离开，她毕竟也是我的倾诉对象。

另外一个房间有床，我说着，给她指了指客厅左侧的房屋。

睡意正在飞快袭来。我走进舒适的卧室，将灯光调暗，躺在床上。

九

第二天醒来的时候，天色大亮，窗帘的缝隙里透出夏季霸道而猛烈的光线，我不得不眯起眼睛将脑袋转动到另一侧。

很让人惊讶，我发现，她居然坐在我床边的沙发上，眼睛一眨不眨地盯着我，带着一抹玩味的笑容。

早餐准备好了，起来吧。

吃完继续听你讲故事。

我清了清嗓子：那不算故事，是经历。

早餐简单，一杯热奶，两片涂了番茄酱的切片面包，面包片里夹有煎蛋。

填饱了胃，我走到落地窗前，看着马路对面的森林，看着那些树木亲密地组合在一起，蔚然成林。

随风起伏时如波涛，鸟儿们在上面舞蹈，松鼠和鹿在里面欢快地跳跃。我念着诗意的句子：我热爱这片森林，它们让我的眼睛不寂寞，让我的心灵不再孤独。

她站在我旁边，以不易觉察的一抹浅笑，掩饰了她的不屑。

你看马路上的桉树和香樟，她说，郁郁葱葱地释放着植物的香气。在这么高的楼层，隔着玻璃似乎就能感觉到。

我和她望向同一个地方，我们应该各怀心事。她也许在琢磨着怎样将我过往的经历全部掏出，毕竟，对于我这样一个奇怪的人，希望知道我比较隐秘的部分。嗯，也许是我一厢情愿这么认为。

阳光透过玻璃洒在她的脸上，她脸部的线条很好看，皮肤在光照下显得透明，透着粉色，下巴淡蓝色的毛细血管微微地跳动。我的心奇妙地抖动了一下，真的感觉我和她似乎很早就认识，对她有种熟知的心安和默契。

我不否认自己对漂亮女人，尤其对有着鹿一般眸子的女子，有着深深的迷恋。

我醉心且深陷于她们看着我的时候，会有类似于化学反应中的氢气遇见氧气引起的燃烧，使我浑身都充满水汪汪的滋润和舒适感。这让长久情感饥渴的我，难以抗拒她们的吸引。这是秘密。

马路上的车辆络绎不绝，人们行色匆匆，世界并没有因为我停滞在过去而止步不前，一切都生机勃勃，我就不明白自己为什么不想离开这房间半步。是太累了，还是我抑郁了？

我可不承认自己抑郁，除了不想出门，能吃能睡的，还健身。健身房我也已经告假两年了，只剩下了写作。谁不想在自己的空间里，自由自在呢。对于我这样一个也算是写作高手的人来说，一个人独处、旅行、思考，其实都合情合理。

她突然转过头来，盯着我的脸，汤纳，你真的记不得我了？

这个问题我不是没想到，我可笑的意念告诉我，她会这么问。从她一进门，像老朋友一样和我聊天，像一个忠实的听众听我绵长的讲述，那种自然的默契，以及这一切，让我产生了前所未有的良好预感，她会这么问。即使以前认识的和不认识的，想接近我的女孩也都会对我的漠然和拒绝，不满地发问，问我是不是不记得她们，或者将她们忘了。

但她的发问令我赧然。我掩饰着自己的不安，将手插在裤袋里，摆出一副酷拽的样子，装作若无其事地说，难道我在东直门见过你？西门大街？上岛咖啡？

她皱起了眉毛，嘴角向下弯起。

你是不记得我了。

但不影响我对你有好感。我认真地看着她有些调皮地说。

你真多情。她有些不满，可爱地嘟起嘴巴，去冲了两杯咖啡，摆在了桌子上。

我缺少爱和爱情。

我不知哪来的伶牙俐齿，和她怼了一通。

我无意瞥见窗外马路对面枝叶茂密的桉树下，站着一对情侣，穿着黑色T恤的男人正将怀里的穿着绿色裙装、扎着马尾辫的女孩抵在树干上，缠绵地亲吻。

他们旁边的森林正被风带动，左右摆动，像无数个舞者在起舞，几只鸟优雅地从树梢掠过，一些树叶在变枯，一派颓废，一些树叶仍然倔强，颜色庞杂地支撑着整个林子的生机，没有看到鹿的影子。

这么热的天，我低语。身旁的她大概也站累了，转了身子移步到沙发边坐了下来。

你的故事接着讲啊。她轻轻敲了敲玻璃桌面。

不是故事，是经历。我重重地坐下来，纠正她。

不管是什么，只要你讲下去，就是无限循环和重复的轨道，你会一直在这条轨道上走。

她好听的沙沙的声音像是对我催了眠。

我依旧坐在她对面，房间里弥漫着我们相融的气息。眼前似乎浮现出她赤裸沐浴的画面——凝脂般的肌肤缀满剔透水珠，该是多么撩人。这想法令我羞愧，我可是自律的男人，怎么会对一个刚刚开始交往的女孩想入非非呢。

不过，我很快又回到了梦境一般的回忆中去了。

十

雪花在我和微米的头顶打转，然后悄无声息地落在身上，我和微米簇拥在一起，像童话世界的两个人，热烈、陶醉得不愿意醒来。

爱情降临了，挡都挡不住，我在心里叹息，活到这般年纪，也该放下一些事情了。

我和微米走到一块平地上的半人高的不规则物体前，走近才发现是一大块石头，石头也被雪花包裹严实，寂寞地立在雪地里。我们走到背风的一面，并排靠在一起。

沉默了一会儿，微米扭过头看着我说，很神奇啊，我喜欢上你了。

我也是，我第一次动心。我说着，将领口的雪抖落。

那个卖布偶的女人呢？

微米的发问令我的心猛然收缩了一下，继而又慢慢地摇了摇头。

那不算是，只是一次稍纵即逝的情感错位罢了。

我好像一直活在梦里，我一直在寻找一个令我走出梦境的人，终于找到你了。情爱对于我来说，是奢侈的礼物，可遇不可求，也宁缺毋滥。我深情地表白着。

喔。她小巧的鼻翼翕动了一下，将手自然地放进我的衣服里面。

天空是铅灰色的，大雪纷飞不止，大地苍茫无限，远处那两个移动的黑点正在一点点靠近。是两个赶路的人，在飘雪的空间缓慢地前行。我甚至听到了有些熟知的歌谣，从他们的方向传递过来。

微米有些冰凉的手在我的胸部游走，刺激感随着手的触摸而增强。我的皮肤不断冒出些颗粒来，呼吸急促起来。接着，那双勾人魂魄的、柔软中带着力度的手，又探触了我的小腹地带，我一激灵，身子不能自已地颤动起来。

汤纳，微米软糯地叫着我的名字，汤纳。

世界的一切仿佛在此刻都不复存在了。爱情在天崩地裂中高歌。

我和微米互相彻底地交付了自己的肉体。我靠在石块上歇息，她伏在我肩上喃喃地说，汤纳，真好。

我抱着她依然有些颤动的身子，掏出一根烟点上，放在嘴边。许久没有抽烟了，难得这么放松。

可以借个火吗？小伙子？

一个西部男人的口音飘过来。我和微米同时转过身。原来是远处赶路的两个人走了过来。

他们被雪覆盖了全身，像两只白熊。

啊——微米叫了一声，我看了她一眼，她的脸色通红。

爸爸，微米叫，这么多年你去了哪里？微米的眼神里刻着愤怒。我的妈妈呢，被你气走了。你就是跟这个婊子混在一起，旅馆都不管了，出去到处游荡。

我愣住了，这狗血的场景，和我家的背景惊人地雷同。

被称为爸爸的男人，五短三粗的，却穿着考究，褐色皮大衣外套，里面一件花格子毛料衣服，斜纹绸缎的围巾在脖子上打了个漂亮的结。头上戴着一顶黑色毛呢礼帽，脚穿黑色长筒皮靴。

男人一边跺着脚，双手拍着头上和肩上的雪，拍着拍着也愣在原地，呆住了。他过了好一会儿才回过神来。微米，对不起。我这不回来了吗？

十一

我们走，汤纳。微米拉起我，准备离开。

我弯腰捡起掉在地上的微米的两只手套，站起身时，鼻子猛然撞到了微米的下巴，一股尖锐酸疼的感觉，顺着鼻腔流入头部，我忍不住呻吟了一下。微米揉着下巴，双手抱着我的胳膊气呼呼地往回走。

正在这时，一直站在一旁、头部被紫色布巾包裹严实、只剩下一双眼睛露在外面的女人快步走到了我们面前，她戴着皮手套的手紧紧地抓住我的胳膊，一只手拉下围巾，声音不知是因为寒冷还是激动有些变调：你是汤纳？你的父亲是汤真？

是的。我盯着她有些倦怠的脸回答。我满腹疑虑，这个被微米称之为婊子的女人是谁，怎么会知道我和父亲的名字。

我是妈妈。她哭着，抱住满脸惊呆了的我。

回忆像一面裂纹四开的镜子，人的映在镜子里的像，往往是残缺不全甚至是可怖的。我努力地拼凑着母亲在我童年时期，离开之前的样子。她留下带着奶香和体味的衣物，她哼唱着童谣哄我入睡，她抱起我躲避酗酒父亲拳头时的害怕和无助，等等。该死的老汤喝醉酒时看我和母亲都不顺眼，打人成了常态，直到母亲心灰意冷地离开。

我还记得母亲在离开的前夕，在一个傍晚，给我做了一顿香喷喷的香芋炖鸡块，看着我大口地吃，那双鹿一样的眼睛一直紧紧地盯着我。

你怎么不吃呢，妈妈？

妈妈不爱吃这些。多吃点，不然等下你爸爸喝完酒从外面回来，吃饭都不安生，鸡犬不宁的。

我吃了有生以来最美味的香芋炖鸡块。此后的多年，我外出到过很多城市，去过很多家餐馆，吃过很多次的香芋炖鸡块，虽然同样里面有胡椒、姜片和麻椒的味道，但却是千篇一律的味同嚼蜡。我再也吃不出母爱的味道。

我知道，我一直在寻找我的母亲。包括我追踪过的那个卖布偶的女人，无非是她身上有母亲的影子。她们拥有同样美丽的身影，同样有鹿一般乌亮水润的眸子。

但母亲留给我的回忆是支离破碎的。我心疼而沉重地打捞这些记忆的碎片，可是无法再让它们复原。

妈妈，我叫她，眼泪涌了出来。面前这个和我一样下巴右侧长着一颗黑痣的女人，抱着我号啕大哭。她伸出有些微凉干瘦的手，抚摸着我下巴上那颗黄豆般大小的痣。

我的孩子，妈妈不好。她哭泣的声音被风雪搅和得断断续续，像要接不住气的样子，身子不停地抖动。

我看着近在咫尺的母亲，看着母亲沧桑的脸布满了沟壑，眼窝深陷，头发已经有些花白。从她的脖颈处那些松弛的皮肤和凸起的青筋，以及宽大的不太合体的深红色棉袍，可知母亲的瘦。我百感交集。

我心目中的漂亮的母亲，也插足了别人的婚姻，破坏了微米一家的幸福。

微米张大了嘴巴，目瞪口呆。她定定地看了我一会儿，又看着我的母亲，她那个长相鄙陋的父亲一脸尴尬，不停地揉着多肉的鼻头，一双牛眼骨碌碌转动着，看看这个人，又看看那个人。

微米像一只受惊的兔子一样跑开了。她身后扬起的雪足有半尺高，我望着她的背影，用尽力气大喊：微米！微米！微米！

我像一个溺水濒死的人，绝望地声嘶力竭地喊着。直觉告诉我，我失去了她。就这么快。

微米在风雪中离开了我的视线。我颓然地转过头，看着母亲和她身边的矮身材的肉鼻子男人。

男人笑容粗俗，一把抱过母亲瘦弱的肩膀，我爱你的妈妈。不用担心，小伙子，她跟着我很幸福的。

母亲的脸漾开一片红晕，连连点头。也许，他们真是幸福的。其实我不太相信，但也没有不相信的理由，毕竟我没有置身其中。

这种错综复杂的关系令人头疼，那些不断飘落的洁白雪花，并没有漂白这人世间肮脏的部分，也并没有掩盖我这刻徒增的羞耻感。

我想起了祖母和我过活的那些年，想起了孤独忧伤的童年，想到了微米，联想到微米的处境比我好不了多少。心中有一些无名之火忽地往外蹿。

十二

后来呢？你和微米走到一起了吗？坐在对面的她带着一抹诡异的笑问我。

我陡然一惊，像是在沉睡中突然被唤醒，满腹焦虑且茫然地站起来，走到窗子边。正午已经到来，记忆在此刻沉重，那些片段和天际飘浮的云朵纠缠着，缭乱着，刺痛了我的眼睛，随之心也疼痛地抽搐了一下。

我和微米没有走到一起，我大概永远地失去了她。我伤感地垂着眼皮说。

我痛楚地又将自己拉回那个风雪交加的日子。

下雪让整个道路封锁，那个陌生而偏僻的地方，大概连飞鸟都稀少，地图上也找不出它的名字。我迈着木然的步子回到了旅馆，外面的天色暗了下来。一楼大厅里，隔开的每个台位几乎都有人堆在那里，吃吃喝喝，猜拳行令，微米的父亲带着我的母亲像归来的王者般，挥手跟大厅里的人们打招呼。

吃好喝好啊，酒肉管够。他的牛眼里写着热情和威严，一边的母亲殷勤地抱着他脱下的皮装外套跟着点头。

你和微米相爱？母亲走近我，压低了声音问我。

我没有回答。

她可是个倔强的女孩。母亲补充了一句。

倔强？你怎么了解？就凭借微米骂你的那些话？我在心里冷笑。

我发现，自己对母亲这么多年的思念和好感，似乎正在慢慢地减弱和消失。

我焦急地环顾四周，希望看到微米的身影。但令人失望的是，除了几个不太熟识的同行的女人，正在娇笑着听围在一起的男人们说着荤段子，再无微米的影子。瘦高个男人只顾和一个身材丰盈、媚态十足的女人调笑，我路过他身边，无意踩到他伸到过道的脚，他都没有感觉到。

我又去了吧台，看到一个正在发呆、头发卷得像绵羊毛一样的女孩，就问她，请问你见到微米没有？

她看着我，毫不客气地白了我一眼，好像我打断了她的什么奇思妙想，她大声说，没看到！声音里含着愠怒和敌意。

我讪讪地走开，上楼进了自己的房间。那张宽大而洁白的床让我一下子松弛下来。我沉睡了过去。梦中感觉有人轻轻地打开门进来，想睁开眼睛看，但怎么都睁不开。

一觉醒来，外面已经大亮。不知什么时候，那些飘得看似没完没了的雪终于停了。

窗外，一条雪被铲掉后露出褐色地面的路，延伸向前方，不知是哪些好心人干的。人们已经商议着出发的路线了，他们兴高采烈，为被风雪隔离这两天的解放而欢呼。

我坐在楼下角落的一张桌子旁，吃完一张饼和一碗米糊后，靠着贴有水纹壁纸的墙边坐着，望着热气腾腾的人。没有我想要看到的身影。人们一边吃着东西，一边大声地谈着自己的艳遇。

微米！我在心里叫喊。我的悲哀不可描述。那些热辣和爱意十足的交融，怎么会和及时行乐等同？我是想娶了微米的，我爱上了她。

我的母亲不知何时坐在了我面前。她睁圆了眼睛盯着我，好像只有这样，才能看清错过我几十年成长的光景。她的脸皱纹丛生，嘴角和眼角下垂得厉

害，年轻时的美貌已经不复存在了。我既难过又对她心生怨恨，这无法改变的感觉，让我看着母亲一时语塞。

你在等微米？她清了清嗓子。

我点了点头。此刻，我整个的身心，犹如这几日大雪下的苍茫天地，毫无方向，也辨不清方向，就那么悬在了半空。

她可能离开这里了，不想见到你。母亲说着眼睛看向窗外，一轮红色的太阳炽烈地升起来，俯瞰着大地厚厚的积雪。

你，你能跟我走吗？我艰难地说出这句话。我猜测母亲没有跟我走的意思，凭借直觉，但我仍然心存希望，纵然我还对她心存恨意。但是血浓于水的亲情战胜了恨意，我希望失而复得的母亲能跟我回去。

我不能走，他对我很好。从我遇到他的那一刻，我就知道他是个好人。母亲说着，看着不远处招呼客人的矮短男人。男人今天穿了一件咖啡色毛料衬衣，衬衣束在肥大的裤子里，一条黑色的皮带扎在臃肿的腰上，倒还精神。他一边跟几位整理好背包的客人打打趣，一边不时地朝这边张望。

瘦高个男人一边用牙签剔着牙，一边眯着眼睛笑，大概矮个男人，不，我应该称呼他为继父，说了什么让他们受用的话，周围几个同行的人，另外几个不认识的男女都露出了会心而感动的笑容。

母亲的声音饱含深情，汤汤，她轻微地吁了口气，你可能不知道我那时是怎么过来的。

十三

她那时的心情我能体会到，从她不辞而别到现在与我再见面，我的成熟年龄，让我不难理解母亲的不容易，她无法躲开父亲的拳头，无法忍受父亲带着另外一个女人回家寻欢作乐，只能离开。因为担心年幼的我跟着她吃尽漂泊的苦，所以就把我送到祖母身边。

我走了很多的路，身上仅有的一点儿钱花光之后，不能坐车，只能走路，在路上被野狗追赶，跑得鞋子都掉了。遇到一个拉货的卡车司机，他问我去哪里，我说哪里都可以，他就把我带到了这里。

这个男人收留了我。母亲指着继父的背影说。他给我因走路太多、受伤的脚敷药，给快要虚脱的我炖鸡汤喝，就那么一直热心地照料着我。

您那时候还年轻，我皱了皱鼻子说，并且还很漂亮，哪个男人不心动？只是，人家有老婆孩子啊。

他看似本分的老婆，却不动声色地跟一个住旅馆的有钱人跑了，我在那里出现的时候，她已经跑了半年了。老微不想让年幼的微米知道这件事，就编了个谎言说妈妈去很远的地方寻宝藏了。

随着年龄的增长，微米对我越来越讨厌，她单方面认为是我抢了她妈妈的位置。而我这边，无人作证，厨房里的厨子和几个服务员也根本不知道这些事，微米无法求证，只能一次次地向我发难。

虽然老微无微不至地关爱着我，但还是挡不住微米的暗箱操作，微米悄悄地在我的食物里放泻药，造成我差点拉肚子拉到虚脱。她还经常当着员工和客人的面，骂一些让我难堪的话，更过分的是，在一次下楼梯时，她跟在我后面，趁我不备猛推了我一把，结果可想而知：我头破血流，失去了意识。

老微郑重地跟她谈了几次，每一次微米都说，有这个女人没她，有她就没这个女人。

没有办法，老微只能带上我离开。这次回来，是因为……

母亲情绪有些激动，声音稍大了些，话还没说完，继父微笑着转过头，并向这边走来。

我更加仔细地看清他：身材壮实，头发灰白，面色红润有光。他走路的时候，有一种笨拙的潇洒，确切地说，像企鹅的走路姿态。我至今还能记得他说话时浓重鼻音下的西部口音。

他坐在我面前，抱住母亲的肩膀，一双大眼睛盯着我的脸说，不要惹你的

妈妈情绪激动，她乳房长了个瘤子，做了手术，刚刚好转，身体还虚弱着呢。

一旁的母亲看了老微一眼，不能控制似的，掩面低声啜泣。我有些焦灼起来，倒不是同行的瘦高个男人在大声地叫我的名字，催促我出发，是我对眼前的母亲哭泣的样子，有些窒息般的心痛和恐惧，印象里的母亲是倔强和顽强的，很少掉泪，即便被父亲拳打脚踢、浑身青紫也从不掉眼泪。

难道母亲还有什么事情我不知道？那一定是很重要的人或者事情出了问题。果然……

你的继父，母亲擦着眼泪，扭过头看着老微的脸说，得了绝症，医生说活不过三个月了，所以我们回到了这里。我不能跟你走，我得留下来陪伴和照顾老微。

生死有命，早晚都得死。老微爽朗地安慰着母亲，并用手揉了揉母亲花白的头发，只是我比你先行一步，不能继续照顾你了。

我看着老微红润有光的面容，一时有些心酸，很难相信他怎么会得了绝症。

微米不知去了哪里，老微说，孩子大了，不好管教，我看得出你喜欢她，可是这孩子性格倔强而且固执，我担心即使以后你们再遇见，她都不一定能接受你。

我怀着复杂的心情乘车离开。后来的日子，我去过很多地方，都没有遇见微米，遇到过和她相似的人，但终究都不是她。我曾经一个人试着驱车去找旅游经过的那家旅馆，但结果令人失望，找遍了整个西部，都没有发现那个叫微米的旅馆。记忆中的那条路没有名字，因为那是雪天，路的样子更是不具体。旅馆就这样凭空消失，我都无从打听，生命只有三个月的老微可能早就不在人世了，随之再度失去踪迹的是母亲。微米，我更是无处找寻。

我还尝试着通过旅游公司寻找当时载我们的司机，人家告知我，司机在一年前就离职了，不知去向。

我始终走在寻找爱的道路上。

上个礼拜我还在城市电视台录制了节目，一本新出版的悬疑小说刚刚上架便被抢购一空。我跳开主持人脉脉含情的目光，认真地回答她提出的每个问题。关于情感，关于性，关于一切纠缠中的似是而非的关系，我想我回答得比较令她满意吧。她报以甜美的笑容和我合了影，并和我一起共进晚餐。但也只能到此为止，良好的个人素养和严谨作风，让我们也不会再有下一步。纵然接近我的女孩们无数，纵然她们盯着我结实有型的身材和英俊的面孔忍不住脸红，我都不会再心动。在大街上遇到一些女孩，她们仍然会激动得大叫我的名字。但我似乎已经麻木，我在去过的每个城市，寻找着母亲和微米的踪迹。

有一天，在一个灯光照得如白昼的晚上，在满是酒馆和饭店的街道上，在我住所附近，我遇见了一个我不想见到的人。

汤纳！一个秃顶的、面容憔悴的老男人叫住了我。

在繁华而清冷的街道上，我像被施了魔法，一下子愣住了，呆站着，一动不动。是我酗酒的父亲老汤。他有些消瘦的身子似乎站立不稳，穿着劣质面料的衣裤在秋风下瑟缩。他面色很不好。我看着他，脑海里迅速地浮现出他年轻时头发茂密而丰厚，总是气势汹汹红着眼睛的模样，无论如何，我不愿意将他和面前这个瘦弱落魄的老头联系在一起。

但他的确是老汤。他和我有着相同基因的烙印无法抹掉，我们每个部位都那么相似，都有彼此的影子。

我有些不可抑止地难过起来，说不出话。他上前一步拉着我的手，带着哭腔说：汤纳，我只有你了。我身体不好，肝脏出现了问题，身体一天不如一天，生意萧条，那个女人卷走了我全部家当，跑路了。

报应啊。老汤说着老泪纵横。我掏出面巾纸给他擦拭。

我竟然对落魄而憔悴的老汤恨不起来，我拉着他进了一家饭馆，点了一盘卤牛杂、一盘炒白菜、两份米、一大份牛肉汤。老汤低着头大口地吃着，眼泪像断了线的珠子，不停地往下掉。他看着柜台上摆着的烈酒，喝了一口汤说，我戒酒了。

那晚，我送老汤回到他那有些灰头土脸的洋楼里，许久没有打扫的房间，蜘蛛网到处都是，房间里散发着潮湿的霉味。我安顿好老汤躺下，对每个房间进行了清理，包括楼梯间，都打扫擦拭。在楼梯间闲置的一张旧桌子的抽屉里，我看到了父母和我的黑白合影照片。我一边鼻子发酸地擦拭着照片上面的灰尘，一边感慨如今的情形。

等我收拾完，在老汤床边的一张沙发上躺下来，刚闭上困涩的双眼准备睡去，就听到老汤说了一句：我知道你妈妈在哪里。

我一激灵，一下子清醒过来，等待他的下文。

我知道你们恨我，瞧不起我。他呢喃着又说了一句，你鄙视我吧，汤纳。接着就呼噜声大作，睡了过去。

十四

我一夜辗转反侧，由童年记忆里的母亲、祖母，一直到微米，她们三个人的面孔都轮番在我眼前交替出现，最后，我透过窗子在缀满星空的天幕上，看到了惊人的一幕，她们三个人的脸重叠在一起，是一张令我无比欣喜和温暖的脸。那双鹿一样的眸子，望着我，深情款款。之后，我揣测着老汤睡醒之后的答案，不安带来的烦躁让我久久地不能入睡。

后来呢，找到你的母亲了没？她站起来，走近我，伸出手抚摸了我耷在脑门的一绺头发。

我再度一惊，从回忆的闸门里猛然跳出。她仍带着一抹我似曾熟悉的笑容望着我，那笑容含着我想要探究的神秘。我近距离地站在她面前，嗅着她的体香，惊讶地看到自己内心深处隐秘的想法，我实则通过这种叙述方式想要多留她一会儿，这个全神贯注的神秘的倾听者，表情随着我讲述情节的起伏而变化。我看似悲情的身世和经历，毫无疑问地引起了她的兴趣和同情。而我对她莫名地产生了好感，微米走掉之后的几年，这也是我第一次再对女人动心了吧，于是我对自己倍感诧异：怎么又轻易地动了心。

我竭力保持自己的平静，双目不带任何感情色彩地看着她那张俏脸。

你的父亲告诉你没有？关于你母亲的？她的眼睛里有迫不及待，微微抬起了下巴，那一脸的光泽和质感，使她的轮廓更加立体。

没有，我轻轻地摇头，喝了一口面前有些变凉的咖啡，父亲醒来后什么也没有说。

噢。她有些失望，也许，她希望有个完美的结局，这正是大多数善良之人共有的想法。

归根结底，我没有再记恨老汤，我说，他已经对过去表示了悔恨，还能怎样，年纪都这么大了。我经常去看望他，带点可口的东西给他吃，有时候陪他住上几天。毕竟母亲不知去向，不能再没了父亲。

她站起来看着窗外，阳光正浓，就将窗帘拉了大半，遮住庞大的落地窗。

我去厨房给你做些吃的来。她说着打开靠近厨房门口边的冰箱，变戏法似的取出斩好的生鸡块，淘洗干净，和香芋一起放进一个透明盖子的炒锅里，打开燃气，炒焖炖一气呵成。当她将一盆香喷喷的散发着姜片、麻椒和胡椒味的香芋炖鸡块端上餐桌，我充满欣喜和惊讶地看着这一切，她的身影、她的模样，我居然恍惚间看到了祖母和母亲，还有微米的影子。

她夹起一块鸡肉放到我面前的碟子里。尝尝看，她说。

天！我忍不住叫，这味道！她睁大了眼睛，笑意从眉梢漾开，嘴角挑起来，露出整齐的牙齿笑了笑，看着她笑起来的样子，我仿佛看到了漫山遍野的杜鹃花都开了。

接着吃下去，那些记忆深处流淌出来的独有的味道，在口腔里弥漫开来。我贪婪地将自己的胃填饱了。喝了一大口冰镇黑啤的时候，发现窗外的光线在渐渐地收拢，变暗。

你到底是谁？我问。

你还不认识我？她无奈地摇头。

已到晚上，外面的街道上依然行人稀少。一首不知名的萨克斯曲子被吹奏得如泣如诉，我走近窗子，想听听到底是从哪个方向飘过来的，结果听了一会儿，方向还是不明。我转过头看着一样在听音乐的她。

不如下楼走走。她说。

我没说什么，但却不由自主地跟在她身后。

看了看时间，还不算晚，其实是天气变了，要下雨引起的天空暗沉，而不是已到了晚上。许久没有下楼了，到了楼下，我禁不住长长地吸了口气，空气里有灰尘混合着花香的味道，以及车辆过去留下的机油味道。依然有种不真实的感觉，但脑海里却有个强烈的念头，去对面的森林里走一走，看看能否遇到小鹿呢？想象中那可爱的动物，它的那双眼睛，曾多番出现在我的眼前。

过了马路，我加快了脚步接近那片森林，她的手紧紧地抓住我裸露的胳膊，有些滑腻的感觉，她鼻息加重。

天空愈发黑暗，有一阵大风吹过来，眼前的景象不仅让我倒抽了口凉气。

根本不是森林，我在楼上看到的所谓森林，其实不过是一片无人打理的荒草，幻觉而已。它居然让在高楼上的我，被迷惑至今。

怎么会！我失望地喊，有点被愚弄的狼狈。我咬了咬嘴唇，到底哪里出了问题？

汤纳，她松开我的胳膊低声说，是你的记忆出现了问题。她看着我不解的眼神，像是揭开什么迷雾似的口气，带着了然于心的沉稳，缓缓地倒出了关于我的谜底。

原来，我在去年一个大雨倾盆的夜晚，开着车载着多年未见、失而复得、生病了的母亲去医院，路上车轮打滑，我来不及反应，和一辆迎面而来的大卡车相撞，母亲当场死去，而我的头部受了重创，造成了失忆，很多事情和人都不记得了。

看着眼前庞大的荒草地，雷声开始不断地在耳边制造出惊天动地的声音，优美动听的萨克斯曲子消失得无影无踪。

你给我讲述了那么多，都是你新出版的那本悬疑小说《寻找微米》里的事情，换句话说，你复述了你书里的故事情节给我听。她盯着我的脸庞，认真地一字一句说：你从来就没有去过西部，从来没有离开过这里。

怎么见得？你怎么会知道我没有去过西部？我问道，且不甘地调整了一下双腿，我发现这两条腿有点不受控制地颤动。

因为你的活动范围我都知道，我清楚你。她说，你那爱喝酒的父亲身体并无大碍，和他的情人依然生活得很恩爱。

她那双鹿一样的眸子漫出一片水雾来。一些往事，像被沙尘覆盖起来的往事，在这一刻，正一起被唤醒，意识在慢慢地苏醒过来，像冰冻了整个冬天的大地在复苏。

那么，你该告诉我，你到底是谁？我的声带像被一双大手攥着，我口干舌燥、艰难地问已经泪流满面的她。

我是微米！我就是你的爱人微米！也是你的主治医师，一直在你身边照顾你。她放开嗓音，在随之而来的倾盆大雨里喊道。

接着，她紧紧地抱住了浑身战栗的我。

罗兰旅馆

一

闷热的作坊里，几台老式电扇笨重地摆动着，几个年龄较大的男女工人，正垂着头专注地干着机械且毫无技术含量的活儿，他们粗糙的凸显青筋的手，拿着一把把镊子，将机台上摆着的一盒一盒的金属小片，小心翼翼地放到传送带上。天花板吊着的白炽灯下，那个一寸宽的黑色带上凹进去的槽内，看起来呆板且毫无生趣，却也得加倍细致，因为一不小心，就会放反片或者做出周边有毛刺这种质量问题的小片。地上有几大卷做好的成品，角落处摆着需要返工的两大卷，上面贴着醒目的黄色标识。狭小不通风的房间，空气里充斥着刺鼻的令人昏昏欲睡的味道。

十五岁的少年何修来了半个月了，干活还总是出错。身材高大的他坐在右边最后一个位置，通常，这个位置是留给新手的，那就意味着质量问题容易查出，具体哪个人放的最后一片有问题也一目了然。大部分需要返工的，何修自然不能脱离干系。所以，那几个老手总不满何修给他们带来的质量问题，扣薪水，耗时间返工，让他们对何修的态度也毫不客气。不是指桑骂槐，就是直接瞪着一双双喷火的眼睛，看着手足无措低着眼睑的何修。

中间休息的时候，大家围在一起聊天，说一些无聊且粗俗的话题来消磨难得的空闲。何修沉郁而不合群，总一个人站在门口，望着不远处一片茂密的树林发呆，看不出他在想些什么，因为他的表情有着和年龄不相符的老成。嘴角向下弯着的弧度，写着让人捉摸不透的倔强，长着几颗雀斑略有些苍白的脸上，一双漆黑的大眼睛里藏着不易觉察的忧伤。他边调换着姿势，让修长的双腿活动一下，边不时回头看围在一起谈论得热火朝天的人。因为他们有几个总给何修派工作以外的任务。

何修，给我打杯水去。有人说。

打水的地方其实并不远，就在门外一个简易的棚子下面。

何修，我旁边的电扇怎么转得那么慢，都要热死了。其实只需要调高档位就可以，就这么简单。

但是今天的下午时分，就是这个简单的动作，令何修的身体出现了意外，并且这个意外来得毫无征兆。

这该死的电扇，老掉牙了吧，一点儿风都没有。何修，你去看一下。在一个不断骂骂咧咧说着天气太热的男人的催促下，何修走到一台硕大的、仅仅比碾盘小了一圈的黑色铁框电扇跟前，用手拧了几下旋钮，但没有一点儿用，它无力地晃动着框内几个沾满灰尘的叶片，发出哐哐哐的怪异声响，好像在嘲笑何修。何修于是不假思索地将右手伸进铁框内，右手的食指刚进入叶片之间，电扇令人难以置信地突然加速，只听到何修惨叫着坐在地上，右手的一小节指头被叶片无情地切掉，甩在一边。

何修在惊叫着凑近的人群中，忍着剧烈的疼痛，捡起那节渗着血水的指头站起身来。身边的那些人不知谁说了一句，赶紧去医院，找医生还来得及。

何修左手握紧不断淌着血水的那根断指，跟跟跄跄地往外走。其他人站在原地伸长了脖子看，但没有一个人跟过来。

外面的马路上，正好有一个戴着头盔的摩的司机，停在路边抽着烟四下张望着，何修看到他便抬了抬手，摩的司机便马上捕捉到何修告急的讯号，掉头开了过来，待何修坐上了摩托车，他就快速地启动，大声说：前方十多分钟的

132

消失的顿河

路程有家医院，很快就到。何修张了张嘴巴，没有说话，疼痛让他的汗水不断地往外冒。十几分钟的路程他感觉漫长极了，像经历了几个世纪。

手指刚刚被风扇切断了，能接上吗？

何修疼得浑身有些哆嗦，站在主治医生面前，拿出断了的那节手指，望着慈眉善目的男医生，满怀希冀地问。

可以的。头发稀疏的矮胖医生微微皱了皱眉头，白大褂下面的肚子起伏了一下说：怎么这么不小心呢？一位像是实习生的年轻女孩，表情仿佛有些紧张，悄悄地闭紧嘴巴站在旁边。

大概需要多少钱？何修小心翼翼地问。

三千左右吧。

那如果不用接合，只包扎治疗呢？何修的声音低了下去，脸色更加苍白。他有些站不住了，双腿发软，坐在医疗间的方凳子上。胖医生掩饰不住吃惊的表情，停顿了片刻说：三百左右就可以。

何修用牙齿咬了咬干燥的嘴唇说：那就包扎吧。他将右手平放在桌面上，看着医生一番操作，消毒，止血，上药，包扎，又开了十多天口服的药，以及一些外用消毒的药和换包扎的敷料。他身上仅有的320元也花光了。

他独自在医院门口的大厅里坐了好一会儿，看着来来去去匆忙的人们，看着傍晚的阳光正在建筑群的中央一点点下沉。走出医院，黑暗从四面涌了过来。

何修感觉饥肠辘辘，但何去何从呢？已经身无分文了。工作过的那个作坊显然不能回去了，自己才上了半个月班，却总是因出错而返工，那点微薄的薪水早就被扣光了，现在又伤残了，那个说话不多但态度强硬的老板，肯定不会再要他的。

何修摊开右手，包裹着纱布的断指，创面处暗红色的血液在纱布下面透出凝固的形状，还在隐隐作痛，那种突突跳动的火辣辣的感觉，好像被灼烧般，从伤口处一点点传递，直到全身包括心脏都禁不住抽搐起来。饥饿也毫不客气地围剿过来。街面的灯光次第亮起来，各种美食的香气从镇子上的饭馆里飘了过来。

何修恰巧路过一家10元店旅馆，这家他之前暂住过，便走了进去。南方这种小旅馆到处都是，颇受工作不稳定或者收入不高的群体青睐。一个不大的单间，放着四张上下铺位的、只铺了席子的硬板床，随住随交钱，不用交押金。房间地板已经看不出颜色，充满汗味混合着脚臭味道的房间，何修居然住了一个月。他放轻了脚步走进去，爬上了里面靠墙的上铺，拿过简单的包裹，一语不发地离开了这个地方。同住的三个男人正在兴致勃勃地打牌，他们习惯了何修的独来独往，对于何修的离开，并未过多地关注，仍然在烟雾缭绕下，大声地吆喝着将纸牌甩得啪啪响，制造出廉价的快乐。

在这个远离故乡的镇子上，何修看着身边经过的一张张陌生面孔，听着耳边不知从何方传来的急促而激烈的鼓点，心中涌起莫名的压迫感。不远处一个巨型如伞盖的榕树下，一只橘色的猫蹲在平整的石头上，正瞪着警惕的目光，看着他的满面忧伤。此刻的何修，有着空前的孤独和绝望，而这种感觉像一张无形的网，紧紧地攫住了他，令他喘不过气来。

他又默默地站了片刻，突然涌出来一个念头，打个让他得以倾诉且也许能让心情平复的电话。于是深深地吸了口气，掏出手机。拨打110。这是何修刹那间突然想到的可以拨出去的号码。他在镇子的北街，在那棵古老粗大的榕树边，在那只橘猫的注视下，拨通了号码。

你好，有什么需要帮助的？电话里一个带有南方口音的普通话声音传了过来。

我就是想说说话，何修的声音因激动而打着颤，他清了清嗓子说：想找个人说话。我叫何修，15岁了，出来找工作。但是不太顺利，找了蛮久才在一个比较小的加工厂做事情，今天下午，不小心把手指切断了，身上已经没有一分钱了……

何修停顿了一下，被对方一连串的关切话语打断：你在哪里？怎样才能找

到你？

何修说了具体位置。没过多久，一辆警车鸣着笛开了过来，停靠在街边一家叫作罗兰旅馆的门前。然后一位中等身材、浓眉细目、三十出头的男警员下车，朝榕树边的何修走来。何修朝警员挥了挥手。

何修？你才多大，就出来工作。警员皱着眉头看着何修缠着纱布的右手，你家里怎么不管管呢？正是上学的年龄。

何修不敢正视那双不大却有些威严的眼睛，只是慌乱地看了警员一眼，便把头扭向一边，嗫嚅道：我没想到你会过来，给你添麻烦了。

警员不再说话，但将头摆了一下，示意何修跟他走。

他带着何修进了罗兰旅馆。旅馆不大，简朴而洁净。一位四十几岁的女人正坐在柜台内，低头趴在一张暗红的木桌前，做着串珠子的手工。天花板上镶嵌的一盏圆形灯，灯光柔和地照在她的脸上，束着马尾辫，露出光洁的额头，淡淡的皱纹刻在浅褐色的皮肤上。

兰姐，警员冲她叫，罗兰大姐，给你带来一位客人，今晚先住在这里。罗兰抬起头，是一张平淡无奇的脸，眼皮略有些浮肿，但她微笑起来的样子，给人以亲切和踏实感。她放下手里亮晶晶的紫色的珠子，走过来说：好的嘞。有一段时间没见了，兄弟！你老婆孩子都好吧？她声音沙沙的，语速有点快，好像被一阵风卷过来，急忙地灌入听者的耳朵。

托兰姐的福，都好着呢。前段时间他们被瘟疫带来的疾病总算彻底好了。现在健康得很。听说罗兰姐都没有给染上，这镇子上的人可一大半都中标了。

兄弟不也没事吗。罗兰微笑着拍了拍警员的肩膀。

那可不是，你兄弟我得照顾家人，得为大家服务呢。警员朗声道：罗兰姐是个善良的人，老天也眷顾。

罗兰的脸庞浮起一抹红光，看了看一旁抿着嘴巴沉默的何修。

唉！警员叹了口气，这孩子才 15 岁就出来找工作，这年头谁敢用童工啊，身上的钱也花光了，找了一个小作坊的简单工作。这不，手指也给切断了。他望着何修的脸，用含着疼惜的口吻说，罗兰姐，先让他住在你这里。说着掏出 200 元放在柜台上，先安顿几天再说。

好啊，没问题的。罗兰看着何修身材高挑，但体形瘦削，有一张稚气未脱的脸，双目藏着深深的忧郁，嘴唇上面一层淡淡的绒毛，亮晶晶地挂着些汗水，但他似乎带着一点儿卑微的讨好，努力地弯起嘴角，看了看罗兰含笑的眼睛，又看了一眼警员。受伤的那只手不安地在身体侧面晃动了几下。罗兰心底忽地滋生出柔软来，这是突如其来的母性特有的柔软。她拿过何修的身份证看时，再次语速飞快沙沙地说，真的太小了啊，读书的年龄。你家里真是的，也放心让你外出。

何修站着依然不说话，但眼前却浮现出他们提到的家里，那个家！何修想起来就感觉心里有一只猫在不停地抓，抓得让人烦躁，抓出无数道伤痕，刺痛刺痛的，这感觉很不好。何修不由自主地摇了摇头，叹了口气。

警员和罗兰对视了一眼，好了，我该走了，你先给他弄点吃的。说着拍了拍何修的肩膀，走了出去。

罗兰穿过侧门，进入后院，从厨房端来一碗散发着浓郁香味的猪杂粉，放在柜台边的一张小圆桌上，并示意何修过来吃。何修迟疑了一下，便坐下来，狼吞虎咽地吃完了面前的粉，连汤也喝得精光。有那么一刻，他在榕树旁的时候，曾幻想着榕树是一大碗冒着热气的面，他会把这碗面连根带叶都吃得不剩一点。

罗兰看着面前吃饱了的何修，他清瘦苍白的面容有些红润了，那双忧郁的眼睛，似乎藏着一些深深的幽怨和秘密。他还是抿着嘴巴，并没有说话的欲望，只是垂着眼睛微微地呼了口气，浅蓝色 T 恤上有些没有清洗干净的污渍，一条紧身牛仔裤裹在修长的腿上，左边球鞋的边缘破损。罗兰怔怔地瞧着，一时陷入沉思。

房间在哪里？何修问，面前身着淡紫色裙衫的罗兰，这才从沉思中清醒过来，好像经过了一段崎岖的跋涉，面色有些许疲惫。哦，她站起身来，粗粝

的手提着一大串钥匙，说，我带你去。

何修跟在她身后，上了二楼，拐进一个不太明亮的走廊，走廊里只装了两盏米黄色的带有灯罩的壁灯，像幽灵的眼睛在黑暗里闪烁。她走到靠走廊尽头的南边的一扇门前停下来，熟练地从手上不锈钢圆环套着的密密匝匝的钥匙串里，抽出一把打开门。何修打量着房间里简单却洁净的床铺和桌子，以及原木色的椅子，轻轻地点了点头走了进去，毕竟，这与上一家的 10 元店比较起来，已经是鸟枪换炮了。

罗兰进去将临街的窗子推开：通一会儿风，这个房间有一阵子没有住人了，有点味道。她说着，又拍了拍洗得发白的薄毯说，如果感觉热，你可以到楼下找我，我拿一个新的电扇给你，那个吊扇太老旧了。她抬起头看着天花板，一个静静悬挂着的洗脸盆大小的浅灰色电扇，像一只安静的蜗牛蜷缩在那里。

我叫罗兰。我要么在柜台，要么在柜台旁边的那间小屋里。她边说边往外走，紫色裙衫轻轻摆动，隐隐带着茉莉的清香。

罗兰？何修脑海里浮现出家里窗台上，那盆紫罗兰妩媚的样子。同时，也想起了自己的母亲亚兰。

二

南方的这个镇子以工厂多而出名，所以显得特别拥挤且繁华。进入夏季以来，空气中流动着令人难以置信的热流，但其他方面似乎变化不大。绿色植物依然蓬勃而旺盛，芭蕉树舒展着宽大的叶子，如巨型伞的榕树随处可见，三角梅和紫荆花开得忘我而陶醉。这里的人们闲暇之余，便是在大大小小的酒馆里打发时光。何修刚到镇上的时候，就在这些酒馆里串过几次。那时候，他还完全没有考虑过生计问题，总想着找个差不多的工作应该没有问题。反正这里的工厂那么多，制鞋厂、五金厂、磨具厂、电子厂、制衣厂等多得记不清名字。

从那些喝得醉醺醺的人们口里，他得知这些工厂可以不要什么高学历，只要勤奋认真就行。

何修白天在镇上到处走走，观察那些需要招工的工厂，比较一下自己中意且轻松的工作。到了吃饭的时候，每次慢慢地吃掉一碗鱼片粉，再喝半碗米酒。要么就吃一份鸡块拌面，再喝一碗紫菜汤，时间在他饶有兴致的观察里慢慢流逝，他也听到了人们幸福感爆棚的交谈：这个月我又寄回家两千块钱。一个喝得醉眼蒙胧的人说着，惬意地咕咚着一口啤酒。我们家的新房马上就建好了。另外一个也不甘示弱，眯着通红的眼睛扁着嘴吐出含混不清的话。

何修听着他们的谈话，憧憬着自己的未来。希望不久的将来，自己也能和这些打工者一样有钱可以挣。他晚上住在一家舒适干净的旅馆。就这么安逸地度过几天，甚至一度令他产生了没有来由的幸福感，以前过的那些日子，都是荒废和虚度，现在的日子多么的自由而惬意啊。

来到这个镇将近一个月了，除了在大大小小的工厂门外徘徊，他梦想中的工作一无所获。当然，他理想中的工作是轻松而体面的，坐在明亮的大房间里，喝着香喷喷的咖啡看着文件。再或者，忙碌而充实地做一名光荣的工人也不错。但是真正去找工作，并不像他想象中的那么简单和容易。身材高挑、外形俊朗的他，一开始出现在一些工厂招工者的面前时，人家还蛮热情，但一亮出身份证，对方马上不相信地上上下下地打量着他，然后摇头拒绝。

15 岁？一个戴着眼镜、头发稀疏的主管模样的男人扶了扶眼镜退后几步，怎么个子长得这么高啊？

身高一米八的何修垂着头，有些窘迫地扯了扯上衣的边角，不知该如何应答。

你年龄不满 16 岁，我们不能收。用童工是违法的，我们可不能干违法乱纪的事情。男人摇晃着头发稀疏的脑袋，对一脸失望的何修毫不客气地说。

又去了几个门口贴有招工启事的地方，进去面试，仿佛统一了口径似的，都说不招童工。

138

消失的顿河

年纪小一样可以做事啊，当时的何修一改往日的内向和羞怯，大声地喊了一句。

长这么大的个子，才15岁。那些找工作的男人和女人们都惊讶地看着他。

现实太残酷了，身上带的钱已经花了大半，寻求工作仍毫无进展。他只得退掉稍微舒适的旅馆，住进四人一间的10元店。每天和几个陌生的男人混住在一起，听他们发牢骚、讲黄色笑话，听他们打牌摔得啪啪响，无奈地穿梭其中。何修从不跟他们任何人说一句话，他们也曾经试着跟何修开玩笑：嗨，小子，还是处男吧？何修望着狭窄走道上桌子的一堆扑克牌，那上面形色各异的女人，正搔首弄姿、挑逗地看着他，他脸猛然变得通红，又羞又恼地转过头不去理会。没文化真无聊，他悻悻地想，但他却正和这些无聊的人住在一起。说到底他也是初中没读完就辍学的人。

月底，终于在镇子北边靠近边缘的地方，找了一家不要求年龄的小作坊，不管住宿，一天管两顿饭，中餐和晚餐，早餐自己解决。试用期一个月两千块，干满发工资，品质出错会扣钱。这对于找工作几近无望的何修来说，仍然是开心的事情，终于有工作了。但始料未及的是，工作中的种种不如意，影响了他高涨的心情，以致到了后面迷迷糊糊地被切断了手指。

唉！何修终于忍不住再次叹了口气。这口气在他独自一个人的房间里到处跑，似乎被吊在房顶上的电扇吹起来，旋转了一圈后又落下来，像个不大不小的石子砸在他身上每个部位，包括那个断了的手指，格外痛。在这个沉寂而燥热的夜晚，疼痛被清晰地放大，让他又忍不住大声地呻吟了一下。

窗外零星的灯光打在窗子上，映照着何修那张因痛楚而被扭曲的脸，他辗转反侧，忧愁和更深的迷茫笼罩着他。那个所谓的家也不想回，他还有家吗？一些往事历历在目，像电影里的镜头般接连不断，如同汹涌的海水，呼啸着席卷过来。

三

何修，你就不能快点？磨蹭什么？母亲亚兰总这么粗声粗气跟他说话。亚兰皮肤白净，明眸皓齿，颇有几分姿色，但自从嫁给了长相一般、生性懦弱的何修的父亲，心高气傲的她就一天天地脾气见长。她不仅跟儿子说话毫不客气，还经常骂老何。好像老何本来就比较碍眼，是她的出气筒，稍不顺心就开骂。

要不是我哥哥娶亲需要彩礼，你给得出帮我家应急，我才不嫁给你这个乡巴佬呢。在亚兰眼里，这个名不见经传的小镇就是乡下，电视里晃眼的有着林立的摩天大楼的城市，才是她心仪的地方。

跟你住着这猪窝一样的地方，她经常坐在店里靠门口一个包着褐色皮革的沙发上，边嗑着瓜子，边说着，边望一眼在店里拿着尺子比画木块、或给做好的木质家具上漆的老何，并带着不耐烦的腔调追问着，你说，什么时候我们这矮墩墩的两层破楼房再返修一下，续上两层。你说啊？她高高耸起的胸部起伏着，水红色的羊毛衫上挂着几个瓜子壳。

老实木讷的老何除了说两个字"快了"，再没有说其他。他不会说些甜言蜜语讨亚兰欢心。在何修看来，老何过早花白的头发上和脸上深深的褶皱里，都挂着亚兰鄙夷的目光，它们在亚兰的目光下，卑微而可怜，无处闪躲。

何修正值叛逆期，他对亚兰的粗暴脾气很是看不惯，有几次忍不住想跳起来吵，但都被老何拉了过去。她是你妈妈，忍着点。老何压低了嗓音说。

为什么要忍？何修无限同情地看着身材高大却弯腰驼背的老何说，你还是个男人吗？

老何定定地看着何修，看着何修如一棵长势良好的树，目光里闪现出一小簇火苗，但片刻之后，就将头深深地勾了下去，不再说话。

何修注意到，这簇火苗他在看亚兰的表妹时眼里也闪现过。这一切都瞒不过何修敏感的眼睛。

老何家经营一家不大的家具店，生意好的时候连续一个月都顾客盈门，生意清淡的时候一个月都门可罗雀。有从别的地方进的货，也有老何自己手工制作的，木工出身的老何做得一手好活。如果有人专门要私人订制，老何就更加忙一些。从小到大都在这里生活的何修，闻惯了木头和油漆的味道，也看惯了父母的吵吵闹闹。

不知从什么时候起，亚兰的表妹，这个被称为表姨的女人，出现在他们的店里，据说这个表姨死了丈夫，没有孩子，过来在这里帮些忙，做做饭，打扫打扫卫生，来打发寂寞的时光。在13岁的那天晚上，何修去门店后面的小屋厕所时，在那个摆满桌椅和柜子的杂乱空间里，无意碰到父亲老何将表姨挤在一个木质柜子上。表姨瘦小的身子紧绷，扬起布满雀斑的脸，迎着老何狂热的雨点般的激吻。老何弓着背，双手紧紧地抱着怀里呻吟的女人，似乎要用满腔的烈火将她烧化。表姨不知是痛苦还是欢喜，压着嗓音低叫，像极了一只叫春的猫，喵呜，喵呜，恬不知耻地叫。

这令人难堪和厌恶的镜头，使少年何修仿佛明白了什么，他扭头就跑。而门店外面的母亲亚兰，依旧在嗑着瓜子，旁边的音响正放着一首狂放的乐曲。母亲似乎并不知道这一切，边听音乐边用粗跟鞋底敲击着瓷砖地面，陶醉地和着节拍。看到何修还吼了一句：何修，跑那么快干吗，赶着投胎啊。何修扭过头看了看亚兰，看着她那双还算漂亮的眼睛，和不停嗑着瓜子的薄薄的唇，突然有种说不出的厌恶，这种感觉又令他平添了一份心酸。

何修眼睁睁地看着老何悄无声地，将眼里的那簇火苗全部给了说话轻声细语、姿色平平的表姨。

他还清楚地记得，在一个晚霞铺满天空的傍晚，因为父亲卖出去的一把椅子算错账少收了10块，母亲亚兰不停地叫骂。

蠢猪，亚兰大声骂道，还伸出手捣了一下老何的额头，吃干饭啊，你！

老何低着头不说话。亚兰推了他一把，大而圆的眼睛喷着怒火，赶紧去追啊，把那10块要回来。

不就 10 块吗？何修说着从里间走出来，忍不住吼了一句。

亚兰看着高出自己一头的儿子，也没好气地骂了一句，滚一边去，没你说话的份儿。

表姨远远地站着，像一片树叶一样瑟缩着，不敢大声出气，似乎怕惊动了正在生气的表姐，再招来一顿骂。

弯腰驼背的老何真的跑出去，寻找少收了 10 块钱的人。但寻了一圈，哪里有人家的影子。当气喘吁吁、面容沮丧的老何垂着双手返回来，还没开口，亚兰就抄起身边桌子上一个计算器，狠狠地摔了过来，又准又稳地砸在老何的脑门上，那耷着一缕头发的左边脑门上，瞬时就出现一个不大不小的口子，不停地流血。

啊？！表姨失声惊叫着，瑟缩着的树叶一下子就神奇地平整了，忽地飘了过来。她抬起头看了看老何的额头，快，快点止血啊。老何不说话，看着表姨拉开桌子下的抽屉，取出碘酒、纱布和一些止血的药粉。那些东西还是老何平时库存的，在做木工不小心弄伤手时用。

母亲亚兰可能知道自己有些过分，但也没有一丝愧疚，抓起一把瓜子走出门去。

表姨那双手悉心而温柔地在老何的脑门上操作着，脸上的每一颗雀斑似乎都带着心疼，面部肌肉不易觉察地抖动着。老何眼里的火苗热辣地灼烧在那一颗颗雀斑上，何修捕捉到这些镜头时，不置可否地叹了口气。老何扭过头，望着儿子的脸想说什么，但又没说出什么，只是很滑稽地，像鱼一样绵绵地张了张口。

你什么都不能说！一天早上，父亲叫住背着书包正要上学的何修说，当心你妈妈知道闹起来。何修悻悻地看着这个身材壮实、面容粗鄙的男人，一言不发地走开了。虽然何修很多次都想提醒母亲，她那个远房表妹来得太勤了，但话到了嘴边，想起父亲老何那双可怜的眼睛，就又将话吞了下去。

北方的这个小镇，人们生活安逸且节奏缓慢，对何修来说，与这缓慢的节奏唯一不同的是，学习特别紧张。彼时中学时期的何修已进入青春期，而他总能在紧张中调节生活，下课或者放学，在球场打会儿篮球，他颀长的身材和漂亮的外形，让他在学校鹤立鸡群，是那么突出和耀眼。啊，他跳起来投篮的样子特别帅呢。女生们都凑在一起兴奋地议论，她们的喜欢都明明白白地写在脸上和行动里，篮球场的周围都是她们的影子，几个胆大的还经常明目张胆地跟在何修身后。

何修的作文写得特别好，老师经常在作文课上，拿着何修的文章当范文念。每次上作文课时，班上的女生，听着何修佳句频出的文字，在老师口里抑扬顿挫地读出来都开心且激动。她们看着表情骄傲如王者的何修，不停地热烈鼓掌。就连班上最漂亮学习最好的语文科代表，也对他青睐有加。

在一次晚自习的课间，身材娇小皮肤白皙、扎着长长马尾辫的语文科代表趁人不注意，主动偷偷地握了一下何修的手，那个瞬间，他彻底沦陷了，因为他也对这个娇小的女孩心仪已久，她那圆圆的脸庞上有一双晶亮乌黑的眸子，好像会说话。

何修，她在收作业时总轻言细语地叫他。女孩还约了他周末看电影。他喜欢女孩温柔的样子，想起女孩一切的一切，就如沐春风。他总想着柔软而漂亮的女孩。于是上课总是无法集中注意力，老师讲的什么也听不进去。渐渐地，成绩不可避免地一落千丈。

班主任自然而然地将何修反常的成绩通知了家长，电话里还很隐晦地说了何修跟语文科代表谈恋爱的事情。到底是谁走漏了风声，还是他们亲近的蛛丝马迹被人发现告了密，何修不得而知。

亚兰对老师的告状或传唤，自然暴跳如雷。你的同学都争先恐后地学习，你怎么这样，是准备以后和我们一样开家具店卖家具吗？身穿玫红色衣衫的亚兰瞪着那双铜铃似的大眼，面目狰狞，愤怒完全摧垮了她那张漂亮的脸。她还禁不住当着同学的面掌掴了何修，啪！清脆而响亮的一记耳光，令何修的脸火辣辣的，一同前来的老何拦都来不及拦。

哎呀，老何声音有些发抖地说，儿子都这么大了，这么打他可不合适。亚兰狠狠地瞪了老何一眼，老何马上闭上嘴巴不语。当时语文科代表也在场。女孩吃惊地看着亚兰，又看看何修，然后将扎着辫子的头低下去。

那是一个糟糕透顶的下午，亚兰泼妇似的行为，让一度骄傲的何修倍感羞耻。何修如同站在凛冽的悬崖边上，冰冷而危险，虽然四月的天气已经温暖许多，到处都绽放着鲜花。但那刻的何修只感觉到了冷。天知道，他多希望女孩能过来安抚一下他，哪怕只是拍拍他的肩膀也好。

他一遍一遍地回想着女孩可爱的脸庞，和那双会说话的眼睛，但女孩躲闪着眼光低下头的瞬间，却使何修感觉到了陌生，令人心悸的陌生，让他很难过。

你不喜欢我了？何修曾在放学的路口，鼓足勇气大声地问女孩，他已经完全不顾周围许多熟悉的同学，完全不顾他们嘲笑的面孔。是的，班里的大多数同学都抱着幸灾乐祸的态度，来看待何修当众被母亲亚兰打脸的事，男同学因为妒忌各方面都占有优势的何修，女同学愤恨何修跟语文科代表好上了，总之他们一见到何修，就交头接耳地议论着。

女孩迟疑了一下，甩着扎着绿色绸带的马尾辫，一阵风似的踩着单车飞快地离去。她那不带任何感情色彩的眼神和决绝的背影，让何修有种不知所措的痛苦，我就这么被抛弃了吗？他想，真他妈的可笑，女孩的心真善变。他狠狠地在心里骂着，愤慨着，陷在初恋夭折的怪圈里不能自拔。

少年的爱恋热烈而执着。在班里，他装作若无其事，不再和女孩说话，不看她，但却在心里刻下女孩的样子。他一次次地徘徊在以前和女孩常去的巷子里，希望能看到奇迹，但一次次地失望。

直到接近夏季的某一天，他在班里也看不到那个娇小的身影了。她转学了。有人说。

转学到哪里，何修不得而知。因为女孩自始至终都没有再跟他说过一句话。

这件事情让何修受到了很大的影响，他变得沉默和无比的疲倦，上课昏昏

消失的顿河

欲睡，无法集中注意力。球场上再也看不到他潇洒的身影。女孩们也有意无意地疏远了他。母亲亚兰变本加厉地骂人，骂老何，骂他窝囊，骂何修不争气，老何和表姨亲昵的行为，被何修三番五次地发现……这些，都使得何修的性格和言行变得不可理喻，让他时时有抓狂的痛楚。他还得拼命竭力控制这种猛兽困于笼的感觉，连老师在课堂上提问他时他也一脸漠然。

何修！老师的声音并不大，但是他却总是猛一哆嗦，且每次站起来都下意识地弯下腰，垂着脑袋，身子不由自主地颤动。老师走过来摸摸他的脑门说，何修，你怎么啦？何修脸色苍白，眼神仿佛空若无物。

何修是不是生病了？老师叫来老何说，反常得很啊，下课他也不和同学们一起玩。戴着厚厚眼镜片的老师，表情着急得离谱，令何修想起动画片里的一只瞪着眼睛、眉毛攒在一起的猴子，他忍不住笑了。

你疯了吗？还笑？老何抓过何修的衣领，何修依然笑个不停，最后一字一句地说，我要退学。他甩了甩乌黑的碎发说，老子不想上学了。说着，将书包狠狠地扔到教室外面。老何呆住了，班里同学也都呆住了，他们看了何修好一会儿，也许在愧疚和反思，也许在后悔平时对何修的态度，但为时已晚，何修发狠的表情令在场的所有人都说不出话来。

老何在暑假前的一个周末，将何修领回了家。那条回家的路并不漫长，空气干燥炙热，路上行人稀少，临街的商店在橘黄的落日里冷清极了。那一路上，何修听到了自己的脚步声和心跳声，如雷贯耳，无比沉重。

一条缓缓弯曲的下坡路，连着何修家的家具店。灯光渐次亮起，老何点着一根香烟，放在嘴里猛抽几口，又狠狠地甩在地上，他拧着眉头的脸看起来更加猥琐，在何修看来，正如撞见老何和面目寡淡的表姨暧昧，拥吻拉手或者互相抚摸的时候，如出一辙的猥琐。这令他很是鄙视，他将头扭到一边，呸了一口。

你对我有意见？老何抓过何修瘦瘦的肩膀，要不是你，我早和你妈妈离婚了。

跟那个骚货结婚？何修冷笑。

你不用管那么多，管好你自己就行。老何说着突然弯下腰看着地面，何修顺着他的目光望过去，什么都没有。但是老何却又慢慢地站起来，声音有些沙哑地说了一句，这么多年，我也受够了。何修在心里冷笑，一丘之貉。他想起了强势而霸道的母亲。没有一个好东西。想着想着心里就感觉有一团火在燃烧，仿佛要将整个身体都烧成渣，但又能怎样？

怎么不想上学呢，老何不满地说。

那你认为呢？何修冷笑着踢开脚底的一颗小石子。

不就是为了那个小贱货吗？亚兰看着回到家耷拉着脑袋的何修，忍不住悻悻地骂道，和你爸爸真是一路货色，有其父必有其子。

我怎么啦？老何明显有些心虚，声音放得很低，并且将头转到一边，装作看一张刚上过漆的桌子，那暗红的颜色，带着说不清楚的沉闷和压抑，何修顺着老何的目光，也将目光停留在上面。接着就听见亚兰又补充了一句，你和我表妹勾勾搭搭，你以为我不知道？

看着亚兰充满诡异的表情，何修怔住了。老何也怔住了。不远处的表姨也定格在那里，布满雀斑的脸上，那双细细的眼睛一下子泛红，并慢慢溢出了泪水。只听见表姨低低地哼了一声，转身上楼。没过多久就拎着个挎包下楼，像只轻盈的猫一样悄悄地从门边溜了出去。

老何张了张干燥的唇，想喊住表姨，但亚兰刀子一样的眼睛，直直地剜在他脸上，明黄色丝绸短袖下的胸部剧烈地起伏着。那天晚上，亚兰骂了老何大半个晚上，何修想着母亲亚兰吐出的脏话，那与她漂亮的脸庞上红润的薄唇实在不相匹配，感觉自己身陷泥潭，连喘气都困难。

在接下来的日子里，何修把自己关在房间，日复一日地打游戏，重复的动作渐渐地令他百无聊赖，日子也变得异常缓慢，慢得让他在时间的维度里看到自己，变得和父亲老何一样鄙陋不堪。虽然之前的焦虑感在减弱，但他非常厌倦目前的状态，他已经找不到生存的意义，辍学和失恋，还有这个家，都令他倍感窒息和压抑。

老何和亚兰似乎并不多关注何修，他们只顾忙着赚钱，店里总不断有顾客，金钱永远是老何最提神的东西，瞧他睁着那双满是攫取之意的眼睛，拿着计算器一脸陶醉地算着赚取的钱。他也可能已经忘却了脸上长满雀斑的表姨。

偶然的一次，何修在网上看到南方那个镇子的工厂在大量地招工，便在一个还未亮的清晨，简单地收拾了一下，从里间的卧室出来，拿着平时老何给自己的零用钱（积攒起来有两千元钱），趁老何和母亲亚兰还未起床，偷偷地打开门。

他顺着那条微微倾斜的坡路，不知哪来的力量，一路狂奔，不敢回头，生怕被醒来的老何发现，再将他抓回去。他气喘吁吁地跑到距离家不太远的客运站，搭上最早一班车，载满人的汽车笨重地启动，慢慢地加速，他才长长地出了一口气，闭上眼睛，慢慢地睡了过去。经过两天的颠簸，到了南方那个大量招工的镇上。

也许找到工作后，可以挣到大把的钱，可以自力更生了呢。何修想着，并掏出另一个偷偷买的电话卡，换掉手机里原有的卡。他们应该找不到我了。何修想起父亲老何的猥琐，想到雄狮一般的母亲亚兰，在踏上南方这个繁华而陌生的小镇时，百感交集。

从此不再看到他们丑陋的嘴脸，该清净了吧。他想。

四

夜晚在何修的辗转反侧中拉长，不知过了多久，何修才沉沉地睡去。

醒来时天色已经大亮。他穿好衣服端着洗漱用品出门，隔壁的门大开着，一个干瘦的老男人正左手抱着一个保温饭桶，另外一只手捏着两根炸得胖胖的油条，准备进门，他看到何修还热情地打了个招呼，早啊。

早，何修轻声说着，瞟了一眼老男人那间有些凌乱的房间，一个穿着咖啡色短袖、同样干瘦的女人，正跷着二郎腿梳着染成酒红色的头发。哟！新住的房客，帅哥啊。瘦女人斜着眼睛调侃道。何修收回目光，脸火辣辣的，匆忙走了过去。走廊尽头的一排水龙头前站满了人，水池边散发着牙膏和劣质香皂的味道。从穿着上看，应该是做些粗活或者累活的劳力，他们都四十岁上下，大多被南方的强光晒成了酱紫色，有的光着的膀子、粗糙的皮肤上还有些星星点点的晒斑。旁边紧挨着公用洗手间，有人在里面很大声地撒尿。

等何修下楼，正看到罗兰在修剪一株绿色的植物。她看到何修，放下手中的剪刀，直起身来说：何修，我带你去后院，那里有早餐。她语速还是有些快，好像总在赶时间一般着急。何修点头，然后跟在她身后，穿过侧门，进入后院。后院是一个不大却收拾得雅致的院子，摆着几张圆圆的石头桌子，桌子边放着些简易的小方凳。绿色的藤蔓爬满了搭在院子里的镂空的竹架子上，走在下面，顿感清凉和舒适。放在墙边的几盆三角梅怒放着，开成一簇一簇的火焰。

"来叔，"罗兰冲一个正靠着墙抽烟、身材矮瘦的男人说道，"来一份早餐。"被称为来叔的男人四十几岁模样，也是酱紫色的皮肤，短短的寸发下面是一张饱经风霜的脸，嘴唇略厚，嘴角有个圆形的疤，醒目而狰狞。但那双沧桑的大眼睛里，却分明闪着一种光芒，那是怎样一种光芒，何修无法形容，但那双眼睛给人的感觉就是不屈不挠的倔强。

来叔看着何修的脸，眼神突然有些奇怪，像是发现了什么秘密似的，有些深陷的眼睛抖动了一下，将眼睛里的光聚焦，定定地罩了过来，令何修有点不自在，他将双腿并拢，又不自在地分开。但仅仅是片刻，来叔将烟在地面上拧了一下灭掉，还拿穿着黑色笨重凉鞋的脚踩了踩。他站起身走进厨房，黑色的短袖扎在精瘦的腰里，走路有点潇洒地左右摇晃着。不大工夫端出来一碗白粥，一根胖油条，放在院里的一张石桌上。

过来吃吧。来叔摆了一下头示意何修。何修看了一眼罗兰，罗兰抿了抿嘴。坐在一边。

何修低下头吃着清香的米粥，嚼一口香喷喷的油条，心里涌出一股说不出的滋味。初升的阳光透过浓密叶子的缝隙，洒在他那张略带些憔悴和稚气的脸上。罗兰盯着他看了片刻，扭过头看着来叔说，让何修跟着你帮着干些杂务吧。来叔又抽出一支烟，放在嘴边点上，眼睛眯了一下，鼓起腮帮猛吸一口，缓缓地吐出一些烟雾说，可以。

比如带他出去买菜，择菜，打扫厨房什么的，罗兰的声音沙沙的，好像被风吹得飘起来。

何修看着罗兰没有说话，但那双清澈漆黑的眼睛里写着感激。弯起的嘴角现出两条浅浅的纹路，每当满意或者激动的时候，纹路就更加明显地凸显出来。

手还疼不？罗兰皱着眉。

不怎么疼了。何修低声说。他看着那只手，然而那只手似乎真的不怎么疼了。灼烫的突突跳动的感觉正在消失，但还有点木木的感觉。

正好，等会儿我要去镇子上的花田菜市场买菜，来叔将烟熄灭，厚唇搓成圆形说，带何修去。

少抽点烟，罗兰说着，将手探进来叔的裤子口袋，掏出一包烟扔在石桌上。来叔不好意思地咧着嘴笑，就这点爱好了。说着又像个孩子似的眼巴巴地看了看那盒烟。

走，出发。来叔顺手拿起一个大竹篮递给何修，自己也提着一个同款的被时间打磨得油亮的竹篮。

阳光很强烈。何修跟在来叔身后，衣服有些湿了，贴在背上，南方的夏季来得猛烈，空气里都有热辣的味道，裸露在衣服外面的皮肤，被不断从毛孔里涌出来的汗珠覆盖着，痒酥酥的。何修抬起手背抿掉汗珠，一边打量着街道上拥挤的景物，杂货店比比皆是。小吃店也很多，一家接着一家，南北风味的饭馆，各有各的吸引人的招数。有的在门前放着一个牌子，上面粗犷劲放地写着本店的招牌菜品：金品烧腊、香卤大鹅、馋嘴鸭。有的则秀气规整地写着：锦鲤过江、麻辣土鸡、爆炒腰花。香味在这些字里行间传递着，给食客以想象和诱惑。紫荆花树开满了紫色的花朵，蕨类植物从一些古老的墙体缝隙伸出来，打量着来往的人。

走快些，何修。来叔回过头说道，要有时间观念，不能慢吞吞的。来叔的那件湿透了的黑色衣服贴在背上，他停下来看着何修说道，等下还要做午餐，要抓紧时间。

何修不说话，走快了几步，他不想让这份难得的工作泡汤，外出打工的这段日子，他尝尽艰辛。所以来叔的话让他有些羞愧和不安，自己以前在家拖拉惯了。

怎么这个年纪就出来？不好好读书。

读不下去了。

不读书，缺少文化，年纪小，工作很难找的。

来叔那双探照灯似的眼睛在何修脸上扫视着，好像要找出令自己满意的答案。这令何修感到无地自容。他垂着脑袋不作声。汗水更加肆虐地蹿出来，伤口的部分好像被打湿，有点隐痛。

怎么不小心呢？来叔继续说着，你的父母呢？怎么不阻拦你出来呢？太不负责任了。他又好像义愤填膺的样子，酱紫色的脸涨得通红说，现在的家长真不够格。

关你什么事。何修心里不满，但依然默不作声。一个不大的发廊吸引了他的注意，透明的玻璃窗内，一张陈旧的沙发上，并排坐着五个年轻的女孩，个个浓妆艳抹，她们一边大声地说笑，一边悠闲地嗑着瓜子，像亚兰那样，瓜子壳吐得满地都是。何修的脸红了，不自在地将带有篮球图案的浅色T恤拽了拽。

那有什么好看的。来叔扯了他胳膊一下，花田菜市场到了。何修感觉到了来叔那双粗糙大手的力度。

这是个闷热无风、阳光金黄的上午。穿过拥挤而嘈杂的菜市场过道，来叔领着何修来到一个卖猪杂的摊位面前，地上一个大塑料盆里堆放着猪肠、猪

肚、猪肝、猪心，和临铺卖鱼的摊位味道混杂，又各自散发着刺鼻的味道。这些新鲜的，来叔拎起一叠猪肠看着何修不知所以的脸，你看，还是温热的。何修的胃翻腾了一下。来叔又将其他猪杂各来一些，装在一个黑色的塑料袋里，拿去给伸长了脖子看着邻铺的一个驼背男人。邻铺膀大腰圆的店主啪啪地正在用力往地上摔鱼，可能杀鱼之前先要把鱼摔昏，这样能减轻鱼的痛苦。

老板，给称一下。来叔说着将猪杂放在一个沾有污渍的台秤上。驼背男人这才愣过神来，将目光收回：来叔啊，两天没见啦。说着麻利地称好猪杂，从口袋里摸出一盒烟，掏出一支递给来叔，来，点着。来叔一边摆手说谢谢，一边付钱，然后对有些茫然的何修说，瞧这老板会做生意，每次过来都递给我一支烟抽，很热情的。何修看着来叔叼着厚厚嘴唇的样子，好像很赞同卖猪杂老板精明的为人。

但我就是慢慢地抽烟上了瘾，嗓子经常不舒服，连罗兰都不想让我抽烟了，来叔说。何修听着，想起早上罗兰从来叔口袋里掏出烟，扔在石桌上的动作和责备的表情，有点奇怪罗兰对来叔的态度。

菜市场转了一圈，他俩的篮子里都堆满了沾着水珠的鲜嫩的青菜，还有海带丝、茄子、土豆等。出了菜市场的门口，来叔停住了脚步，盯了蹲在门边一块石头上卖陈皮和干玫瑰花的老人片刻，走上前，问了价钱，买了一大袋玫瑰花和陈皮。他抿了脑门上的汗说，终于买到啦。来了好多趟都没有买到。

买这些很有用吗？何修有些不解，他不明白来叔为什么如此兴奋。

煮水喝，给罗兰煮水喝，疏肝、解郁、理气的。

罗兰生病了？

也不算是，但是她身体总感觉不舒服。

为什么？

以后再说吧。来叔看了一眼何修，好像欲言又止的样子。

说说你自己吧，小子。来叔说着，走路速度加快，提着大竹篮的胳膊前后摇摆着，好像借机让步伐更大些。何修已经有些气喘，左右手来回换了几次，断手指的部分又隐隐作痛。

为什么要说？何修有些忍不住加重了语气，来宣示自己的不满，然而又有些不安，他懊丧地垂下头，明眼人都看出来罗兰和来叔的关系不一般。还是忍不住又低声补充了一句，没什么好说的。来叔厚厚的唇翕动了一下，讶异地看了何修一眼，闭上了嘴巴。

经过那家美发店时，女孩们依然在嗑瓜子，头顶的吊扇有气无力地旋转，时间对于她们来讲，就在这么一地的瓜子壳上流逝。来要一把嘛，靓仔。穿鹅黄透视装的女孩看到了经过的何修，大声叫。来嘛，其他女孩也跟着起哄。

呸！来叔一脸嫌弃的表情。何修白皙的脸涨得通红，红色很快淹没了脸颊那些浅黄的雀斑。他快走了几步。怎么这么对人家呢？何修有些不满地嘟囔，漆黑的大眼显得格外单纯，他似乎还不谙世事，甚至都不愿意思索自己什么时候变得如此温和，分明上一秒还对来叔的询问冒火。也不愿意思索自己为什么对年轻的女孩关注起来，也许这些无损于他的自尊吧。

怎么能和罗兰比呢，来叔的表情变得生动而深情，在耀眼的光下，那双大而深的眼睛布满了柔情，厚厚的嘴唇并没有因强光而干燥，相反，还多情地湿润着。罗兰多好啊。来叔自语着又补充了一句，那可是个正经女人。

何修的眼前浮现出罗兰那张寡淡的脸庞上，那双略带浮肿眼皮的眼睛。是她的笑容亲切给人以好感吧。何修想着，又悄悄看了一眼来叔陶醉的表情。

五

何修看着来叔将猪大肠泡在一个盛有温水的铁盆中，撒了一些盐末，用手在里面搅动了几下。"何修，把面袋提过来，"来叔将头摆向厨房一角的柜子边说，"那个竖着放的白色袋子。"何修提着面袋走过来，只见来叔抓起一大把面粉与猪肠子混合在一起，用力地搓着。

来，你也试试。来叔说着往后退了一步，别看现在有些味道，搓一会儿就

完全没有味道了，神奇得很。何修迟疑了一下，伸出左手在里面揉搓。面粉混着猪肠的味道在炎热的天气里，令人头晕。何修闭紧了嘴巴，似乎连呼吸都屏住了。力大些，你这个年纪该是很有劲的。来叔说，另外一只手呢，他皱着眉看着何修的右手，突然反应过来，何修那只受伤的手还缠着纱布。

来叔于是又将两只大手在里面揉搓，动作娴熟。

面粉混着猪肠，把表面的黏液抓掉，揉掉，就没有异味了，来叔说着，又将猪肠放在温水水龙头下冲洗了一会儿，有些得意地抿了抿厚唇说，已经没有异味了。然后又一条条地，将光滑且泛着淡淡腥味的猪肠翻过来，再次用面抓搓，再冲洗。

别看这些不起眼的东西，来叔说，放上卤料，卤熟了味道极棒。他像是在说一件值得骄傲的事情，深陷的眼睛眯起来，眼睛周边的皱纹都堆叠在一起。

就是太麻烦啦。何修说着，轻轻地甩手上的面屑。

不麻烦，另外的猪心猪肝猪肺那些冲洗两遍就可以了。来叔说，我做的猪杂粉味道可是一流。旅馆和外面的人都爱吃，都不够卖呢。

那倒是。何修想着街上猪杂粉店飘过的诱人的异香，咽着口水附和道。

罗兰也爱吃，来叔说，罗兰每次都将一大碗猪杂粉吃得光光的，连汤汁都不带剩的。

何修看着来叔那张发光的脸，觉得来叔在做一件很有意义且值得骄傲的事。

旅馆右侧的不远处是一片山林，一条不大的河流，在两岸茂密水草的簇拥下，蜿蜒着流向远方，右侧靠后是一些农家种的菜地，简易房的墙壁被刷上了油彩，如同大地上凸起的卡通图片，随意且自然，颜色多样，各种形状都有。农人在那里进进出出的，一些鸡崽踱着方步穿梭其间。

傍晚的时候，何修在旅馆右侧的一片空场上，将锯好的木板和木块，装在一个平板车上拉回院子。他试图做些手工活。

何修有时在厨房帮来叔做些杂活，来叔也很热心地教何修卤猪杂，比如放大料，放酱油，放点香叶和盐巴。

大火炖上十分钟，再小火炖上二十分钟，关火就成。来叔认真地说着，似乎要将一个绝妙的手艺传授下去，厚唇完全张开，大眼睛眯起来，那张酱紫色的脸上表情格外激动。何修站在灶台边，同样认真地体味这来自生活细节的乐趣，空间里弥漫着猪杂的鲜香味道。

来叔没事就坐在不远处一个矮凳子上，提着一壶茶水，一个小瓷水杯仿佛是他的道具，一直攥在手上。跟何修说话的时候，就倒一杯，仰头咕咚一口，厚唇再慢条斯理一张一合地说话。

何修见过一些闲散的本地人，穿着普通随意，根本不用工作，靠着炙手可热的地盘有几套像样的楼房，靠收租就可以无忧无虑地过活，顿顿吃肉喝汤的，没事就打个麻将。他们有着来叔一样的面部特征，和一样的嗜好，手里总端着个陶瓷茶壶，和一个小瓷杯子。那扬起脖子喝水时的陶醉，令何修一度认为，那个水壶里的水不只放了茶叶，还有蜜糖。

日子就像旅馆旁边的那条河流，悄无声息且不急不缓，何修渐渐地适应了这种生活，手指上的伤口正在结痂愈合，天气愈来愈热，他闲来无事，看着厨房门前随意扔在一边的几个凳子，它们残缺或者摇晃不稳，在何修眼里，仿佛是几个可怜巴巴受伤的战士，等待他的救援。他找来锤子、钉子，和几个质地良好的木条，叮叮当当地修了好一会儿。

来叔并不参与，除了做饭时间进厨房忙一阵子，大多时候，在何修忙着动手做木工时，他一个人靠在垂着无数条长须的榕树下打盹。有时好像突然从一个什么吓人的梦中惊醒，猛地睁开眼睛，看看周围，再看着不远处的菜地出神地凝望一会儿。

"你会做木工啊？"来叔看着何修那挂满汗水的秀气的脸庞，"什么时候学的？"

我父亲会做木工。何修晃动了一下脸，将汗水甩掉。

罗兰不知什么时候站在厨房的院子门口，神色有些看不透，久久地注视着

154　　消失的顿河

何修修长的双臂灵活地敲打着木凳，蹲在地上挽起裤脚的腿，裸露着有些晒黑的皮肤，一双漆黑的眸子和挑起的嘴角，很快她突然好像想起了什么，她有些站立不稳，只得扶着门框的边缘，又站立了一会儿，悄悄离去。

来叔看到了罗兰，有些不好意思地清了清嗓子。何修抬起头看着来叔，又看着罗兰的背影，忍不住问，你喜欢罗兰？怎么没有见过她男人呢？

来叔轻轻地摇头，又警惕地看了看四周。但是周围并没有多余的人，看着来叔的目光变得和蔼亲切，何修不自觉地话多了起来。

来叔，你家里的其他人呢？

没有，就我一个。

那你跟罗兰怎么认识的？何修好奇地看着来叔那张饱经沧桑的脸庞，他嘴边那个不规则的圆形瘢痕，在夕阳的光照下，显得更加狰狞而醒目。罗兰和我来自同一个地方，老天的旨意吧。说不太清楚，反正都一个村子的。来叔伸出手指在地上写了两个不太工整的字，罗兰。

来叔的眼前好像浮起了一片迷雾，使得他的表情无措而凄凉。他端起放凉了的茶水，轻轻地啜了一口。

我没有读过书，生下来就不知道父母是谁，被一个孤寡老人抱养，六岁时，老人去世了，我成了孤儿，被一个有着三口之家的人家收养，这家人对我还好，解决了温饱问题，只是没钱读书。后来养父在工地上干活出事死掉了，养母带着女儿又改嫁了。

在一个晚霞铺满天空的傍晚，养母无限愧疚又难过地同我说，可怜的孩子，我不能带着你了，男方条件好，但不允许我带儿子。看着养母哀伤的模样，我不能说什么。我只能认命，带着件换洗的衣服和一点钱便开始闯社会，那年我12岁。

何修同情地望着这个身世坎坷的男人，竟然有点想念自己的那个家，离开家这么久，还没有一个电话，老何和亚兰会不会担心呢？何修禁不住用手指扯了扯头发，皱起眉头。

来叔倾诉的欲望似乎被打开，他翕动着厚唇，接着讲下去，何修听着，眼前却涌现出他家乡的小镇，陈旧拥挤的家具店，懦弱的老何和强势霸道的亚兰，都如影子般飘浮在眼前，像一张大网，将他紧紧地缠住。

这几天气温好像升高了一些，不停地下雨，何修看到旅店不远处的河水暴涨，漫出来的浑浊的河水顺着一片低洼地带，流到了周边的菜地里，菜地很快就只剩下一些零星的叶子露在表面，几乎都被水淹没了，几个菜农披着简易的塑料纸，头顶草帽挽起裤腿，拿起盆子往外舀水。

连日阴雨绵绵，没有光照，天空暗寂，附近的街上人烟有些稀少，已经熟络起来的来叔，在厨房卤煮猪杂的时候，打开了话匣子，对何修讲述了自己的过往。

一口盛着食物的大锅在锅底火焰的炙烤下，咕嘟咕嘟地翻滚，猪杂混着八角和别的什么香料，在空气中散发出扑鼻的香。来叔一边用硕大的不锈钢大铲搅拌着猪杂，一边将切碎的小米辣和香葱撒在上面，转过头，看了一眼听得专注的何修说，混日子的感觉真的不太妙啊。

从来叔毫无保留的倾诉里，何修知道了来叔的那段潦草的日子，悲戚、狂乱，甚至惊心动魄。

那时候，我的年纪跟你一般大，跟社会上一些小混混干过偷鸡摸狗的行当。到了成家的年龄，眼看着漂亮的姑娘都嫁给了好人家，自己只有唉声叹气的份儿。后来的几年里，我遇到一个姿色平平却温柔可人的女孩。来叔停顿了一下，端起一边桌子上的茶壶，倒出一杯水，扬起头咕咚了一口，用手抿了抿嘴角的水滴，说了一句，那可是个好姑娘。

你们后来呢？何修来了兴趣。

来叔提起遇到的温柔可人的女孩时，眼睛里明显地跳出一簇幸福而欢喜的火苗，整张黧黑色的脸都染上了红晕，连嘴角的疤痕都泛着光。

女孩背着家人偷偷地跟我交往，并拿出自己的积蓄让我做点小买卖。我的那些一起混的兄弟们都妒忌得眼红，却毫无办法，女孩就看上我了。

"您年轻时一定很英俊吧。"何修看着来叔正沉浸在幸福之中的脸庞说，应该是，因为您没有别的优势可言。

当然，你猜对了，小子。来叔自豪地抬起下巴，关掉灶间快要燃尽的火，走到何修面前，那时候，我的样子和你一样俊呢。何修抿了抿嘴巴，不易觉察地低哼了一声。他实在找不出来叔当年所谓俊的影子。并且，他联想到自己在学校的表现，联想到曾经喜爱过的语文科代表的表现，心里很不是滋味。

来叔继续滔滔不绝地说着。何修带着好奇，听着来叔的桃色往事。

我的摊位总是堆满了人，我是和女孩一起卖小吃的，女孩做香喷喷的酥饼，我负责做猪杂汤粉，生意可观。但接下来，情节却急剧反转。

这让何修唏嘘不已，与所有看过的故事情节如出一辙，来叔眼睁睁地看着即将唾手可得的幸福，竟然被生生地残忍地毁灭了。

在一个热闹的早上，女孩还没赶来时，我已做好一锅猪杂，泡好的米粉亮晶晶的，等待一波顾客光顾时，跑过来几个壮汉，上来就对我拳打脚踢，还把我的猪杂倒了一地，顾客吓得四散逃跑。我挣扎着还手，哪里是对手啊，一次次地被打倒，正在这时，我听到女孩大声地哭喊着：不要打了，不要打了，大哥，二哥，三哥，再打就出人命了。

恍惚中，看到女孩拼命地护着倒在地上的我，但根本无济于事，我还是被打得遍体鳞伤，昏了过去。

醒过来时太阳已经升很高了，身边围着一些容貌善良的人。

女孩已经被她的家人带走了。一位眼睛浑浊看起来慈祥和善的老头看着我说，女孩家早知道你们的事情了，也打听过你的身世，说你是一天书都没有念的混子，根本不配人家女孩。

我难过极了。哪里听劝，一路寻找，找到了女孩家的院子，竟然和我幼年居住的地方相隔不远，仅有五百米左右，我鼓起勇气推开虚掩的大门，但令人感到怪异的是，整个院子空无一人，除了院子里那棵杉树上几只无名的鸟制造出并不悦耳的声音，再无其他。女孩和她的家人凭空蒸发了。

我并不甘心，拼命地到处寻找，都没有结果。来叔站起来伸了伸背，深陷的眼睛迷离起来，在寻找的路上，我去一家酒馆买醉，心情很差的我和一个说话处处挑衅的酒馆伙计打了起来。

何修望着来叔将厚唇抿起来，带着自嘲的微笑，有点莫名的心酸。

被打惨了吧？何修看着他有些痛苦的表情，忖度着问来叔。

不，我把他们打惨了，虽然他的另外一个帮手也参加了这场战斗，他俩合力想控制我，我却不知哪来的力量，把那两个家伙揍得屁滚尿流。来叔伸出粗大的双手，挥舞着两条和身体不太匹配的、肌肉已经萎缩了的长长的双臂，带着冷笑说，他们嘲笑我癞蛤蟆想吃天鹅肉。这就是下场。

何修惊讶地看着来叔此刻怪异的面孔，听着他又补充了一句，我还放火烧了那家酒馆，趁着火光冲天现场糟乱一团时，飞快地逃离了。

你还以为自己多了不起。罗兰不知何时站在他们不远的地方，说道，你都讲了好多遍了，我都听够了。罗兰身着浅紫色的衣衫，领口处一串墨绿色珠子边，露出一个褐色的绿豆般的痣，她头发高高地盘起来，平淡无奇的脸竟然有种令人无法抗拒的魅力，那双略带浮肿的眼睛水汪汪的，泛着无限温柔。

我没有，我没有认为自己了不起。来叔嗫嚅道，脸色陡然变得暗红。

后来，我来到了罗兰旅馆，来叔压低了嗓音，厚厚的嘴唇轻轻地吐出一些令何修大吃一惊的话，罗兰是我的那位女友的胞妹，丈夫跟别的女人跑了。我在这里找活干的时候，和她日久生情。

何修看了看情绪仍有些激昂的来叔，只见来叔从口袋里掏出一个磨得溜光的圆形竹片，郑重其事递给了自己，图像背面有两个不太工整的字，平安。

送给你，来叔说，保佑你平安。

来叔指着雨帘中不远处的山林说，穿过那片菜地，直走半个小时左右，有一个不大的寺庙，虽然不大，但是人流如织，好多人都去许愿。

这个是我亲自做的，来叔有些开心地咧开嘴，还拿过去许过愿。不过，这都是罗兰的旨意。他扭过头望了望罗兰，罗兰正撑着一把透明的伞悄然离去。

何修将竹片握在手里，又认真地看了看来叔，来叔的脸上浮起一抹不可捉摸的笑容。他低下头，摊开手看着平生第一次收到的礼物。

六

南方多雨的季节来临，打开窗子，空气里有植物湿润的青涩的味道，混着河流翻腾的泥水腥味以及枯枝腐败的气味。常住在旅店的人似乎没有那么忙碌了，走廊里不时地有穿着拖鞋走动的声音，和相互开着粗俗玩笑放浪的声音。隔壁干瘦的老男人和他的女人，没事就依偎在一起，抱着一个收录机听故事。

中午吃什么饭，靓仔？男人看到何修就会问上一句，好像借此搭话，让彼此的距离拉近。猪杂粉、米饭、炒粉。何修笑着回应他。女人听故事听得出神，被他们的一问一答弄得心烦，翻个白眼给她的男人。

对面住的是一个矮短壮硕的平头哥，一双环形豹眼，看人的时候，似乎有一道闪电，但一说话就笑，脸颊那两个深深的酒窝，平添了几分亲切和温柔。平头哥那一身腱子肉是在一家工地上练成的，他早出晚归，每次回来的时候，总是将裤脚挽起来，洗得脱色的 T 恤卷在肚皮上，肚皮上一些黑黑的体毛被汗水浸湿，湿漉漉地亮着。除非睡觉，他喜欢敞开着门，看到何修在房间里就大声地搭话。

嗨，小弟，累不累啊？想家了吗？平头哥的酒窝深陷。

何修轻轻地摇头，瞟了一眼桌子角落自己那个不知为何一直黑屏的手机。

平头哥房间的桌子上，一个简陋的八寸大的镜框里，摆放着他和妻子拥在一起的彩色照片。

我可想家了，妻子刚生孩子，在老家奶孩子，要过些日子才能出来。

我得多挣些钱养家。

何修听着平头哥洋溢着热情和自豪的口气，感觉到眼前弥漫的勃勃生机，如雨里那些茂盛的植物，闪着耀眼的光泽。

小弟，说说吧，说说你自己。平头哥不止一次地这样说。他那双豹眼里写满了疑问。但何修只是以沉默来回应。他觉得自己的过往难以启齿，他那个家也难以启齿。

在这个旅馆，何修目睹住在这里打工过活的一些人，看到他们繁重的工作，简单的快乐。

可是我为什么不快乐呢？为什么还会想着那个家呢？何修思索着，拿起扫帚从走廊的一头，慢慢地扫向另一头，用拖把细细地将地板拖了一遍，并顺手将地面滚落的啤酒易拉罐捡起来，扔进角落的垃圾桶。这些活本是罗兰干的，她没有请清洁工，自己有时候楼上楼下地打扫。自从何修在旅馆住下之后，这些就由何修主动来做了，罗兰没说什么，但默许了何修的做法。

何修在一个睡不着的夜晚，独自在旅馆外面的屋檐下，看着苍茫的夜色和滴下的雨滴，想着可有可无的心事。返回旅馆时，发现独自坐在柜台里串珠的罗兰，正停下动作，头发散开，趴在桌子上肩膀耸动着抽泣。那压抑着的悲怆，使得她的喉咙像被什么阻隔，发出奇怪的声音，断断续续的。

何修呆住了。看着灯光下的罗兰，看着她孤独的伤感的身形，不知所措。

过了好一会儿，他才回过神来，放慢放轻了脚步上楼去。

其实，何修在后来的日子，又遇到过几次，罗兰总是在无人的夜晚，偷偷地啜泣。

她那双浮肿的眼睛，是不是因此得来的呢？她遭遇了何种不好的境况呢？何修在心里叹息，又不好去问。一种同病相怜的情愫在他漆黑的眸子里，让他看到罗兰的身影时，不由自主地带着关切。当然，这种情愫只有自己感受得到。

但白天的罗兰，仍然像没事一样，坐在柜台里的桌子前，安然地串珠，一只小鹿、一头胖猪，就那么栩栩如生地摆在桌子上。旁边的玻璃杯冒着热气的水里，泡着陈皮和玫瑰。同时，桌子上摆着一个座机电话，让何修禁不住也多看了几眼。他在想找个机会，拨通家里的电话，毕竟他们不知自己的去向。时间已经渐渐冲淡了何修的憎恶和怨恨。那曾经的颓唐，也在时间的流逝中渐渐消散。这令何修感觉很神奇。

他想多干些力所能及的活。

来叔，你休息会儿，我来炒牛杂。

我出去采购菜品。

我来熬粥。

厨房我来收拾。

来叔略微惊讶地看着何修的变化，他似乎恢复了少年的热力。你原来爱学习爱劳动啊，来叔满意地说，并且一上手就做得像模像样。

那么，来叔也只有坐在后院厨房的屋檐下，不时地将一下短短的寸发，笑眯眯地端着水杯慢慢地啜饮，深陷的眼睛发出惬意的光，他四下张望，房檐下，还有几个劳力在低着头大声地喝着粥，并不交谈。

浑身是力的何修已经不知还要做些什么。他将那些做好的手工，一件件地搬移到厨房旁边一间狭小的空房子里。最近大概不忙，没有什么人住店，罗兰不再经常靠在柜台里做手工或者发呆，她走向后院的时候多了些。她看到何修做的那些个宝贝，眼睛里流露出欣喜和激动。

太棒了，你们真的什么都一样，连手工都如此。她爱不释手地摸着不太光滑的凳子，小木桌，木勺，以及一柄不太长的木剑，木剑造型讲究，手柄和剑身连接处一个圆圆的木片上，还精细地刻着一朵小花。

你们？何修不解地看着罗兰。

罗兰不语，低下头嗅着那朵花，微微闭上了眼睛，似乎闻到了香气，脸颊浮起了一抹神秘的笑容。

何修观察过一段时间，发现中午饭后罗兰会消失十来分钟。那个电话就安静地端坐在桌子上，他偷偷进柜台里，去拨通家里的电话。

他依然记得当时，电话通了之后，仅仅"喂"了一声，就听到亚兰熟悉的嗓门。是何修吗？死哪里去了？他涌上来的那股暖火再度熄灭，猛地挂掉电话。失望和心痛让他站在旅馆的门外，望着雨水恍惚了好一阵。

如果不是这个电话，何修的平静也不会被打乱。

雨下了几天，终于停了下来，旅店里的地板潮湿而滑腻，门外的墙角和石头台阶上，长满了嫩绿色的苔藓，在金色蜜糖似的阳光下，毛茸茸地泛着亮光。

下楼经过柜台的何修，再次听到桌子上的电话响个不停，而罗兰并不在那里，冥冥之中，何修感觉到那每一声铃响，仿佛都在叫他的名字：何修！何修！

他犹豫着，心里狂跳个不停，想去接电话，但有一种令人恐惧的力量，让他的双腿发软。但是终于还是没能忍住，在电话的铃声响了近十遍之后，他冲了进去，一把握住冰凉的话筒。

是何修吗？里面传来亚兰沙哑失控的吼叫，老娘就猜到是你，你为什么不说话？你要气死老娘吗？

何修的心情不可抑止地烦躁起来，就在他忍不住接了这个急促电话的瞬间，数天前的焦虑感又像魔鬼一般，重重地压了过来：在学校被亚兰打脸，被同学嘲笑、辍学，以及老何和表姨的偷偷摸摸，等等，像一个巨大的探照灯，照射着他的脆弱。他的周身好像由一股电流操控着，每个毛孔都在极力地收缩，每根血管都在突突地将血流极速地传递，传递着被魔鬼操控般的异样亢奋，和不正常的烦躁。濒临死亡的窒息感，使他的心脏怦怦地狂跳着，口干舌燥，仍然一个字都说不出来。感觉自己像是进入一个没有尽头的晦暗隧道，失去信心，精疲力竭。他努力地控制着，不让自己昏厥过去。

你还不说话？还不回来？亚兰失去耐心，对着电话大声吼叫，去死吧！同时，还听到老何熟悉的声音，他还是那么懦弱地央求，不要骂孩子了。老何的声音带着哭腔。

终于，何修泪水涌出眼眶，面部失去血色，大叫了一声，扔了电话，冲出柜台，跑出旅店，顺着石头台阶狂奔。他明白自己突然而至的激烈情绪，以及

隐忍的沉重和悲伤，都在电话里亚兰冷酷的话语传送过来之后，彻底被引爆。

但那刻，就听到罗兰不知从哪里冒出来，急切地叫，何修，不要这样，小心摔倒。

长着苔藓的台阶果然让何修身体失去平衡，重重地摔了一跤，他跌跌撞撞地爬起来，手上破了一大块皮，破皮的地方渗着鲜血，不小心抹到流泪的脸上，泪水和着血的咸腥流进嘴里，他仍然不管不顾，顺着涨水的河边一路狂奔。

几个菜农站在菜地里，伸长了脖子朝着何修奔跑的方向看。来叔听着罗兰的呼叫，忽地扔掉手里的茶壶，也飞奔着追过去。

他们一边跑，一边大声喊着何修的名字。河边的草茂密而潮湿，何修一脚深一脚浅地跑着，耳边是呼呼的风声。

停下来，何修。罗兰的声音紧张得变了调，不要做傻事。她此刻穿着那件紫色的袍子，显然碍事又多余，随着脚步的加快，她毫无防备地踩到河边的草地时，身子不受控制地向前扑倒。

哎哟，她凄惨地叫了一声，身后紧跟着跑来的来叔，赶紧停下脚步，弯下身子去扶罗兰。罗兰推着来叔说，不用管我，快去追何修。

何修在河道的拐弯处停了下来。紧跟着跑过来的来叔气喘吁吁地一把抓住何修的胳膊，他脸色酱紫赤黑，豆大的汗珠顺着脸颊滑落，对着一脸悲戚的何修怒目而视。何修转过头看坐在不远处头发散乱的罗兰，衣袍上沾满泥浆，看起来颇显狼狈，不自在地笑了一下。

你还笑！来叔生气的声音带着浓重的南方味道，吐字模糊而别扭：年纪轻轻的就想寻死，有出息吗？这让何修听起来觉得更加好笑。何修嘴角挑起，吐了吐舌头，惨白的脸色因为奔跑而变得红润，鼻子和额头细密地挂了一层汗。

他狂乱难过的心在疯狂地奔跑之后，也稍微平静了一些。

七

罗兰显然扭伤了脚，走路一瘸一拐的，到了何修面前站定，伸出手将何修肩上不知何时飘落的一片树叶捏走。何修的眼睛直直地盯着浑浊的河面，重重地叹气。

"何修，"罗兰轻声说，并用柔软的手指触摸了一下何修冰凉的手，"你这样我多担心。"何修收回目光，河水里有几只小巧的野鸭，自在地扑棱着翅膀追逐嬉戏着。何修低下头看着罗兰，罗兰那双带有疼惜的眼睛里满是泪水。

这令何修更加疑惑，面前这个与自己非亲非故的女人，为什么对自己这么上心。只见她肩膀颤动着，大颗的泪水涌了出来，来叔在一旁沉默不语。空气里有一种令人心慌的紧迫感。

过了一会儿，在罗兰缓缓的叙述里，何修得知一个令他意想不到的真相。

罗兰的丈夫五年前和另外一个女人跑了。留下她和儿子守着旅馆。

我儿子和你岁数相当，个头也差不多，外表和气质也很像。罗兰说，跟你一样，到了叛逆的年龄。何修看着罗兰，看着罗兰渐渐笼罩过来的悲痛，有些不安地晃了晃脑袋。

本来他的爸爸走了之后，就令他遭受打击，后来，他又玩游戏、早恋，被老师批评，我多次劝说无用，就用皮带抽了他一顿。罗兰的表情带着痛楚而后悔，紧紧地咬了嘴唇说，也就抽打那一次，我的儿子彻底不跟我说话，也不去学校。她抽噎着，用手抿去腮边的泪水说，儿子抑郁了。

他整晚地不睡觉，整晚地坐在墙角。带他看医生，也坚决不去。他整天自己在家琢磨做木工，和你做的那些一样，也许他想通过这种方式，让自己的情绪慢慢地疏通和平复吧。

人都会遇到挫折的，慢慢就会走出来了。何修说着，舒展了一下腰背。

是我不理解他，我看他整天不去学校，就骂了他几次，说他不务正业。

你可不能跳河，何修！罗兰突然声音变了调，我有次心情特别烦躁，看着仍然无所事事、郁郁寡欢的儿子，就又忍不住说了他几句，他有些反常地跳起来，一脚踢散脚边堆着的手工制品。而我一气之下，将他那些手工制品全部烧掉了。眼看着那么多天精心制作的东西，在自己面前慢慢地燃烧，化为灰烬，儿子被刺激到了，他一言不发地跑出去，以这种无声的反抗，来回应我的拙劣、残忍。

在一个大雨的天气里，他跳进这条河里结束了生命。

何修怔住了，定定地看着可怜的罗兰，罗兰的眼睛红肿，她披头散发的样子，分外憔悴。

"我嘴角的疤，"来叔指了指嘴边那个疤痕说，"我跳到河里救人时，被河里尖锐的东西刺穿了这里。"

但是，来叔有些沮丧地摊开手，救上来时，孩子已经没气了。

求你了，何修，千万不能跳河，罗兰的眼泪流个不停，看到你这样，我就想起自己的儿子。确切地说，你身上有我儿子的影子。我能猜到你是背着家人跑出来的，可是，见到你的那一刻，就想留你在这里，以此寻找失去儿子的情感寄托，我太自私了。

何修听着这些话，一股来自心底的巨大热流蹿了出来，令他说不出话来。过了好一会儿，才有些难为情地说，我没有想着跳河啊，就是想跑一跑，发泄一下情绪而已。

他不会忘记那个手指受伤的夜晚，是善良而好心的罗兰收留了自己，以及在罗兰旅馆这段日子，他感受到罗兰和来叔无声的鼓励和关怀，以及旅馆那些倔强生存的人，使得何修重新审视了自己，也重拾了力量和勇气。他不由得伸出温热的臂膀，用力地拥抱了瑟缩不已的罗兰。罗兰身上特有的母性味道，刹那间使何修想起了母亲亚兰，同样找不到儿子的强势的母亲，虽然口里骂着，但也该多么心痛。

"我想妈妈了，"何修轻声说，"我想回去读书了。"

你很快就要见到妈妈了。罗兰说着，看了看身旁的来叔，来叔点了点头，笑容从他脸上的褶皱里展开，说，是真的，相信我。

天气放晴、空气潮热，路面上的人渐渐地多了起来，一位面容沧桑、灰头土脸的男人，和一个憔悴美丽的女人，双双满脸疲惫地出现在罗兰旅馆门前。

他们大声地痛哭着，一起紧紧地拥抱着站在面前流着泪的何修。

一家三口踏上一辆笨重的客车之前，何修回头看了一眼罗兰旅馆，来叔站在旅馆的屋檐下，冲何修摆手。何修转身抱了抱被忧伤环绕的罗兰。

罗兰站在夏末的风里，紫色的裙边被风吹得扬了起来，她努力地睁着浮肿的眼睛，看着有些成熟的何修，挑起嘴角，想给他一个笑容，眼泪却夺眶而出，你和我儿子，你们长得真像啊，好好长大吧！

"妈妈！"何修情不自禁地冲罗兰喊出这两个字。

继父

一

叶黎接到继父电话的时候，刚刚大学毕业不久，准备考研的资料摆满了出租屋靠窗的那张褐色的半旧桌子。

窗前的三角梅耀眼地探出枝条，玫红的花朵在南方的五月天随处可见。房间的吊扇缓慢地转动，汗水伴着迅疾滑落的泪水，顺着脸颊往下淌。继父粟在电话里大声地哭着，叶子，你的妈妈螺妹她前几天被车撞死了……

听着他因情绪激动而变了音的声音，她浑身犹如被电击了般突然颤抖，以致站立不稳。

"啊！"叶黎大声喊，"怎么会？"她不相信，也不愿意相信。继父在电话那头同样大声地说：是真的。我马上回去。叶黎定了定神，擦了下脸颊，不知是汗水还是泪水，满脸都是。她慌乱而简单地收拾了房间，出门前给男友明瞬打了个电话，迅速地打车前往火车站。

螺妹就这么离她而去，毫无征兆。前不久，纤弱却强势的螺妹还喋喋不休地数落她，说她上学花光了她的积蓄，好不容易大学毕业了，还想考研究生，怎么没完没了了呢？五十多岁的螺妹依旧颇有姿色，秀丽雅致。即便在生气，也只是微微地皱起弯弯的细眉，声音温柔却反复诉说，这令人厌烦。叶黎想起和螺妹最后一次见面是前一周的中午，刚刚吃过饭，螺妹就让她帮忙收拾餐馆里几张桌子上狼藉的碗碟。

我要学习了，叶黎抗议。螺妹声音又提高了一些，要累死我啊，不知道心疼人呢。另外几个还未吃完的客人，都纷纷扭过头看脸已经涨得通红的叶黎，叶黎有些无地自容。她直直地盯了螺妹一眼，身材高大壮硕的继父走过来，低声说了螺妹一句，便拉过叶黎，叶子，不用管，你去学习。

此刻，叶黎依旧望着窗外辽阔而延绵不绝的梯田，茂密的丛林，辽远的云层，这一切都似曾相识，如梦境。叶黎的确在悲痛和忧伤之中迷糊了一阵，而螺妹就那么清晰地在梦里出现，最后一次出现的样子是这样的：穿着淡蓝色的衬衣，浅灰色的裤子，站在她面前，声音温柔地责备她……时间仍然无限地延伸，和回忆是两个不同的方向，在某种意义上，有些无法言说的隐秘。

火车不过一个小时的路程，叶黎的目光不过是在窗外漫无边际地停留，直到眼睛酸涩疲惫，才好阻止那些随时涌出眼眶的泪水。车厢里安静得令人难以置信，只有一个斜靠在对面的男人，不知何时发出了断断续续的呜咽声，他打鼾的声音有些搞笑，居然是这种声音。但叶黎此刻却笑不出来，她迷茫地望着这个具有南方特征的男人，褐色的脸庞，一双紧闭的深陷的眼睛，略厚的唇，几条粗糙的纹路在脸庞纵横交错，和舅舅一般大的年纪，五十多岁的模样。叶黎转移了视线，想起了舅舅。舅舅和螺妹来往不多，自从螺妹带着她改嫁到继父这个镇上以后，更少有来往。

上车前，叶黎还接到舅舅愤怒而匆忙的电话，叶子，你妈妈的死肯定和你继父粟那个混蛋有关。听说那个混蛋给你妈妈买了保险，保费相当可观。那刻的叶黎泪水正狂流不止，听了舅舅的话后，即刻挂断。叶黎不愿意相信舅舅带有偏见和恨意的猜测，但大脑里的往事却排山倒海般地翻涌出来。

家住县城的舅舅开着一个比较大的便利店，因为紧挨着一家歌舞厅而生意火爆，刻薄的舅妈并没有因为生意火爆而愿意接济她和无依无靠的螺妹。每次螺妹带着叶黎来舅舅家，舅舅总偷偷地塞一点钱，赶紧打发她们走，生怕舅妈晃着她一头染了红色的卷毛扯着嗓子骂。骂什么，叶黎听不太明白，总之南方的口音混杂，每个地方的方言都不太一样，反正听了让人不舒服。

二

还是在叶黎初中二年级时，叶黎的父亲和做海鲜生意的螺妹离了婚，螺妹那时刚刚被一个看起来敦厚老实的中年妇女骗了钱，她和那个女人认识多年，每次都能通过她拿到新鲜且比其他人便宜的海鲜。瞧，那些鱼还眨眼睛摆尾巴呢。螺妹总在菜场自己的摊位上，热情地指给那些停下来看海鲜的人说。父亲在县医院的外科工作，每天下班都会带着来苏水的味道。他身形颀长而挺拔，偶尔会对满身海鲜腥味的螺妹皱起眉头。螺妹只有在晚上冲完凉，换上衣服才会显出她的妩媚。不知何时，他们之间交流越来越少，叶黎时常能看到晨起眼睛红肿的螺妹。

"妈妈，你怎么啦？"叶黎不解，"眼睛出了问题吗？"妈妈一边梳头一边轻声说，没事的，你赶紧吃了饭去学校，别迟到了。父亲则穿着体面，端着个透明的玻璃杯喝着半杯温开水，微笑着看着叶黎，我们叶子长大啦，知道心疼妈妈了。

不装了好不好？螺妹冲父亲嚷了一句，声音依旧温柔但尖锐。在叶黎看来，父亲无论说什么话，螺妹都会抢白他。她有些纳闷他们之间的关系，但没有想太多。

直到初中二年级的暑假，一天傍晚，叶黎清楚地记得，刚和同伴外出回家，平时一身来苏水的父亲也下班回来。空气里隐约有香水的味道。叶黎怔怔地看着他挺拔的背影，有种不祥的预感，家里沉闷的气氛像台风一样猛烈而令人惊惧。果然，没过多久，他们宣布离婚了。叶黎这才明白，原来之前的所有摩擦，不过是暴风雨来临前的铺垫。

为什么离婚？叶黎问。螺妹那会儿正在房间整理东西，准备带走，穿着浅蓝色连衣裙的螺妹头发松散地披下来，白皙的脸庞看不出悲喜。该分开了，不为什么，螺妹淡淡地说。螺妹的淡然让叶黎无比难过，她不知以后的日子怎样和螺妹过下去。螺妹早出晚归，一身海鲜味总挥之不去，那点微薄的收入，让已经有些虚荣心的叶黎不知所措，她该如何买漂亮衣服？她可不想被同学嘲弄自己寒酸，她还想学画画，需要大量花钱的地方，该怎么解决呢？而衣冠楚楚的父亲，则过来拥抱了叶黎，他依旧有来苏水的味道，直窜入叶黎的鼻孔。叶黎吸了下鼻子，泪水在眼眶里打转。

叶子，对不起。父亲说，我工资微薄，最近买股票又全赔进去了，没有钱给你们。叶黎低着头不说话。父亲又说，你跟着妈妈过，抚养费我每月按时给。他停顿了一下，用手拍了拍叶黎微微抖动的肩膀说，当然，你也可以跟着爸爸。

没门！正在把一本书塞进大行李箱的螺妹回头大声说，她的面孔因过于激动而陡然变得有些扭曲。叶黎从没有见过性格温柔的螺妹这么大声地讲话，便抬起头看她。走，我们走！螺妹拖着行李箱，拉起叶黎的手，叶黎脚步有些沉重，再次看了看父亲的脸，父亲带着一抹微笑，向她挥手。

我们连住的地方都没有，螺妹说着拖着笨重的行李箱，带着叶黎走在小城不太宽的街道上。好在我已经租好了房子，就在我卖海鲜的菜场附近，那里离你学校也近，就两站的路程，她清了清嗓子，鼻尖挂着细密的汗水，扭头望着一脸疲倦和忧伤的叶黎说。街灯昏黄，两个瘦弱的身影在有些凉意的风里瑟缩前行。

螺妹租的房子不大，两间简陋的平房，再加一窄小的厨房和只容一人的洗手间。洗手间连挂衣服的地方都没有，那晚，冲过澡的螺妹叫叶黎拿衣服给她，打开门，叶黎惊讶地发现，螺妹白皙的皮肤上，赫然地出现好几片紫色的印记，还有几处紫色变淡了，成青色，触目惊心。

妈妈！叶黎惊呼，谁打的？螺妹赶紧迅速地穿好睡衣，将湿漉漉的头发用毛巾搓了搓说，别问了，没事。此刻的叶黎全然明白了螺妹和父亲貌合神离

的婚姻，明白了螺妹决然离开的苦衷。她不敢信也不愿意相信，自己的父亲竟然是如此虐待好脾气的螺妹。

我说什么都不对，他就是嫌弃我，嫌弃我身上洗不掉的鱼腥味。螺妹坐在灯影下说，灯光下的螺妹明显地憔悴。叶黎定定地看着她，听着她的声音仿佛从遥远的地方飘来，被风滤过，细微而带着颤音。叶黎从螺妹不紧不慢的叙述中大概了解了螺妹的一切。螺妹十八岁时出落得亭亭玉立，高考落榜，生在南方海边的她，并没有因为咸涩的海风和炽烈的阳光，而如其他南方人一样皮肤粗糙黧黑，她俊俏妩媚如江南女子，每天跟父亲出海捕鱼，然后拿到市场去卖，攒钱给哥哥在县城买房娶媳妇，日子过得平和而殷实。一次出海回来后，她父亲病倒了，不久就去世了。你外公年纪大了，常年抽烟，有肺病。那次海风实在太大了，他可能受凉了，然后咳嗽不止，后来发烧不退，慢慢地，一个月后就咽气了。螺妹沉浸在对往事的回忆里，沉浸在父亲离去的悲痛里，脸色越发苍白，神情恍惚，他最不放心我，临死时拉着我的手，费力地盯着我看。螺妹仰起头说，似乎想把快要决堤的泪水逼回去。

三

叶黎看着螺妹，仿佛看到螺妹每天的踪迹——在外公离去之后，形单影只地驾着渔船，迎着晨曦在宽阔的海面上撒网。再后来，一个男人闯入了她的世界。男人是来本地医院实习的医生，他每天早晨都会在离螺妹小船不远的地方，默默地注视，静静地守候，他被螺妹的美丽打动，被她温柔的笑容和悦耳的声音打动，这个男人就是叶黎的父亲。

你爸爸那时是爱我的。螺妹的脸颊有些红晕浮现出来，他说出海太辛苦了，让我在家里，说他可以养我。但我哪里闲得住呢。除了生你坐月子，和你太小不能离开那几年在家里，你上学后，我就到菜场批发些海鲜产品来卖。

为什么要卖海鲜？叶黎打断了螺妹，就不能做点别的什么？叶黎眼前浮现出父亲嫌弃的目光。

唉！我喜欢并习惯了那个味道。我总想起和你外公一起出海的日子，闻到海鲜，就感觉踏实些。螺妹抬手抚摸着叶黎顺滑的头发说，你爸爸就不喜欢这味道。他渐渐地讨厌我了。你可得好好学习功课，以后有好的出路，不然被人家嫌弃。说着从口袋里掏出一个精致的带花纹的小海螺，海螺被一条红色的细带子穿着，挂在叶黎的脖子上。你外公留给我的，现在给你戴，就像妈妈时时刻刻陪着你一样。睡吧。

那晚的叶黎第一次失眠了，她像一艘漂泊在黑夜的海面上的小船，辗转反侧，怎么都想不到貌似温和的父亲，居然动手打螺妹。记忆中的父亲也曾经拉着她的小手，走在时光的春天里。但随着年龄的增长，父亲和叶黎之间交流越来越少。叶黎可以理解为父亲工作太忙，早出晚归，往往回来只是打个招呼，冲澡吃饭后，躺床上一个人津津有味地看热剧。只是，他怎么如此对待曾经爱过的螺妹？彼时上初二的叶黎还不太懂大人之间的爱情，不明白相爱结合后还会分开。但有一点可以肯定，螺妹是爱父亲的，从她看父亲的眼光里，能看到崇拜和热爱的光，从她晚上回来后赶紧冲澡，洗掉那些鱼腥味，洒上花露水，从她在厨房里忙碌半天端出来热气腾腾的饭菜，那些菜几乎都是父亲爱吃的，芋头炖猪排、猪肚鸡……

叶黎很久才睡着。第二天醒来，她做出一个决定，她要为螺妹去医院找父亲谈谈。

那是个阴雨绵绵的周末，空气里散发着霉味。窗外马路两旁的木棉花开得像一簇簇烈焰，行人稀少，几辆飞驰而过的车鸣着高亢的喇叭一闪而过。螺妹早早地煮好白粥，出去了。叶黎站在窗边，猜测螺妹一定去了舅舅的便利店。她走进便利店后会警惕地看看染着红色头发的舅妈是否在现场，如果不在，她会迅速地走近面无表情、一脸肥腻的舅舅说，再借我些钱……舅舅什么也不说，转身到陈列着点心和易拉罐啤酒的木格墙后面，取出几张百元，递到螺妹手上说，快走吧。舅舅对这个妹妹谈不上多好，也谈不上多坏，每次过来借

消失的顿河

钱，他都在心里骂上几句那个该死的医生妹夫。螺妹接过钱四下张望了一下，赶紧离去，若被红头发的嫂子看到可不妙，她会指着自己的鼻子开骂的，她可是个厉害角色，连哥哥都不敢惹。

一定是这样的镜头。叶黎心酸地想，记得有一次，螺妹进海鲜需要周转资金，螺妹带着叶黎去舅舅那里借钱，被舅妈看到，当场被骂得狗血喷头。自己男人靠不住，就过来啃我们啊，我们也不容易！舅舅上前劝说，被她一把推开。

螺妹没钱时问舅舅要，为什么不向父亲要呢？难道真如父亲所说，医院工资不高，买了股票总赔？他为什么要买股票，或者为什么要拿这个说事呢？为什么说离婚就离婚了呢？

太多的疑惑让叶黎在喝粥的时候，不小心咬到了舌头，钻心的疼痛让她哆嗦了一下。她又拿起一个煮熟的咸蛋剥开配着粥吃。

这时候螺妹回来了，门打开时，头发淋湿，衣服贴在身上，她挤出一个惯常的笑容望着吃早餐的女儿说，叶子，瞧我们总有办法，舅舅给了钱。那个骗钱的女人找不到了，也许她有她的难处吧。今天趁周末，我再去别家进点海鲜去卖。

叶黎不说话，静静地喝完粥。看着螺妹换了一件干净的素色裙子出门。出门前又回头说了一句：你爱看的那本厚厚的故事书我带过来了，就放在墙边的桌子抽屉里。叶黎点头，那是一次考试成绩好，拉了螺妹去书店作为奖赏买回来的，但此刻的自己却无心翻看。

四

叶黎走出门的时候，楼道的灯光昏暗，她站着定了下神，才看清楚下楼的台阶。昨晚只顾搬东西上来，没有看清楚住的是第几层，这会儿才明白是顶楼，因为头顶的位置是一个方形的水桶般大小的口，有一块硬质的塑料板挡着，隐约看到模糊的天空。一排五个钢筋铸在墙上的步梯，延伸到洞口。旁边的墙上写有 5 楼的字样。墙壁本是白色，如今却灰暗斑驳，因下雨受潮，墙体上挂满水珠，恰似沧桑老人额头渗出的汗珠。水泥的楼梯湿腻，感觉不小心就要滑倒。叶黎慢慢地往下走，每走一步对父亲的怨恨就多了一分。父亲的形象已经在这几天逐渐崩塌和变形，纵然他外表多么挺拔和俊朗。他对螺妹的嫌弃，对螺妹暗中的虐待，以及赶她和螺妹出来时说的那句话，都让叶黎震惊、愤怒和难过。房子是单位的，不是我个人的，所以你们出去住吧。父亲看着她和妈妈说得轻描淡写。

父亲的寡情让叶黎不能接受。太突然了，以前怎么都看不出来呢？他隐藏得太深了。他连女儿都不要了，还冠冕堂皇地说，女儿跟着妈妈好，自己太忙，无暇顾及太多。

以前的家那么洁净和优雅，都是勤快的螺妹收拾的。她把宽敞的三居室收拾得井井有条，米黄的布艺沙发围了半圈，墨绿色玻璃茶几摆放在沙发面前，对面装修简洁大方的墙壁挂着一个超薄的液晶宽屏电视。几盆藤萝在墙角的白色铁架上绿莹莹地流淌下来。红色的鹅掌花在门口的衣架旁开得鲜艳。

可是现在，她只能和螺妹租住在这个破旧的地方。叶黎悻悻地想着，走到了一楼的门口。抬眼看到，不知何时雨停了，不远处的半空中，横跨着一道炫目的彩虹。

叶黎穿过几条不太繁华的街道，小城古老的建筑和新建的高楼一起看不太协调，于是就想起螺妹和父亲的婚姻，不协调，一个卖海鲜，一个医生。但冰冷的建筑却能相安无事，能在多年以后还长久地相邻，在时间的长河留下它们的倒影。街道上有不多的车辆，和一些看不出悲喜的人们。不到二十分钟，叶黎便到了熟悉的医院，父亲就在一楼大厅右边的办公室。走进大门，消毒水的味道便扑面而来，一个穿着制服的保安正神情严肃地来回走动，几个导医热情地为人们指点方向，其中一位还认出了叶黎，甜美地冲叶黎笑，叶子，好久不见啦。叶黎甩了下马尾辫冲她微笑着点头。叶黎此刻突然感觉自己来这一趟是对的，也许可以和父亲谈拢，挽回他呢？他们在一起再不协调，毕竟是自己的亲生父母，一家人在一起还是好的。

叶黎站在那扇白色的木门前，深深地吸了口气，螺妹站在味道纷杂的菜场大声叫卖的镜头又出现在眼前，她不由得一把推开了门。

你怎么来了？父亲的声音有些不自在。也不敲门！一个依偎在父亲身边的护士说道，声音里有火药的味道。

你们，叶黎使劲咽了下唾沫，体内的熊熊大火烧得她口干舌燥，你们真不要脸！爸爸，你这么对妈妈，是因为这个女人？不要脸！

父亲站起来，拍了拍压得有些褶皱的白大褂，走过来试图拉起叶黎有些颤抖的手，叶黎一把甩开，夺门而跑。

跑那么快干吗，叶子？刚才打招呼的导医不解地问。

叶黎不知道怎么走回出租屋的，她只知道走回去的时候，机械地打开门进去，重重地躺倒在床上。

那天，螺妹在傍晚的霞光里拖着疲惫的身子回来，房间幽暗，静得有点可怕，螺妹惊讶地发现叶黎闭着眼睛在抽噎，眼睛已经红肿，而隔壁有钉什么东西的声音，一下一下刺耳地敲击着，仿佛要钉在叶黎心里。叶子，你怎么啦，嗯？螺妹大声说。叶黎再也憋不住，号啕大哭，我们不要住在这里了，搬走……

好不容易搬过来，这里距离你学校近。螺妹坐在窗边拉着叶黎的手说，你上学方便，也离我卖海鲜的地方近。一举两得呢。

海鲜，就知道卖海鲜，整天一身腥味。叶黎不耐烦地叫，比起以往的安静，今天女儿的反常让螺妹不安起来。她瞪大了双眼，叶子，到底发生什么事了？

爸爸嫌弃你，知道吗？他和一个护士好上了。我上午去医院了，亲眼看到的，护士坐在他腿上。

螺妹怔在那里，素色连衣裙还粘了些鳞片，在昏黄的灯光下发出讽刺般的冷光。她的脸色越来越苍白，仅有的红色褪去，嘴唇也失了色。

你都看到了，这事瞒不过去了。本来想给他留点最后的尊严的。螺妹说着，大颗的泪水飞溅而出。

叶黎看着螺妹这个样子，爬了起来，抱住了妈妈说，我们离开这里吧，去别的地方。

螺妹这才如梦初醒般地恢复了正常，她虚弱地挤出一点笑容，好，我们明天就离开这个城市，妈妈不卖海鲜了。

五

那几天，叶黎和螺妹一道去学校找老师办理转学手续，班主任叹气，扶着眼镜望着垂着头一语不发的叶黎说，你成绩那么好，不管到了哪里，继续努力啊。叶黎依旧不说话。

螺妹决定带着叶黎去距离小城一百多公里的幕镇，投奔她过世大姨的表哥家。收拾好行李，又大包小包地从五楼一趟一趟地拿下来，叶黎累得气喘吁吁。螺妹也喘着粗气，坐在路边一个石墩上，说，正好，有一趟去幕镇的车经过这里，我们在这里等吧。

已接近正午，南方的夏季犹如一头猛狮，疯狂而凶猛。叶黎感觉喉咙要冒烟了，干渴，胃里也正排山倒海地叫嚣。她望望螺妹，螺妹一脸疲惫，正从装好的一个橘黄色大包里掏出两瓶水，递给叶黎。叶黎仰起头就咕咚咕咚地大喝一阵。螺妹又取出两个夹着红豆沙馅的面包递给叶黎说：垫垫肚子。螺妹咬了一口，含混不清地说，你表舅家开饭店的，等下过去了吃好吃的。

开什么饭店？叶黎将嘴边的面包屑用手弹掉，好奇地问。粥铺，螺妹说，也卖卤鹅和烧腊，他家的卤鹅和烧腊味道棒极了。叶黎听着，想象着一罐罐散发着香葱和肉糜味道的粥，以及那酱红色挂着蜜汁的烧腊悬挂在橱窗边，散发着诱人的香气，不由得咽了咽口水。

消失的顿河

那个表哥从小因家里孩子多，曾经在你外公家里养过十多年，外公很疼爱他，我和他年纪相仿，从小在一起玩，感情不错。长大后分隔两地，因为诸多原因，很少见面。这次听了我的事情，执意要我们过去，螺妹说。叶黎看着她的汗水将脑门的一簇头发打湿，贴在那里，双眼发亮地盯着车来的方向，似乎在憧憬着未来。

又过了半个小时左右，一辆开往幕镇的大巴停靠在路边，螺妹招手，背起沉重的行李，两手各提一个挎包，叶黎背着书包，两手也提着轻便一些的包裹，往车前走去。上车后找位置，东西放好，叶黎靠在身后的靠背上，眼皮都睁不开了，挨着身边的螺妹迅速地睡过去。

车在黄昏的时候抵达了幕镇。到了。螺妹推了推还在熟睡的叶黎，醒醒啊，表舅已经在下面接我们啦。叶黎不情愿地睁开眼睛，望向窗外，只见一个皮肤略黑、壮实但个子不高、穿着茶色 T 恤的中年男人，正在车边的窗口向她们招手。螺妹一边收拾东西递给睡眼惺忪的叶黎，一边脆生生地叫："哥——"表舅咧开嘴，露出满嘴灿白的牙齿笑道：这就是叶子吧。叶黎轻声说了句舅舅好，便抿起了嘴巴。

下了车，表舅接过她们的行李，放在小型卡车敞开的车厢里。不到十分钟就到了。表舅朗声说道，说着发动车，将车头向右侧一摆，绕过那座小山，山后面就是。叶黎顺着舅舅说的方位望过去，幕镇像一条狭长的玉带，镶嵌在一路逶迤的群山里，山上有茂密浓稠的绿色植物，山旁镇子两边的房子是基本统一的奶白色调，楼顶是藏青色，高矮不一，错落有致。一些稀疏的车辆和骑着摩托车载客的年轻人停在路边的树荫下，还有一位卖水果的阿婆在遮阳棚下面打盹。

表舅和螺妹一路不停地说话，询问，探究，讨论，仿佛彼此没有间隙，感情浓烈，不会因不常见和距离而疏远。叶黎并不插话，只是看着远处和近处的风景，沉思着。

车很快到了表舅的饭店前，不大不小的门店，正赶上晚餐时间，热闹异常。表舅停好车，跳下来。"阿金，"他对一个端着盘子、矮矮胖胖的、穿着深红色连衣裙的女人大声说，"螺妹和叶子到了。"

阿金是舅妈，螺妹拉了一下叶黎的手道。阿金将装满菜的盘子放在一个吆喝声四起的桌子上，嗓门大大地叫，啊呀，你们可到了，等候多时啦。她站在高自己一头的叶黎面前，依然大着嗓门说话：叶子，长得像妈妈一样俊俏呢。叶黎不好意思地低着头，看着满脸亲切的表舅妈。

那晚，叶黎吃到了平生感觉最美味的烧腊，香甜耐嚼，唇齿留香。名为粥铺，实则经营着各种美餐，叶黎打心里喜欢上了这个饭店，或者说喜欢上了这个新的环境，让自己有明亮的心情。自此，叶黎在表舅为自己联系的中学读书，螺妹则留在表舅的饭店帮忙。

在初中三年级的上学期快要结束时，在一个秋高气爽的日子，遇到了日后成为自己继父、那个叫粟的男人。

南方山里的秋天，还是比较凉爽的，周末的叶子做完作业，叶黎和螺妹一道坐在粥铺旁边榕树下的石桌前择菜，空心菜、茼蒿、南瓜叶、豆角，它们带着蔬菜的芳香和太阳的味道，沁人心脾。螺妹问了叶黎的学习情况，甚是满意。她弯起嘴角笑道，好好用功，长大可以离开这个地方，去大的城市。叶黎有些不满，自己提了几次想学画画，螺妹都说不务正业，除学习之外的，就是不务正业。

其实叶黎很早就对画画感兴趣，看到画家们在画布上，用颜料将人物以及山水、飞鸟走兽、瓜果等画得活灵活现，就感觉神奇得很，艳羡不已，想着自己如果能像他们一样，那多好啊。她看到镇上有几个大学生模样的年轻男女，总背着个大画夹走走停停，不时地拿出画笔在画夹上涂涂画画。叶黎看着他们，久久移不开视线。

叶黎看着那堆择好的菜，码得整整齐齐的，想着如果在画布上画它们，该用哪一种绿色呢？是深绿还是浅绿？那时的粟经过叶黎和螺妹的时候，认真地看了她们一眼，便径自走向正在打扫卫生的表舅那里。粟哥。表舅惊喜的声音传了过来，几时回来的？说着扔下手里的抹布，拥抱了高大威猛的叫作粟哥的男人。

看来表舅和粟哥关系不错，叶黎看着他们彼此的惊喜和默契，那种望过去便知熟稔的默契，十五岁的叶黎已经读懂了这种关系。表舅转身去厨房的瓦罐装了一大碗瘦肉海鲜粥，放在擦得光亮的桌子上说，你爱吃的。粟哥坐下来，用勺子喝了一口，不禁笑容舒展，嗯，还是那个味儿。

表舅冲螺妹招呼了一句，螺妹，这是我最好的哥们儿粟哥。螺妹淡淡地笑着点头。叶黎有点惊讶地发现，粟哥穿着白色 T 恤的短袖下，裸露的强壮臂膀上，满是刺青。正巧，粟哥又朝这边望了一眼，叶黎竟有些胆怯，不敢直视他有些凛寒的目光。表妹和她女儿。表舅补充道。

叶黎猜测，表舅这位朋友粟哥的身份，从电视和小说里的人物描述得知，大凡这种装扮的人，应该都不是什么好人。可是舅舅居然看起来跟他那么好，怎么会跟这种人混在一起呢？

叶黎又偷偷地瞄了一眼粟哥古铜色的脸庞，右边眉毛梢上有一个明显的疤痕，它触目惊心地伏在那里，好像在昭示一段不为人知的惊天往事。

六

叶黎起初对粟哥的印象并不太好，尽管，他几乎天天在傍晚的时候，都会来到表舅的店里喝粥。表舅每次都热情地招呼他，除了瘦肉海鲜粥，再配一小碟油炸花生米，一瓶冒着冷气的冰镇啤酒。表舅忙过之后，会坐在他对面，两个人悄悄地说话，看样子在商量什么事，粟哥还从口袋里掏出笔和本子记下来。不远处的叶黎在灯下写完作业，悄悄地透过窗子，观察着这一切。窗外人声鼎沸，螺妹在隔壁的厨房麻利地切菜，配菜，身材肥硕的厨师忙得不亦乐乎。表舅妈依然穿着红色的裙子，脸上挂着笑意，端着炒好的菜的盘子，穿梭于客人之间。

只是不知从什么时候起，粟哥的目光开始密切地落在了螺妹身上。叶黎无意发现，粟哥一次喝过粥之后，仰起头把剩下的半杯啤酒喝光，扭头往饭店里看，而且，看的时间还不短。

　　叶黎和螺妹居住的房间，是连着饭店的一个侧房，门和饭店连通着，那房子以前堆放着杂物，但它现在就是叶黎和螺妹的栖身之地，房间不大，但整洁干净，一张大床，一张靠窗的半新的木桌。房间还放着表舅搬过来的一盆开得正旺的栀子花，整个房间都香喷喷的。

　　他看什么呢？瞧他眉毛那道疤，在灯光下狰狞的样子，叶黎放下书本，轻轻地将门打开一条缝隙。啊！粟哥看的方向是螺妹。更让叶黎不舒服的是，螺妹似乎和粟哥已经有了默契，时不时地回过头，露出柔美的笑容。这笑容惯常而熟悉，是曾经给叶黎这个女儿的，现在居然莫名其妙分给了这个来路不明的人。叶黎悻悻地想，螺妹可不能跟这种人混在一起。

　　但他们真的越来越熟悉了。他们是粟哥和螺妹。叶黎在晚上即将睡觉的时候，决定了解螺妹的想法。自从螺妹和那位道貌岸然的父亲离婚，叶黎仿佛在一夜之间长大了，原本就性格文静的她更加沉默，不想过多参与大人的话题，也无法参与，这让她无力且无奈，只想快点长大。她可不想螺妹上了这男人的当，她认为男人大多不可靠。她问忙碌了一天刚躺下来的螺妹：那个粟哥人好吗？

　　螺妹已换上睡衣，略微透明的睡衣下，乳房有些下垂，但它们饱满而芳香，和螺妹的脸庞一样，使叶黎感到踏实而心安。螺妹脸有些泛红，一抹羞涩的笑容浮上来，怎么问这个？

　　告诉我。叶黎坚持道。

　　好人。螺妹说，我认为他不错，至少，他善良。你表舅跟我提起粟哥时赞不绝口呢。粟以前是他高中时期的朋友，高大帅气，又会画画。上高中时，学校有几个品质差的学生，总爱欺负你身材矮小的表舅，作为同班同学，家又居住得不远，上学放学都在一起。看到你表舅被人挑衅，被人打，自然不会袖手

旁观，就动手打了人家几次。最后一次下手比较重，其中一个被打得鼻梁骨折的男孩是镇长的儿子，镇长坚决要求学校开除了粟。粟下学后和社会上的一些混混在一起，经常做一些所谓打抱不平的事情。一次和几个朋友在你表舅这里吃饭，有几个人喝醉酒耍酒疯，表舅妈上去劝了几句，喝醉的人骂你舅妈是不会下蛋的鸡，粟听到了，也趁着酒劲，上去就把那个骂人的一顿胖揍，打得那人脑出血，正好赶上严打期间，粟被警察带走，关了几年。在西北跑运输的生意，赚了些钱，刚回来。我和他曾经在一起聊天，他说很后悔当年的年轻气盛，后悔那些靠拳头打天下的幼稚行为。他曾经有过一段短暂的婚史，对方因自己长期跑运输不在家，和一个当老师的男人好上了，粟得知这个消息，二话不说，就果断离了婚。

　　螺妹看着一脸惊诧的叶黎，拢了拢耷在眼睛上的头发，似乎有些激动，咬了咬下嘴唇，双目在台灯下水汪汪的，又说，你看，我前几天切菜时不小心切到手指，他看到后一下子慌了，赶紧骑摩托车去镇上的诊所买止血药。你都不知道，他给我包扎伤口时那表情啊，有多心疼。螺妹的眼里有幸福的光。你知道吗，他看我那心疼的目光，在你的父亲那里已经很多年没有见到了。

　　叶黎默默地看着螺妹。关了台灯。不知道该说些什么，也说不出什么，就那么久久地，难以言状地忧伤着。她真的不太懂，螺妹所谓的心疼，是粟哥给她的关心。但此刻叶黎的心似乎就已经疼了，不知所以地疼，也许为螺妹，也许为自己。螺妹已在床的另一端打起了轻微的呼噜。

七

　　列车快到站了，乘务员的声音像一条无形的绳索，将叶黎从悠长的记忆里拽回。对面的男人也停止了呜咽般的打鼾声，他坐直了身子，警觉地到处张望。叶黎看着他的面部轮廓，又想起了舅舅。舅舅愤怒的声音仿佛还在耳边，再度搅乱了她的思绪。螺妹与叶黎的父亲毫无征兆地离了婚。看似温文尔雅，颇有君子风范的父亲，居然有暴力倾向。温柔却又强势的螺妹，骨子里满是反叛，她不动声色地离开了父亲。后来，螺妹遇到了继父粟。这些过往，加剧了叶黎的忧郁孤寂，让她也如螺妹一般，养成了隐忍且不动声色的性格。她不敢轻易地相信一个人，比如曾经对她和螺妹百般宠爱的继父，比如一直深爱他的男友瞬，纵然，她从心里面还是认定他们是亲人，但她还要竭力去相信他们。就是如此对立和融洽，矛盾且复杂。

螺妹的死到底是意外还是真的和继父有关？叶黎的痛楚里夹杂着疑虑。列车缓缓地吃力地停了下来。站台的停靠点，是稀疏的房屋和几盏在夜里发出清冷光泽的白炽灯，幕镇到了。叶黎背好包，穿过几节车厢，下了火车。她的步伐沉重，耳畔不知从何方飘入一段熟悉的音乐，是在这里生活了几年的熟悉气息，是在表舅家饭店时，那个老旧音响发出的音乐，和螺妹共同听过的声音。真好听。那时候，螺妹坐在榕树下的石桌前择菜，看着对面写作业的叶黎说。而叶黎总歪着头沉浸其中。想到这里，她禁不住鼻子一酸，加快了步伐。

出站口有几个拉客的摩的小伙子，叶黎张望了一下，一个中等身材模样憨厚的年轻人走了过来。"去哪里？"他微笑着老朋友般地打招呼。叶黎迟疑了一下，在此刻的幕镇，在表舅和继父之间，选择了去继父那里，她迫切想知道真相。

山前的螺妹海鲜馆，她冲年轻人说。年轻人怔了一下，戴上头盔将摩托调转了方向，示意叶黎坐上去。

继父和表舅是两个方向，一个在山的后面，一个在山的前方。摩托车上的叶黎耳边风声呼呼地响着，风裹着热浪卷起她过膝连衣裙的下摆，她扯了扯连衣裙，突然想起了四岁的弟弟杰仔，是螺妹嫁了继父之后生的，那个胖乎乎的憨态可掬的杰仔，不知在螺妹去世之后，会不会哭闹。杰仔最黏螺妹，而螺妹似乎也格外疼爱他。

很快就到了目的地。五元，拉客的年轻人依然微笑着说，并扭头看了看饭馆的方向。大路距离饭馆还有五十米左右，是阶梯式的石板路。叶黎掏出钱

包，翻了一下，没有五元，就掏出十元递给他，年轻人不好意思地说，身上没有五元的，你去换一下。叶黎说不用找了，便背上包向饭馆门前的石板路上走，她能感觉到年轻人依然在背后打量自己。也是的，螺妹被车撞死了，在这个不大的镇子上，也许早已人人皆知了。

到了饭馆门前，叶黎又抬头望了望门口上方的招牌写着的"螺妹"两个字，这两个字让她百感交集，眼泪哗然而出。仿佛螺妹还在店里忙前忙后，她的身影和声音都不曾消失。昔日在这个点已经热闹的餐馆，此刻因为女主人的消失，顿然冷清了很多。粟哥似乎还沉浸在悲痛的河流里不能自拔，他根据客人的喜好，煮好了几种粥，卤了招牌烧鹅，交代给餐馆的两个服务员去招呼客人，自己抱着杰仔坐在柜台里面发呆，以至于风尘仆仆的叶黎站在他面前，许久他都没有发现，坐在腿上的杰仔头靠着他的肩膀睡着了，眼角还挂着泪水。继父好像几日工夫，便迅速地衰老了，叶黎注意到他脸上皮肤的皱纹急剧地重叠着增加，目光有些呆滞。

粟爸，叶黎叫，自从螺妹和这个男人结婚后，叶黎就一直这么称呼他。他还是坐着没反应，目光落在一件螺妹经常用来抹手的香脂上，定定地看着。那是一款叫作桂花的香脂，还摆在透明玻璃柜台的一个角落，螺妹喜欢在忙完之后，坐在那里，惬意地拧开它，抹在手上，香气顿时弥漫开来。

粟爸，叶黎又提高了一下声音。继父这才如梦初醒般地看向她。

四目相对，悲伤交织着悲伤，继父哽咽着说，叶子，你们的妈妈——就这么走了啊！泪水不停地滑下来，叶黎迅疾又红了眼，肩膀耸动着抽泣。杰仔也醒来了，跟着一起哭，我要找妈妈，姐姐，你看到妈妈去哪里了吗？他从父亲腿上跳下来，走到姐姐身边，抱着姐姐的腿哭着问。

叶黎蹲下来，将杰仔抱在怀里，这个找不到妈妈的小男孩，还蒙在鼓里，不知道妈妈再也回不来了。

继父带着叶黎回到餐馆旁边的家里，这是一个宽敞洁净的院子，两层楼房，院子的丁香和紫薇沉甸甸地开着花，枝头都弯了，在院子一侧的灯光下，异常美丽生动。进了房间，螺妹一幅微笑着的黑白照，摆在房屋正中间的木条柜上，两边摆着鲜花，叶黎迎着螺妹的目光，好像看到她也在盯着自己看，想说些什么。

骨灰后天下葬。继父的声音低沉，有些嘶哑。他低头看了看杰仔，又对叶黎说，天热，不能放太久，所以就火化了。肇事司机呢，叶黎体内突然有一股无名之火蹿出来，愤怒地问。杰仔抬起头看姐姐的脸，不知道姐姐为什么生气。

肇事司机是酒驾，那天螺妹去镇上的菜市场买菜，迎面被摇摇晃晃的车冲撞了过来，躲避不及啊，当场就毙命了。继父一脸悲戚，握紧了拳头，好像事故的现场又重新演绎了一遍，让他无法接受，他锁紧了眉头，左眉那道疤在灯光下格外醒目。杰仔紧紧地攥着姐姐的手，好像明白了什么，抬起头问：姐姐，妈妈是不是死了？叶黎看着他懵懂而清澈的眼神，费劲地点点头。杰仔大哭。叶黎抱起杰仔，将脸埋进杰仔的怀里，眼泪猛然涌出，不哭，杰仔，还有姐姐呢。继父佝偻着坐在门边，双手抓着竹凳两边的扶手，脸色黯淡。过了一会才说，叶子，去餐馆喝粥去，你还没吃饭吧。叶黎摇头，不吃了，吃不下。

去吃吧，饿肚子，你妈妈会心疼的。继父的声音有些变了调。

叶黎摇头，抱起杰仔去了自己的房间。先睡了，她推开卧室的房门，明天再说。

继父叹气，便不再坚持。转身向外走去。

住了几年的房间，依旧带着亲切的气味扑面而来，柔软的床铺，蓝色波纹的落地窗帘，深红色的桌子，台灯擦得晶亮，墙上挂着她高中时期画的一幅油画，那是模仿梵高的向日葵，每一笔每一个花瓣，那些油墨的颗粒感，都倾注了她的热情和心血。是她最得意的作品，就那么一直挂在那里。继父曾骄傲地让人过来参观，不管人家是否看得懂，他都会一脸自豪地说，我们家叶子的作品。

叶黎站在画面前，又看了一会儿，想自己只是爱好而已，终归成不了画家，学习的专业跟这丝毫不沾边，考研还在进行中，一切都未卜，螺妹却不在了。大脑一团乱麻。又哄了杰仔睡觉，给他讲故事，以前睡觉，每次螺妹都给他讲故事才肯睡觉。杰仔躺在身边抱住她的脖子，听着听着，听到大白兔吃掉最后一个红萝卜时，开始打呵欠，姐姐，我想妈妈。然后撇着嘴巴，含着泪水睡了过去。

叶黎侧身躺着，目光又落在墙上那幅向日葵上。向日葵的花瓣层层叠叠地明黄着，每一层都像一个阶梯，在这阶梯式的递进里，时光不可避免地倒流，与过去发生的事情交汇，叶黎从那里，再度看到自己，自己和螺妹、和继父粟的交汇，都鲜活地浮现。

八

那时的螺妹在自己的眼前，不易觉察然而又明显地发生着变化。这都和那个闯入者粟有关。螺妹的笑容甜美起来，头发似乎梳理得更加顺滑，她把它们束在脑后，用一个浅蓝色的绸带拴起来，并打成个蝴蝶结，在店里走动时，那个脑后的蝴蝶结就微微地颤动。粟的目光来回跟随着那蝴蝶，叶黎发现。这是以前的螺妹所没有的欢快表现，以前不怎么打扮，只顾忙着卖海鲜，头发总是顾不上梳理，有点乱蓬蓬的，随便扎个马尾便罢。粟天天到表舅的店里喝粥，有时给叶黎捎来一本故事书，有时捎来一堆绘画本，还有颜料。叶黎惊讶地看着这个渐渐熟络的男人，并慢慢地和他多了些交流。

你怎么知道我喜欢画画的？叶黎盯着他的脸问。他有些调皮地扬起眉，这个，我当然知道啊，说完又大笑，我会算。还有，我还可以教你画。叶黎更加惊讶，然而更多的是欣喜。自己多日渴望学画画，机会竟然就这么轻易地摆到眼前。她仿佛听到夏季的第一声蝉鸣，那声音热烈、有力，带着阳光的气息。自此，每天放学做完功课，她都会在门前的榕树下支起画夹，旁边站着粟，他认真地指点，哪些地方该涂深色，哪些地方需要浅色，阴影部分，留白部分该如何处理，一丝不苟。干着活的螺妹欣慰地看着他们，叶黎捕捉到了她看他们时，目光流露出来的爱意。而粟也心里有了感应似的，回望一下不远处忙碌的螺妹，四目纠缠在一起。叶黎也感应到了他们之间的微妙，心中默认并接受了粟。粟有时帮螺妹抬起笨重的菜筐，从卡车上卸下来，两个人一起干活，不知在说些什么，螺妹的笑声婉转，引得表舅妈阿金伸长了脖子看。

阿金跟表舅悄悄地说，嗨，你看他们。表舅望着螺妹和粟的背影，脸上的笑容堆成了积云般的厚实，粟不错的，他清了清嗓子说，螺妹能跟了粟，应该会幸福的。

一个晚霞满天的日子，饭店的客人安顿好，表舅找了饭店外面一个空着的圆形桌子，他叫叶子粟哥一起过来。那会儿，叶黎正在给向日葵的叶子涂色，粟在旁边指导，天气热起来，汗水从粟的栗色脸庞上不停地滚落，叶黎的头发粘在脸颊。两人同时看着表舅，表舅脸色中带着秘而不宣的喜悦道，我有件事情要说。叶黎和粟走到圆桌子前坐下，另一边的阿金和螺妹也走过来坐下。服务员端着几盘菜放下来，烧腊、卤鹅、干炸带鱼、蒜蓉通菜、水煮花生，还有几瓶啤酒。今天我们欢聚，表舅打开啤酒，边往透明的玻璃杯倒，边大声说。

叶黎看着啤酒的泡沫溢出杯子，又看了看众人，似乎每个人都带着喜悦的表情，尤其表舅妈阿金，她有些厚而翘的嘴唇一直向上弯着，像朵肥硕的花在灿烂地开放和欢呼。阿金取过放在一边的开水壶，给叶黎倒白开水，说，我们叶子还是学生，不喝啤酒啊。叶黎点头，看着舅妈又变戏法似的，拿出一罐椰汁递给叶黎，还有这个，甜的。螺妹微笑着不语。大家边吃边谈论着镇上的新鲜事，镇里学校边上多年不生育、卖甜点的女人，刚刚不久一下子生了三胞胎，啧啧，表舅咕咚一大口啤酒下肚，兴奋地说，仿佛是他家生的三胞胎一样。他和表舅妈阿金也结婚多年，没有生孩子，检查后是阿金的问题。但表舅从未说过什么，他和阿金是青梅竹马，感情非常深厚，两人一起一天到晚乐呵呵地经营着饭馆，倒是阿金经常有些幽怨地叹气，她曾毫不掩饰地羡慕着说，螺妹，叶子越来越漂亮啦，成绩又好，不让你操心，多好啊。果不其然，表舅提了三胞胎的事情，阿金本来就不白的脸变得赤红，她抿了抿厚唇，垂着眼皮低头喝啤酒。表舅像是突然想起了什么，看了看周围，人们各自吃吃喝喝，并未有人特别在意，螺妹，你看粟哥人怎样？表舅有些泛红的眼睛盯着螺妹，螺妹不知是喝了大半杯啤酒的缘故，还是不好意思，脸腾地红了，羞赧地看了看对面坐着的粟，粟停下了手中的杯子，端坐着，目光热辣地迎着她。螺妹轻声说，好啊。粟抿嘴乐着，继续看着螺妹的脸庞如同花朵般地艳丽，看得陶醉。表舅开心地说，粟托我说媒呢。阿金也开始兴奋地说，我们家螺妹有着落啦。

那个傍晚的霞光将人们的脸和身上都涂满了红光，叶黎听到不远处山上的林子里，蝉鸣一声高过一声，它们也在宣告自己的开心吗？那些清亮和高亢，带着夏季的酷热，伴随着叶黎的整个暑期。暑假过完，螺妹和粟在一片鞭炮声中结婚了。粟在山的另一边开了一个不大不小的饭馆——螺妹海鲜馆，叶黎看着那名字，便感知粟对螺妹的感情。他们的住处是餐馆不远的一个两层楼房，带一个种着鲜花和绿色植物的院子。表舅和阿金送了一些吃的，一些床上用品，表舅拍了拍粟的肩膀，粟哥，好好待螺妹！阿金则拥抱着一旁的叶黎，叶子，以后就不可怜啦，有保护神了。粟一脸疼爱地看着叶黎，又看了看装扮一新的螺妹笃定地说，不会让你俩受苦，放心。

城里的舅舅也得知了消息，赶过来住了一晚便准备离开，临走时递给螺妹一个红包，低声说照顾好自己。又看了看裸着胳膊露出刺青的粟，一语不发地走了。粟赶过去，发动停着的摩托车说，我送你到车站。舅舅瓮声瓮气地说，不用。他对一个距离二十米左右的、悠闲抽着烟、朝这边望的一个开摩的男人招手。那男人扔掉烟头，发动车赶过来。

新学期在秋季到来，南方或者幕镇的秋天没有明显的变化，空气里依然有蒸腾的热浪。植物愈发茂密油亮，蝉鸣绵延不绝，听得久了，仿佛那声音像鼓动的号角，给人以力量。叶黎带着沉甸甸的书包，坐在粟的摩托车后。在学校认真听讲啊，螺妹将一个盛满温开水的新水壶递给后座的叶黎。

叶黎考上了镇子东边的一所高中，也是远近比较有名的中学。粟发动油门，摩托稳稳地开了出去。在一路蝉鸣和热风中，叶黎的思绪随着时间的排序和流向，飘向遥远的未知，生活仿佛不再充满波折，一切都安顿得那么妥帖，自己也可以心无旁骛地投入学习中。叶黎对于前程还是充满期待和憧憬的。那传入耳际的蝉鸣，突然如万马齐鸣，气势磅礴，然而在人屏息静气、想持续听着那如交响乐般的盛大乐章时，却突然戛然而止了。这蝉，真有意思。叶黎不由得脱口而出，有时一起叫喊，有时却集体沉默。她还是第一次这么完整且认真地同粟说话，这位继父对她来讲，是陌生的闯入者，不可能在短时间内相处融洽，尽管螺妹无法抵挡粟的魅力，尽管螺妹热情地赞美，尽管粟给了螺妹和她安稳的家。

它们在思考和积攒力量呢。粟说，可别小瞧了这生灵。蝉在人们心里可是吉祥物啊，它的幼虫在土里可达数年，之后才会爬上枝头，破壳而出化为飞蝉。然而，它们的寿命却非常短暂，只不过一个夏天。所以，蝉的生命历程象征着重生，代表着对生活的无限执着和对信念的奋不顾身。叶黎有些感慨地叹息，扭过头看向林子的枝头，想看一眼那让人肃然起敬的生灵。正在这时，蝉声哗然，一片喧嚣，她不禁身子一激灵。

你看，蝉的叫声明亮，激烈昂扬又不知疲倦，可谓一鸣惊人。继父粟在呼呼而过的风里大声说，我们也该像蝉一样，不是吗？

九

上了高中的叶黎，由于功课更加紧张，十几分钟的路程也不愿意回去，继父就在中午做好了叶黎喜欢吃的卤鹅和烧腊盖浇饭，一路骑着摩托车加速赶到学校，赶在叶黎放学后能及时吃上热饭。他和叶黎约好了吃饭的地点，学校大门的左侧一个围起来的花池边。叶黎放学走出教室，同学还叫她一起去小吃部

消失的顿河

吃饭，叶黎说不用，有人送饭。她走出大门，一眼便看到继父粟靠着摩托车抱着个装饭盒的袋子，看到叶黎，赶紧打开袋子，掏出三层不锈钢饭盒，一层是晶莹洁白的喷香的米饭，一层是还在冒着热气的卤鹅肉片和蜜汁溢出的烧腊，最后一层是大骨玉米汤。上了一上午课的叶黎早已饥肠辘辘，她看着继父小心翼翼地将饭菜摆在花池的边沿，又拿出一个折叠凳子，叶黎坐在那里美美地饱餐一顿。继父看着叶黎喝光最后一口汤，心满意足地打着饱嗝，开心地眯起眼睛笑。叶黎起身离开，继父冲她的背影喊了一句，记得喝水，天气干燥，省得上火。叶黎回头看了他一眼，他眉头那道疤痕，在正午的阳光下赫然入目，她摆了摆手加快步伐走进学校。

这样送饭的日子没过多久，班里有几个学生开始悄声议论，叶黎听了个大概，因为他们根本不避开她，简直大摇大摆地旁若无人地说，虽然，叶黎就坐在距离他们不远的位置上。下课后，几个男生就聚在一起，那个天天中午过来送饭的男人是叶黎的后爹，一个男生说。听说坐过监狱呢，一个男生嗓音尖厉，好像很兴奋的样子。他可是个大厨呢，卤鹅和烧腊以及海鲜粥是他的绝活儿。另一个男生更兴奋，声音带着好似被香油过滤的滑腻，我可是去品尝过的。啊！叶黎好有福气！他们恶作剧地喊。叶黎背对着他们几个坐着一动不动，心头的怒火一波一波地往外蹿，但她又竭力地控制了这些即将蹿出的火苗。多年养成的习惯，她已经习惯于掩饰自己，或许不动声色更好。悲喜都不会过多地呈现，她只能平静地，让表情波澜不惊。

晚上回到家里，她丢下书包就去了餐馆。傍晚的客人络绎不绝，螺妹和阿金她们已经开始忙碌。继父粟正蹲在餐馆旁边的空地上，为第二天的食材做准备。他将刚刚宰好的鹅抹上香料、酱油和料酒，这是他自己研制的秘方，烧腊也是自己琢磨研制，味道独特迷人，那些食客基本都是回头客，吃过后回味无穷，经常光顾，乐此不疲。叶黎刚想出口的话，又咽了回去，这时候的粟是投入而专注的，不能打断了他的作品。这些对于他来说，就如他教自己画画一样，一丝不苟，不能分神，他说，否则就会有瑕疵，要一气呵成。所以，叶黎找了凳子坐在一边，静静地看着，一台大的铁扇，呼啦呼啦地转动着，但汗水还是顺着继父的脖子和脸颊向下淌。一些汗水流进眼睛里，他伸起手臂去擦拭。裸露的臂膀上一些禽兽的刺青在夕阳里实在辣眼睛。可恶的文身。叶黎看着那些令人讨厌的图案，心里悻悻地想。她又想起同学最近的议论，一股莫名的愤恨涌了出来，她不知道该生谁的气，是同学，是眼前的继父粟，是螺妹，是那位变了心的父亲还是自己。好像对象不够具体，这令她更加烦躁。她的脸不由自主地红了，脸颊有两团火，这令她不自在。

叶子，放学了？继父突然发现了她，停下了双手的动作，你去里面吃些东西，你妈妈在里面。不吃！叶黎轻声说，但口气急促且带有冰冷的感觉。是不是太热啦，进去空调房间凉快，不吃饭怎么可以，还要做功课呢。继父看着她通红的脸，关心地说，并甩了甩手上的酱汁。

或许，我们可以聊聊。叶黎说出这句话时，感觉有些吃力，感觉调动了全身的每一块肌肉，或许，她鼓足了很大勇气，毕竟，她很少这么认真地同继父说话，她不知道说出后，会不会影响他和螺妹的感情，会不会影响到他的心情，毕竟，他给了螺妹和自己一个家，还算温暖的家。说吧，有什么尽管讲。粟看着叶黎涨得通红的脸，微笑着说，只要我能办到。

以后你不要去学校给我送饭了，不要送我去上学了。叶黎看着继父慢慢睁大的双眼，那双眼里写满了疑惑。为什么？他说，你妈妈不会骑摩托车，你知道的。上学那么紧张，你还小，一个人乘陌生人的摩托车我怎么放心？他站起来摊开双手，这段路又不通，我真的不放心。

反正不要你送。叶黎声音提高了一些。她盯着地面，好像看着地面就可以不用回答得太明白。继父怔怔地看了她一会儿，好像明白了什么，嗯，我知道了，是不是有人说我，说你的粟爸是劳改犯？叶黎定定地看着他。粟爸，这两个字让叶黎的心里颤动了一下，如同久未拨弄的琴弦，被一双手娴熟地弹奏，就那么叮咚地鸣奏起悦耳的曲子。但她依旧低着头不语。

我可以到学校附近就离开，中午送饭到一个隐蔽的地方，花池向前走十几

米左右，有个巷子，巷子右边是个无人居住的杂院，还有一个方形的石头桌子和几个圆圆的石头凳子，很安静，继父说，那里应该你的同学就发现不了。叶黎知道那个地方，一次大课间自由活动，曾经一个人走到那里转悠。

好吧。叶黎垂着眼皮说，然后仿佛想起了什么，双眼盯着他茶色衬衣卷起来露出的部分手臂说，那些纹身很好看吗？被人看到很酷？她的话里有些不满和讥讽。继父有些沮丧和后悔地抓了抓短短的头发，眉毛攒在一起，说，一点都不酷！我很讨厌过去的自己。那时我下学后，暂时没想找个什么工作，父母早逝，收养我的叔父也管不住我，渐渐地我就和社会上的混混在一起了，滋事、打架、斗殴、收取保护费，以为自己在拯救人类，是英雄。想想好笑得很！继父目光迷离起来，嘴角一抹苦笑，高中时期有个崇拜我的同班女同学，我也喜欢她。我画画时她总在一旁专注地陪伴，后来看我这样，还劝过我，要我远离那帮人，但我不听，她后来转学离开这里，再也不见了。他说着，双手插在口袋，又转回了目光，盯着叶黎说，我刚见到你妈妈，还以为是那个同学，你知道吗，她们长得太像了。叶黎有些吃惊，抬起头看着高了自己半头的继父，想从他脸上看出他是否真诚。继父粟看着叶黎秀气的脸庞还有些稚气未脱，不好意思地笑了，当然，我是认真地爱着你妈妈的。我怎么对你说这些呢，赶紧做功课去。他说着便又低下头，开始继续将香料抹在鹅肉上。

叶黎又看了餐馆忙碌的螺妹，夜色渐浓，客人多了起来。一些客人开始吆喝着猜拳行令，空气里有浓烈的酒味，交织着饭菜的香气，一切看起来是和谐的。榕树的叶子间隙貌似有鸟在上面停留，发出轻微的动静，又好像也有蝉叫的声音。叶黎一时间顿在那里，觉得周遭虚幻如梦境，那些群山在夜光之下，即将飞奔起来。

于是整个高中时期，继父躲避着同学们的嘲讽和指点，每天早上带着叶黎上学，中午哪怕餐馆多么繁忙，都会亲自为叶黎送些喜欢吃的饭菜，风雨无阻。螺妹是满意的，她看着这个外表粗犷的男人，对自己的女儿如此悉心与周到体贴，发自内心地开心，深深地爱恋着粟。叶黎看着螺妹越发艳丽，终于，她为继父粟生了一个大胖小子。继父抑制不住地喜悦，抱着粉嘟嘟的婴儿，爱不释手。哈，我粟哥也有自己的儿子啦。他说完，看了看一旁的叶黎，我还有宝贝女儿叶子，并把裹着小毯子的婴儿递给叶黎，来，抱抱弟弟。叶黎抱着这团柔软的肉体，心情也变得柔软起来，她抬头看着继父粟热切的目光，忽然间感觉某种神奇的力量或者纽带，让她与继父之间拉近，这种亲密的即使没有血缘的关系，也让人与人之间有了温情。叶黎伏下脑袋，仔细地看小婴儿，啊，他的眼睛和嘴巴像妈妈螺妹，也就是说也像叶黎，眉毛的形状和鼻子像继父粟，带点帅酷，叶黎禁不住舒展了面部，笑了起来。

他叫杰，继父端起水杯喝了一口，陶醉似的咂了咂嘴，叫他杰仔好了。螺妹穿着宽大的布衫，鼻尖有些亮晶晶的汗水，目不转睛地盯着婴儿，喜欢和疼爱无法掩饰，这令叶黎稍微有些不太自在。这么多年以来，螺妹的目光始终在自己身上，会不会有了弟弟就会转移视线了呢？上了高一的叶黎终归还是个孩子，她依然带着笑容抱了杰仔一会儿，但是眉眼之间悄悄爬上了忧虑。继父捕捉到她的表情，趁叶黎不在旁边时提醒了妻子螺妹，注意一下态度，两个孩子都是你生的，都是我们的，不能因为有了小的，就忽略大的，继父粟认真地说。好啦，螺妹说，好啦，知道了。叶黎敏感地发现，随着时间的推移，杰仔的长大，螺妹似乎离自己越来越远了。无论去哪里都带着杰仔，节假日的时候，杰仔想去游乐场坐旋转木马，叶黎想去图书馆看书，螺妹总是陪杰仔，而让叶黎自己行动。去超市购物，买什么都考虑杰仔，而忘了叶黎要买的红发卡。

叶黎很失落。她搞不懂螺妹为什么这样，难道忘记她这个女儿的存在？继父粟整天在餐馆里忙碌，自从有了弟弟，很少再让螺妹到餐馆帮忙。有一天粟在送叶黎上学的途中，发现她的情绪不对劲，那些忽远忽近的蝉鸣，让叶黎忍不住发牢骚，吵死了，她说着挪动了一下身子。

以往不是认为蝉鸣叫的声音挺好听吗？继父说，是不是天太热了，让你烦躁呢？叶黎沉默了一会儿，看着不远处向后飞奔的山，山上的树木在早晨

初升的太阳下，披了一层金光闪闪的外衣，但怎么看都能感觉到温度在持续升高，又一个夏天来临。南方的夏季格外漫长，长得让人心慌。叶黎记不清最近都学些什么，好像对学习的兴致不高了，上课总是发呆。老师在课堂上提醒了好几次，要她集中注意力，可是，她的心正被忧伤的潮水覆盖。她很清楚，她这样的情绪是螺妹带给她的，螺妹在慢慢地遗忘她。

这次月考成绩不理想，很大一部分原因是情绪低落。她赫然记得螺妹将自己的成绩单摔到地上生气地说，比之前退后了十多名，你是吃干饭的吗？还有一个多月就要高考了，你还是整天不务正业，画什么画呢？能当饭吃？螺妹的声音变了调，眼睛瞪得溜圆，因生气而令本来好看的面部变得陌生而可憎。

孩子喜欢就尊重她的想法，我觉得没什么不好的，适当地放松考前压力。继父蹲下去捡起成绩单，递给叶黎，又转过头准备说服螺妹。他说，叶子有画画的潜质，不然，我为什么平时给她买那么多画画用品，还亲自教她？你看，她那幅向日葵画得多好，我那几个画画的朋友，都说可以以假乱真了呢。继父粟看着螺妹的脸色缓和了下来，用手轻柔地拨弄杰仔毛茸茸的脑袋，便觉得事情有转机，便打圆场：好啦，再说，艺多不压身，女孩子多才多艺挺好的。

妈妈不爱我了。快到学校附近，叶黎悲伤地说，粟爸，你们只爱弟弟。

继父粟有些愕然，面前的叶黎的这种想法，和她伤感的表情，使得他感到歉疚和心痛，在一起生活这么久了，心底早已把她当成自己的女儿，从见面的那一刻起，从她开口叫自己粟爸的那一声起，他就认定这个文静而略带文艺气息的女孩是自己的孩子。即使生了杰仔，还是一如既往地疼爱她，也可能，自己的确忽略了她的感受，这孩子经历了父母的离婚，有些敏感、脆弱，什么事都藏在心里，不到一定程度，轻易不往外说。想到这里，继父粟认真地站直了身子，温和地盯着面前垂着眼皮还沉浸在难过之中的叶黎，一字一句地说，放心吧，孩子，我跟妈妈都很爱你。好好念你的书，无论学到什么程度，粟爸都支持你。说完便发动摩托车离开了。车轮带动一些烟雾和灰尘，继父粟的身影走远，但样子却还那么清晰。叶黎发现，不知什么时候起，这个粟爸竟然让人依赖，还想撒娇了。这是以前所没有的体验。

十

那一个个距离高考倒计时不远的日子，继父粟每天除了接送上学，送饭，还在叶黎复习功课太晚的时候，亲自做了热气腾腾的海鲜瘦肉粥，那也是叶黎喜欢吃的，里面有虾末蟹黄和肉糜，煲好后撒上香葱碎，滴几滴香油，入口即化。每次在夜深的时候，胃开始变得空旷，总能因粥温润而充实。趁热吃，不要学得太晚。继父总是轻轻地把粥碗和勺子放在书桌的一边，然后又悄悄地走出去。叶黎心里热乎乎的，没有说什么，便低下头有滋有味地喝粥。那些进入胃里的东西，也似乎给了她无限能量，使她熬过了一个又一个炎热的夜晚，熬过了漫长的夏季。

终于迎来了高考。明天，我有点紧张呢。出发前，叶黎回头对正在往杰仔口里喂粥的螺妹说，螺妹一边拿手帕擦了擦杰仔黏糊糊的小胖脸，一边回应道，没事，认真对待就好啦。螺妹说得轻描淡写，其实心里也有些不安，生怕女儿发挥不好。杰仔还在扭来扭去地捣乱，把手指泡在粥里搅拌，螺妹忍不住拍了下他的屁股。杰仔撇着嘴巴想哭，但又没哭。

"像平时一样做题就好，不要想太多。"继父粟微笑着说，"顺其自然，不怕。"

他们连夜乘车到县城，考点设在县城的一所中学。继父粟带着叶黎找了考点附近的一家旅馆，仅剩一间客房了，两个床位。"算你们有福气。"旅馆一楼柜台内一个说话速度有点快、声音清脆的女人说，"明天高考，今天住宿的人很多。"继父迟疑一下，掏出钱递了过去。

打开门，房间有些潮湿的气息和淡淡的霉味，夜色席卷过来，窗子打开仍然能感觉到外面的热浪，通风换下空气，暂时不开空调。继父说，你要吃些消夜吗？我出去打包回来。叶黎摇头说，出发前吃的一些美味可口的饭菜，还没有消化呢。说着坐在窗前的椅子上掏出来书本，开始复习。

我下楼走走，你自己学吧。桌子上放的白开水，记得喝。继父说着便拉开门，走了出去。

这是曾经生活了十几年的地方，看起来既熟悉又陌生，叶黎望着窗外近处和远处的闪烁的灯光想，那位下班总带着一身来苏水的味道的父亲，此时在干什么呢？心底又升起一股幽怨，除了定期打些抚养费给妈妈，好像很少问过他的女儿。叶黎叹息着摇头，不愿意再多想，眼下只想考好成绩，改变命运，不再重复螺妹的命运。

一直到12点左右，才有睡意袭了过来，继父还没有回来，叶黎顾不了太多，直接沉睡过去。早上醒来已是六点左右，天已经大亮，梳洗完毕，正想着继父去了哪里，消失了一整夜，不免有些担心起来。"叶子，"继父在门外敲门，叶黎打开门，只见继父提了两袋早点，豆浆，包子和油条，"趁热吃，"他说着递了一袋过去。"粟爸，昨晚，"叶黎啃了一口包子，被里面香甜的汤汁呛了一下，然后接着说，"昨晚你在哪里？"继父喝口豆浆，淡淡地说，在县城一个朋友家喝酒，喝多了就住他家了。

叶黎捧着豆浆走到窗口，正对着的后院有两株紫荆花，开得热闹极了，一朵挨着一朵，仿佛笼罩着一片紫色的云雾，地面落英缤纷。几辆小车泊在树下。叶黎才注意到旅馆并不大，只有三层而已，阳光升起来，照着朱红色的墙体，使它显得很大，实际上只是阴影参照光亮部分产生的错觉。在这短暂的注视中，孤寂、忧郁和愉悦都浮了起来。但更多的是有种即将解脱的轻松，那意味着什么。

两天的考试发挥得还比较正常。走出考场就是大门，叶黎脚步轻快起来，望着陆续走出的学生，呼了一口带有汗味和尘土的气息，继父正站在校门口向她招手。

还不错吧。继父脸上挂着汗珠，眉毛间的那道疤被汗水浸得发亮，他看着叶黎释然的表情，也开心起来。我们家叶子很棒的，我就知道。叶黎望着继父，才发现他穿了一件洁白的棉麻长袖，胳膊上的那些纹身都掩藏起来。难怪不停地冒汗呢。粟爸用心良苦啊，不想被学生们看到，不想在高考这个特别的日子，被人指点和侧目，叶黎调转了视线，心里暖起来。

等待录取通知书的日子仿佛并不那么漫长，天气炎热，蝉的声音好像一直不知疲倦，这些声音里，叶黎取出尘封了一段时间的纸和画笔，画镇上散淡的人，画一些植物和花朵们在闷热下的倔强。食客不少，继父粟和螺妹在饭店忙碌，在平淡无奇的日子里迎来送往。

也不过来帮忙，就知道画画，那有什么用？螺妹边擦拭着油腻的桌子，边嘟囔道。杰仔蹲在门边专注地玩玩具坦克车。继父边抱过一箱啤酒，边回应道，叶子喜欢的就让她去做，给她自由。前段考试复习也挺累的，放松一下多好。螺妹嗔怪，都是你惯的。

嗨！继父抬手擦着脑门的汗说，手心手背都是肉啊，不能生了弟弟，就忽略姐姐了。

假期过了大半，收到了心仪的大学入学通知书。叶黎反复地看着上面自己的名字，继父激动得跳了起来。你看，我们家叶子真争气！他大声对抱着杰仔的螺妹说，我们都没有读大学，一直羡慕和眼馋呢。螺妹看着叶子笑，用手刮了刮杰仔的小翘鼻，杰仔，向姐姐学习，也上大学。杰仔尖着嗓音说，我要上大学。

去城里看下你爸爸，螺妹小心翼翼地看着满脸喜色的叶黎说，告诉他你考上了心仪已久的大学。螺妹生怕女儿拒绝，因为有几次提到那个人的名字，叶黎都一脸抗拒，并冷冷地打断：不要提他，不想听到关于他的一点消息。螺妹悄悄地观察着，叶黎的眉头不易觉察地皱了一下，很快就若无其事，但表情不可捉摸。好的。但这次她似乎痛快地回应，并捏了捏杰仔的鼻头，杰仔跟姐姐一起上大学好不好？杰仔高兴得手舞足蹈，在螺妹怀里踢跳着。螺妹悬着的一颗心才放了下来，到底是父女，割不断的血缘关系呢。

十一

那个中午，叶黎和近几年未见的父亲面对面坐着。几年过去，面前这个男人依然年轻且神采奕奕，白大褂穿在他身上，显得那张脸更加俊朗。你真的考上啦？他掩不住地兴奋，我的叶子真棒！叶黎冷冷地看着他那双熟悉的眼睛，第一次发现自己对这位生物学上的父亲有些厌恶，这厌恶来自发现真相后的失望和痛心。你看，离开你，我和妈妈也过得很好，叶黎嘴角微微地挑起来，露出一丝胜利者的笑，我那位继父也不错，待我和妈妈好。妈妈还生了个小弟弟。

嗯，那感情好。父亲说，只是你妈妈还卖海鲜吗？那味道真让人受不了。他说着还夸张地吸了吸鼻子。

早不卖了，叶黎提高了声音，继父和妈妈一起开餐馆，螺妹海鲜餐馆，还有海鲜，继父知道螺妹喜欢那味道。也就你，这么多年了，还嫌弃妈妈。

也不是嫌弃吧，就是说不上什么感觉，父亲站起来拍了拍叶黎的肩膀，说这些干吗呢，多扫兴，今天可是个令人开心的日子，我们叶子是大学生了。

跟你有什么关系呢？叶黎站起来，我考上大学跟你没有半点关系，今天过来就是想告诉你，以后，我们彻底不用再联系了。我长大了，也不再需要你。

这位面前依然英挺的男人有些不淡定了，声音有些变调和急促，他拧起眉头，睁大了眼睛看着自己的女儿，好像有些不认识了，他从来没有见过自小就文静的叶黎变得如此让他不认识，此刻的叶黎表情咄咄逼人，目光里有明显的鄙夷和不屑。

父亲倒抽了口凉气，他可没想过要失去女儿，尽管不在身边。这个身高快赶上自己的女儿，仰着头看着自己，那不带半点感情色彩的眼神，令他不安起来。

你妈妈的意思？是妈妈不让你再联系了？父亲不甘心，他宁愿相信是螺妹的主意。螺妹对自己是有怨气的，毕竟出轨和动手打人可不是那么容易原谅的。

不是妈妈的意思，叶黎抿了抿嘴唇说，我个人的想法。从你和妈妈离婚，我们被扫地出门，背上行李艰难地到处找落脚点的那一刻，我就认定你不再是我爸爸了。

叶子，不能这样。父亲说话有些艰难起来，声音带着乞求，眼眶发红，我还给你大学费用呢。

不需要。叶黎边说边拉开门，迎面正好就碰到那位已经和父亲成家并且怀了孕挺着大得惊人的肚子的护士，护士吃惊地张着嘴巴，看着满面怒气的叶黎和面色仓皇的男人。

回到镇上，天色已经变暗，没有了霞光，星星隐约浮现，风吹过路旁的植物和米黄色的花，远处若有若无地飘来从没有听过的音乐声，婉转悦耳，树上的蝉合奏着，让人无比愉悦且前所未有地轻快起来。

叶黎轻描淡写地说了和父亲见面的经过。正在收拾桌面盘子的螺妹听了，一下子停顿了下来，瞪圆了双目，脸色绯红，叶子，她有些激动，你不该这样，毕竟是你爸爸。

那又怎样！叶黎心底的火苗嗖地蹿出来，你大概忘记他是怎样对你的？怎样把我们赶走的？

可是，螺妹咽了口唾沫说，都过了这么久，再说，他还管你呢。你把自己的后路断掉了。

叶黎看着螺妹，倔强地摇头，我长大了，不用他管。

十二

大学生活简单而丰富，叶黎渐渐地活泼起来，经常和同学一起积极地参加

校内的各种活动，也会利用空闲时间，在学校操场边一个幽静的林子里，一个人静静地坐在那里画画。那个林子的紫薇总是开得放肆，除了一些安静的其他南方乔木，就只有紫薇在绽放了，粉的，紫色的，白色的，开得灿烂而忘乎所以。叶黎坐在紫薇树下，看着花瓣在风吹过的时候，簌簌而落，果断干脆地铺在地面，阳光洒过来，照耀着这些花瓣，叶黎感觉在花落里，仿佛度过了许多世纪，那么的不真实。自己已经成年了。叶黎低头望着自己蓬勃的身体，心底呼呼地涌动出与蓬勃相悖的寒流，忧郁起来。远处传来几对情侣的欢笑声，她抬起在画板上沾染了颜料的手，顿在那里。这已是大三的下半学期，而那个叫作瞬的同班男孩，已经默默地跟着她一年了，表白了两次。记得第一次是学校组织的活动上，瞬主动跟自己搭帮，表演一个舞台剧，是几个年轻人去支援边疆的故事，好几次，瞬都不能自控。叶黎感觉他握着自己的手微微地颤抖，他看着自己的眼神流露出异样的热切。这明显不是排练的样子。

你怎么了？叶黎问，你的手总是在抖，还出汗，为什么？瞬忍不住说，我是瞬啊，我在看到你的一瞬间就爱上你了。叶黎抽离了双手，甩了甩说，想多了。

就这几句对白在校园里传开，因为那次扩音器忘了关，整个校园都能听到。

叶黎自那次演出之后，就躲着瞬。瞬身材修长，面容清秀而有着令她抗拒的熟悉的俊朗。她不止一次地发现，这个熟悉的面孔让她自心底排斥，是因为他长得像那位医生父亲。上帝，这副模样我怎么能够接受？他会不会像父亲对待螺妹那样，甩了我又找别人，尤其是那双看着自己的眼睛，一样深邃，像两潭水，深不可测。叶黎不管在哪里，瞬总在不远的地方，那么殷勤且带着依恋的深情，她在画画，他走过来放一块甜点，或者在学校门口的那家店买来意大利烤肠，和一杯热奶放在她面前。下雨时，他总会出现，要么一把伞，要么脱掉外衣罩在她头上，一些男孩追求女孩的细节，他都会做。慢慢地，叶黎虽然依旧不理，但好像也没那么排斥他了。只是每次见到他，仍然一语不发。

我喜欢你，他说。那天的天气很明媚，叶黎起了个大早，一个人在操场跑步。初升的阳光新鲜而带着扑面的炙热，夏季总是漫长，瞬跟着叶黎在旁边跑，你出汗了，他说着，掏出纸帕要给叶黎，叶黎摇头，走开，不需要。瞬还想坚持，叶黎头也不回跑远了。瞬望着她的背影，难过极了，他狠狠地踢一块操场边的小石头，石头飞出好远，看着石头滚进草丛里，他沮丧地垂下头。自此有段日子，叶黎的身边不再有瞬的影子。

刚开始叶黎还不以为然，但是随着日子的推移，竟然有些怅然。说不出为什么，反正这种怅然如影随形。她开始偷偷地注意那个身影，也只是注意罢了。然而感觉瞬却离自己越来越远了。首先，是发现另外一个班上的高个子女生和瞬走得很近，他们在周末的时候居然肩并肩地走着，有说有笑，经过她时瞬完全无视她。天，这么快就喜欢上别人了。叶黎想，忧伤和愤恨使她呼吸都困难起来。瞬还用手拨弄那女生划过脸的头发，她的头发乌黑柔顺而飘逸，衬托着那张精致的面孔。叶黎甩了甩自己不太长的头发，嘲弄地叹气，我为什么会有这种感觉呢，不应该啊。

日子一天天地过去，每天傍晚，叶黎还习惯性地坐在林子里，不再画画，而是发呆。在寂寥幽暗的时空里长久地发呆。她有些手足无措，像是真的丢掉了什么。不远处的球场上，阵阵欢呼声和叫喊声，与她无关。满地褶皱的紫薇，在一阵风里无精打采地旋转，远处鼓楼传来沉闷悠长的撞击声，青色的暮霭镶起金色的光晕。正是这样的时刻，一个令她心跳加速的身影出现了，是瞬。他微笑着，眼睛流露出阔别多日的渴慕和深情，纵然，他们还在一个班级听课，在叶黎的躲避下多半装出不认识。瞬不远不近地站着，打量他朝思暮想的人。叶黎脸颊发烫，不自在地将头转过去，心里有个声音说，你若过来跟我讲那些之前的话，我会同意的。

嗨，瞬走过来靠近她，叶黎，你还好吗？

不好！叶黎轻轻地说，眼泪不由自主地迷蒙了视线。你还过来找我干吗？那个高个子女生呢？瞬看着叶黎有些憔悴的样子，着急而心疼，那是我

姨家表妹啊，不要误解了。

　　那天他们聊了很多，彼此原来一直吸引着，放不下对方，叶黎像迷失了一段路的人，看着一个像父亲模样的人走近，因为对父亲的憎恨而拒绝和逃避，但潜意识里，喜欢就是喜欢，不能和父亲挂钩，而转嫁了不好的情绪，这不太公平。她想瞬的时候，瞬也一定在想她，她深信不疑，从瞬注视她的目光里能看出，他的目光滚烫，使她浑身发热，泛过一阵战栗，幸福像云一样从海面升起，面前的这个人，给予的感觉便是爱了，爱情是如此。自此，他们确定为恋人关系。你确定永远不会离开我吗？她有时会出其不意地对身边的瞬说，你确定不会像爸爸对待妈妈那样？瞬爱怜地看着她清澈的双眸，看着那里面有隐隐的不安和忧虑，心疼而坚定地回答，肯定的，他迎着她的目光，我会一直都在。

　　有了爱情滋润的时间是飞快的。大学时光很快过去了。叶黎和瞬商量考研的事情，瞬赞同，并约定研究生毕业就结婚。瞬去了一家不错的大公司，毕业前就签订了就业合同。看似不错的前景，和顺利的路程，却因叶黎妈妈出了车祸而蒙上了阴霾。

　　叶黎疲惫极了，思绪被记忆里的情节拽得生疼。男友瞬得知这个消息时，震惊而焦急地说，我安排一下手头的工作，明天就赶到幕镇去。

十三

　　叶黎起身将空调的温度调高了两度，掀开窗帘的一角，看了看窗外，夜色更深了。但她无法入睡，眼前总出现遗像上螺妹的目光，螺妹还在看着自己吗？死得太突然了。叶黎仍然不愿意相信，也无法接受，但只能无奈地接受这残酷的现实。她揉了揉酸涩的眼睛，走出卧室，来到外间摆放螺妹遗像的房间。遗像旁摆放着黄色和白色的菊花，有些苦涩的芳香散发在空气里，混杂着桌子上正慢慢燃着且一点一点脱落的香灰的味道。叶黎停在那里，房间灯光幽暗，让她陷入对一些不明朗事情探究的欲望。螺妹的死，总感觉事情没有那么简单。

她想起了什么，走向条桌。打开抽屉，第一个抽屉是一些电费清单什么的，第二个抽屉有几张杰仔的照片，婴儿时期的和近几年的，还有叶黎的中学毕业照。叶黎看了看自己的照片，那时的自己，看不出悲喜，表情淡然，超出同龄人的淡然。

但是，在第三个抽屉，见到了一份人身保险单。浅绿色的表单，上面清晰地写了螺妹的名字。上帝！叶黎的双手禁不住颤抖起来，果然如舅舅他们所说，继父粟真的给妈妈买了保险。舅舅在电话里的声音又在耳边回响，眼前也浮现出螺妹惨死的样子，虽然没有亲眼所见，但那场面肯定很惨烈。可怜的妈妈。叶黎的泪水又漫过来，擦都擦不干净。难道继父真的是这样的人？图财害命？叶黎再次迷茫起来。她想起继父的纹身和犯罪前科，不由得打了个冷战。

这是一个不眠的夜晚，叶黎无法安睡，就那么躺在黑暗里，辗转反侧，杰仔在身边酣睡，睡梦中还叫了声妈妈，叶黎轻轻地搂住杰仔，拍了拍他肉乎乎的肩膀，又将下滑的毯子扯了扯盖好。

天亮了，阳光渐渐地将窗子浸染得透亮，杰仔还未醒，叶黎站在窗前，看到继父粟穿着灰色的薄衫从饭馆方向走来。看着他忧郁的面孔和眉毛间的那道伤疤，叶黎再度问了自己，我该相信他吗？难道之前表现那么好，都是假象，都是铺垫？不！不大可能！叶黎使劲摇头，但还是疑虑重重。

叶子，继父在敲门，吃早餐了。叶黎打开门。继父粟看着她有些浮肿的眼睛问，你没有休息好？杰仔夜里闹人了？

叶黎盯着继父粟的脸，看了一会儿，想要发现什么，但什么都看不出来，心里却憋着一股无名之火，声音有些嘶哑。我翻到你给妈妈买了人身保险，怎么这么巧？

是的，我给她买了人身保险，我只想为她好。谁知才没过多久，就出事

了，继父沮丧地攒起眉头说，螺妹可怜啊。

"恐怕是刻意制造的意外吧。"叶黎冷冷地说，"粟爸，真没想到你是这么个人，亏得我妈妈那么爱你，我这么信赖你。我看到那份保险单了。看来，舅舅说得没错，你是有问题的。"

继父粟被叶黎这番话击倒了，他愣了半晌才反应过来，仿佛听到天际有雷鸣在剧烈地轰动，震得令人站立不稳。"你怎么这么想，叶子？"继父粟表情痛楚，那道疤又红又亮的，好像要燃烧起来，"我很难过，你们怎么都怀疑我。"他脸色有些发灰，血色一点点从哆嗦的嘴唇抽离，再从脸上抽离。

前天警察还叫我到警局问话，他们也怀疑螺妹的死跟我有关，调查来调查去的，问个一清二楚，结果没什么问题。保险公司的人也过来反复核查和询问，他们认为我骗保，结果呢，哪有什么问题。你舅舅也怀疑，打电话骂得我狗血喷头，说我不得好死。继父声音喑哑，颤抖着说，我买个保险就犯了这天大的错啊，我的螺妹死了，我感觉自己整个人的心都要碎了！可你们还都在我的伤口撒盐。连你也不相信我，叶子，我是怎么对你的？我一直当你是亲生女儿啊。也就你表舅和表舅妈相信我。他有些委屈而难过，脸上一些粗糙的纹路都布满了忧伤。

阳光正顺着门前香樟的枝干射进来，一束一束的光亮洒进房间里，继父走向柜子的抽屉，拉开第三个，取出保险单给叶黎，这是你妈妈的。

"我看到了。"叶黎说，"事实上是，妈妈的确在买完这份保险之后就不在了。受益人是你，你让我怎么想？"

你怎么没看清还有几份保单呢？继父说，你没看到？

什么？叶黎吃惊地看着继父，这个在几天之内迅速苍老而疲态尽显的男人，又从第三个抽屉摸出几份保单。你看，我给我们每个人都买了保险，除了螺妹的受益人是我，其他人的受益人是你们的妈妈以及你和弟弟。螺妹出事了，我根本想不到，那些赔款下来，我一分不要，你和弟弟每人一半。继父伸头望了望熟睡的杰仔，又认真地看着叶黎说，杰仔还小，他那份你可以给他保管着。

叶黎一时百感交集，说不出话来。

我买保险，是为了帮助一个一起出狱的朋友，他出来之后做保险这个行当。这位朋友人不错，在监狱里总是鼓励我好好表现，说争取宽大处理，出去好好做人。继父抿了抿干裂的唇说，人嘛，要记得别人的好，遇事的时候能帮则帮。

叶黎抬眼看着继父，看着他痛楚的脸，哽咽了。

我没想怀疑你，叶黎啜泣，但妈妈死了，我忍不住怀疑，我好像对谁都不太相信。粟爸，对不起。

继父伸出手擦了擦她的脸，没事，以后还有我呢，还有杰仔，我们都在。

在那个阴霾重重的下午，瞬到了幕镇，表舅和表舅妈，舅舅以及那位尖刻的染着红色头发的舅妈都赶过来，螺妹在哀乐中下葬了。南方的夏季少有这样的天气，叶黎以为母亲螺妹肯定是带着不舍和忧伤离开的，她仿佛看到走路轻快的螺妹，还是那么风姿绰约，笑容温柔甜美。三角梅、桉树以及铁杉围着那个圆圆的坟丘。杰仔突然大声说，妈妈，我看到妈妈了。叶黎看到继父仍然盘腿坐在那里，低声说着什么，螺妹就微笑着听他说，并不时地朝叶黎看。周围有幕镇一些熟悉的人，他们表情凝重，若有所思。叶黎看到那位医生父亲远远地站在一块藏青色的大石块前，看不出悲喜，头发有条不紊地抿向脑后。周围茂密的林子里传来一阵刺耳的蝉鸣，叶黎扭头看着蝉叫的方向，突然，看到螺妹被一匹栗色的马驮着，飞奔而去。

妈妈，叶黎站起来叫，妈妈不要走。双腿却绵软得迈不动。耳边有人不断地叫她的名字，叶子，醒醒啊。是继父粟在焦灼地叫。那个时刻，叶黎晕倒在墓地。

几年后的一个秋天，当得知继父突然得病在医院抢救，匆匆赶回来，站在病床边看着这个无血缘关系、却能牵动自己让自己心痛的人，轻声地叫：粟爸。继父表情安详，听到叶黎的声音禁不住挪动了一下身子，回来啦，叶子，

他努力地睁着有些困倦的眼睛，声音沙哑：那些麻药还没有完全褪去。

心梗突发，太吓人了。矮壮的表舅在旁边搓着厚墩墩的手说，要不是那天我正好过来，送医院及时，后果真的不堪设想。叶黎蹲下去，握了握继父的手，彼此传递着温热。

好好养病，我照顾你。叶黎拉了拉继父身上的被褥，却赫然看到她震惊而感动的一幕。继父的胸前文了母亲和她的名字。那么这么多年，她们一直就在他心上。叶黎咬着嘴唇控制着不让眼泪决堤。

继父并未注意到叶黎的表情，依然自顾自地说，不要在这里停留太久啦，你研究生刚毕业没多久，好不容易找到合适的工作。

那又怎样，都没粟爸你重要。叶黎有些撒娇地拍了拍继父的胳膊，妈妈没了，粟爸可不能没了。我和瞬快要结婚了，以后还要孝敬粟爸呢。

继父终于好转出院。身体看起来依然强壮健朗，在这个秋天的傍晚，幕镇的霞光格外美丽，所有的一切都披上了绚丽的色彩。继父拾掇了一桌菜，将表舅和表舅妈也邀请过来，喜滋滋地大声说：今天我们庆贺一下，我们的叶子就要结婚了，以后有人替我操心了，继父说着打开几瓶啤酒，啤酒花呼地蹿出来，杰仔用肉乎乎的手粘来粘去地玩，刚烫了泡面发型的表舅妈，穿着大红的紧身连衣裙，笑容可掬地迎合：是得好好庆祝嘞。

当众人端起啤酒杯要碰杯的时候，继父突然拿起杰仔的可乐说，身体不允许啊，我还是不喝酒了，可乐代酒。

爸爸怕死喔。杰仔吐着舌头说。

爸爸是怕死呢，因为爸爸有牵挂，姐姐和你。姐姐马上结婚了，爸爸要准备嫁妆，还要等着当外爷呢。

叶黎笑而不语。什么嫁妆？杰仔问。继父一把抱过杰仔，就是姐姐出嫁时，爸爸要送的东西啊，礼金啊。杰仔瞪着乌溜溜的眼睛看着爸爸，看着他溢满的慈爱。

爸爸和你们的妈妈螺妹结婚时，可是答应过螺妹的，姐姐结婚一定要给份厚重的嫁妆的。

正在这时，耳边飘进蝉们嘹亮的声音，好像在开一场盛大的音乐会。

很久没有听到它们了，叶黎说。

其实它们的声音一直都在。继父粟微笑着看声音传来的方向。

短篇小说

出逃的罗赛

　　书房背阴，双层窗帘遮得严严实实，也没开灯，光线有些暧昧。

　　这种氛围，很适合罗赛的心境，也很适合这篇小说。她写作时喜欢置身于幽闭的空间，眼不见，心不乱，思绪如天马行空，畅通无阻。下午写得很顺，故事马上要进入高潮了。她停下了。这也是她的写作习惯，在最顺手的地方驻笔，再写时更容易接续。

　　罗赛走到窗前，拉开窗帘。哗，阳光水一样泼进来。其实算不上阳光，是对面窗子的折射，但她还是听见泼水一样的声音，哗。

　　夕阳平射着对面的楼房，那栋楼整体粉红，像一块宝石，阳台上的一块块玻璃，像宝石的切面。只有一家阳台的窗子是敞开的，那对老夫妻如期出现了——一张小圆桌放在两人中间，上面是个小巧的茶船，一壶两盏，老先生拎茶壶往茶盏里注茶，似乎能听到泠泠水声。老先生端起一盏茶，双手递给夫人；老夫人双手接了，举起来，与先生照了一下，各自抿了一口，意味深长。

　　罗赛想到一个成语：举案齐眉。

　　下午茶几乎是老夫妻每天的必修课，从罗赛搬到这个小区，每天都能看到这温馨的一幕。她常想，老人不知有何妙招，让他们的爱情有一辈子的保鲜期。

　　这日子，罗赛和辛利也有过，在婚后最初的日子。不同的是，他们的爱不像茶，像酒，高度烈酒，沾唇就醉，见火就着。不是说老酒新茶吗？酒应该比茶有更长的保质期，怎么两年不到，他们的日子就成了温吞水呢？

罗赛和辛利相识在澳州。那时，她在深圳一家灯具公司做售后服务，老板把生意做到世界各地，她的脚步就得跟到世界各地。可那次在澳州，一个技术问题硬是三四天没拿下。焦头烂额时，辛利出现了，仅用了半天时间，问题就解决了。交谈中，她知道辛利也来自深圳，不过在另一家公司。辛利帮罗赛解决了难题，才开始他自己的业务，问罗赛愿不愿意等他一起回国，罗赛欣然应允。她巴不得多玩几天，更何况十个小时的返程正好有个旅伴。接下来的几天，罗赛天天跟在辛利身边，一来投桃报李，感谢他为自己解决了业务难题，二来想跟他学点儿技术。还有其他原因吗？罗赛偶尔也暗自发问，这一问就发现了心中的秘密——她喜欢上辛利了。这个高大英俊的男人，脸庞棱角分明，眼睛深邃，鼻梁高挺，唇角总带着自信的微笑——很符合她的审美标准。魏林就是这样貌，不过跟他已分手一年多了，罗赛正在感情空窗期。辛利呢，也说了他的过往，结过婚，又离了，有个十三岁的儿子，跟前妻一起生活。这都没有成为他们感情的障碍，相反，一种同病相怜的感觉，让他们越走越近了。

等辛利把业务忙完，两个人才有了闲暇和闲情去玩。他们选的第一个景点，是位于堪培拉市中心的卡金顿小人国公园。

五月的堪培拉正值深秋，卡金顿小人国公园到处都是枫树和梧桐，红如火，黄似金，艳得耀眼，徜徉其间，如同走进了英国约克郡乡村小镇。所有景观都按1：12缩小，但缩而不简，河流、湖泊、庄园、城堡、铁路、火车、足球场，以及微缩院落和人偶，神态自然，表情丰富，过着各得其所的日子，而其中的花草却是真实植物，虚虚实实的，像个童话世界。

中午时分，淅淅沥沥地下起了小雨。辛利脱下夹克，披到罗赛身上，让她稍候，自己朝远处跑去。

罗赛站在一处廊檐下，对面的教堂，正在举行婚礼。新郎西装革履，新娘身披婚纱，他们在教堂门口，接受亲朋好友的祝福。虽然是缩小的雕像，但栩

消失的顿河

栩如生，仿佛能听见人物的欢声笑语。罗赛心想，假如她跟魏林没有分手，也该步入婚姻殿堂了吧？可不知何故，魏林突然消失了，甚至没一句解释，就那么莫名其妙地抛弃了她。不信他就那么走了，可他偏偏就那么走了。倒也没有痛苦到寻死觅活的地步，对于这种莫名其妙的抛弃，她好像有了免疫力，二十五年前，她不就是这样被父母莫名其妙地抛弃的吗？

正这么胡思乱想，辛利远远跑过来。他身上的 T 恤已经湿透，却一点看不出冷的样子，周身冒着热气，人好像在熠熠发光；他手里拿着一把玫红色雨伞，像一个发光体降临到罗赛面前；他把雨伞高高擎到罗赛头顶，嘭，雨伞打开，无数玫瑰花瓣缤纷而下，瞬间包围了罗赛。

等罗赛清醒过来时，已经热泪纵横了。她整个身子投到辛利的怀抱，恨不能化到他身体里。辛利一手擎着伞，一手拥着她，轻轻地说，我爱你，罗赛，嫁给我吧。罗赛仰起脸，一片玫瑰花瓣盖住了她的眼睛，她看到满世界都是玫红色的爱情。她拉起他的手，朝对面教堂跑去。他们对着那座小教堂，如同面对慈爱的天父，许下了庄严的承诺：

不论富贵贫贱，不论健康疾病，不离不弃，同甘共苦，忠诚一生，直到永远！

他们说了同样的话。

从那一刻，他们就是夫妻了。

回国以后，辛利给罗赛补了一个隆重的婚礼，也领了结婚证，无论是世俗上还是法律上，他们都名正言顺地步入了婚姻。不久，又相继离开原单位，开办了自己的公司，还是老业务，轻车熟路，做得风生水起。不想疫情突如其来，公司业务陷入了停顿。辛利每天还去公司，也只是撑下门面；罗赛待在家里，每天照例打开邮箱，却不见一份订单，无所事事，便在"起点网"注册了账户，写起网络小说。不为名利，只为打发无聊的日子。

屋门响了一声，辛利回来了。他换了拖鞋，走进客厅。"罗赛。"他叫了一声，没人应答。推开书房门，见罗赛站在窗前，呆呆地望着窗外。

"发什么呆啊，我那么大声都没听到？真不知你整天想些什么……"辛利语气中有了不满。

罗赛转身，冲辛利笑了笑。

"这个样子站在窗前，也不怕别人看见。"辛利皱起眉头。

"我这个样子怎么了？"罗赛不高兴了。

"穿个睡衣，袒胸露背的，像什么样子……"

"我在自己家，碍别人什么了？"罗赛叫起来，"没事找事不是？别忘了是谁给我买的睡衣。"

这件藕荷色真丝睡衣，束腰、低胸，垂感很强，显山露水，把罗赛的身材衬得婀娜多姿。当初辛利买回来时，曾夸她穿这睡衣漂亮性感，她恨不能一天24小时都穿着。

辛利哼了一声，说他午饭吃得晚，晚上不吃了，便出了书房。

罗赛发了会儿呆，重又坐在电脑前继续写作。等她写完一章，上传更新后，卧室已传来辛利的鼾声。

早晨，罗赛淘了半碗米，又抓了一把绿豆、几片百合，想做绿豆百合粥。很久没这么认真准备早餐了，通常都是牛奶、面包凑合，今天她想认真一回。公司境况不好，辛利心急上火，她想用药膳给他调理一下。

粥熬好，又炒了一盘芥兰，煎了两个鸡蛋，去叫辛利吃饭时，床上却没人了，客厅、卫生间都没有人。辛利，辛利吃饭啦。罗赛叫了两声，没人应。走到茶几旁，看见一张便笺：

亲，上午约了个客户，我上班去了，你自己吃饭吧。爱你。

餐厅挨着厨房，辛利宁愿留下便笺，也没当面告知一声。便笺上的字龙飞凤舞，虽然前亲后爱，显然是在应付。罗赛叹了口气，这是有多么厌倦啊，连说话的愿望都没有了……

打开窗户，看见对面那对老夫妻正在阳台上用早餐。老先生给太太喂一勺饭，老太太给丈夫夹一口菜。互相喂食时，满脸都是笑，满眼都是爱。对面房子的结构跟罗赛家一样，不知为何老夫妻却要把早餐和下午茶搬到阳台上，满世界撒狗粮吗？从外表看，他们已有些沧桑，应该是金婚、钻石婚了吧，他们是怎样让爱走到了永恒呢？

罗赛感慨一番，转身进了厨房，把电饭煲端到餐桌上，盛了一碗粥；想了想，又盛了一碗，放到对面。她用调羹舀了一勺粥，放在嘴边吹吹，甚至用嘴唇试了下温度，这才送到对面；仿佛看到辛利微笑着，吃下了那勺粥；然后，对面的辛利也舀了一勺粥，同样放在嘴边吹吹，同样用嘴唇试了下温度，朝这边送过来……就这么，罗赛想象着辛利坐在对面，他们一递一送地吃着早餐。她把他们想象成了那对老夫妻，她想到了他们几十年后的幸福生活。

一碗粥吃完，罗赛才从幻想回到现实，却发现面包一口没吃，菜也一下没动。默默坐了一会儿，懒得收拾，就进了书房。

打开邮箱，有十几封未读邮件，粗粗看了标题，把垃圾邮件一一删除，对那些毫无意义的邮件，做了毫无意义的敷衍。忽然看到姐姐罗谊的邮件，就打开了。罗谊问了她这边的疫情，最后提醒这个礼拜天是父亲节，让她别忘了安慰一下老爸。

罗赛的心突然痛了一下。每每提及父亲，她的心都会痛一下。这种痛从她懂事起就有，她明白她也有爸妈，不明白的是，别的孩子都跟父母生活，她的爸妈却在遥远的宛城，而她和奶奶生活在偏僻的乡下。隔段时间，爸妈也会来看她，匆匆地来，留下些吃的用的，又匆匆而去。再大一点，还知道她有个姐姐，叫罗谊，同样不明白，为什么爸妈把罗谊留在身边，却把她送到乡下。后来她明白了，这叫抛弃。虽然爸妈有各种借口，但改变不了她被抛弃的事实。

每每想到罗谊独享父母的宠爱，过着城里人优渥的生活，罗赛就会心痛，同时也暗下决心，一定发奋努力，考上大学，回到城里，回到父母身边，像罗谊那样花枝招展地生活。上初中那年，父母把罗赛接到了身边，她却一点没有家的感觉。在乡下，她知道那不是自己的家；到了宛城，却又像住亲戚家，没有归属感，像一只非禽非兽的蝙蝠，慢慢地，就养成了孤傲、冷僻的性格。高考后为了远离父母，她上了兰州大学；大学毕业，父母想让罗赛回身边，她拒绝了，奋不顾身来到这座南方城市。父母退休了，也渐渐老了，他们的关系才有所缓和。好像时光是一种棉垫，虽然柔软，但终究有一层若有若无的隔膜。

现在，罗谊提到父亲节，勾起罗赛心中的往事，不免又是一番感叹。

在一家成衣店，罗赛给父亲挑了一套西装。正待付款时，一个熟悉的身影从门口闪过。罗赛心里轰一下，着火了，来不及跟店员解释，转身冲了出去，却被一辆慢腾腾的货车挡住了脚步和视线。等货车过去，那身影却不见了。罗赛凭着感觉追过去，转过一个街角，那个身影又出现了，他进了一家茶餐厅。

罗赛跑了两步，也跟了进去。

还没到饭点，茶餐厅没什么客人。那人坐在一个角落，背对门口，正慢慢地喝茶。罗赛选了靠近门口的位置，坐下来。能看到他的侧影，虽然是一个侧影，她也能一眼认出——魏林，那个她热恋过、又冰冷地抛弃她的人。他抬腕看看表，顺势把手插进浓密的头发，揉搓一下，停住了，就那么支着脑袋，像在等谁，又像想着心思。

对于魏林，罗赛早已淡了感情，之所以心怀耿耿，只是想知道他当初为何不辞而别。凡事都有因果，有因无果，或有果无因，终归难以释怀。三年多了，这根刺一直卡在她喉头，吞咽不下。现在，魏林就在眼前，罗赛没上前质问，是不想让他感到突兀，她宁愿坐在门口，等一次不期而遇，也等一个结果。

这家茶餐厅曾是她和魏林经常光顾的地方，因为在公司附近，每天下班后他们会来这里用餐，然后去看一场电影，或者牵手去滨河路散步，然后各自回家睡觉。最后一次是周末，他们约好在这里会面，罗赛一直等到中午，都没见魏林的人影。她去了他的宿舍，同事说魏林两天前就辞职了。罗赛猛地愣住了，等她回过神来，才意识到一切都是预谋，魏林突然辞职又不辞而别，是不想与她纠缠。她两天没有上班，蒙在被子里想破了脑袋，也没想明白为什么。两天后，一切如常，照常上班，照常下班，照常国内国外去处理售后问题，直到辛利出现。

正这么想着，抬起头，见辛利站在马路对面，一边打电话，一边瞄着这边的茶餐厅。没错，是辛利。罗赛怀疑她被辛利跟踪了。可恶！她心里骂了一句，起身离开卡座，她要看看辛利搞什么鬼，莫不是要来一场螳螂捕蝉、黄雀在后的游戏？

罗赛走出茶餐厅，招着手，喊辛利的名字，辛利却上了一辆出租车，很快融进车流，远去了。她惦记着餐厅里那个人，转身往回走。到了餐厅门口，那人正好出门，差点撞个满怀。那人连连道歉，却不是魏林。不过太像了，身材、脸形、举手投足，真的太像了。她一时窘得手足无措，像做了见不得人的事。那人见罗赛这个样子，问她怎么了，要不要帮忙。罗赛醒过来，摆摆手，逃也似的离开，走出老远，仍然脸热心跳，像做了一场梦……

罗赛在街上闲逛了一天，直到傍晚，才回到小区。

楼前有两棵玉兰，玉兰花大朵大朵地在枝头绽放。早春时节，玉兰花曾开过一遭，眼下是又一个花期。相比之下，罗赛更喜欢春天的玉兰，那时万物休眠，只有玉兰花默默开放，没有叶子陪衬，那种孤傲幽怨，很合她的性情。

自家窗子亮着灯光，鹅黄色的轻薄窗纱，有种似是而非的感觉。她深吸一口气，走进门洞，上了电梯。电梯的镜子，照着她憔悴的脸。逛了一天，像在沙漠里经过长途跋涉，着实有些疲惫。她努力笑了笑，让自己恢复常态。

刚进家门，辛利微笑着迎上来，接过罗西的包放到鞋柜上，说："妈从老家来了，快，换鞋吃饭。"

罗赛换了拖鞋，转过玄关，看到婆婆正往餐桌摆放饭菜，随即打了招呼："您来了……呀，咋好意思让您下厨呢……"说着赶忙上前帮忙。

"你也是的，不想吃就少做些，剩这么多饭菜……"婆婆喋喋不休地数落，"辛利挣钱不易，要学会勤俭持家。"

婆婆把罗赛早上剩的粥和菜都给热了，煎蛋有些焦煳，芥蓝蔫而发黑。罗赛皱起了眉头。她一向不吃剩菜，不全是因为亚硝酸盐什么的，从小她就穿姐姐剩下的衣服，玩姐姐剩下的玩具，她对二手货天然抵触。

辛利和婆婆坐并排，罗赛坐在对面。忽然有种恶作剧的念头，就夹了一筷芥蓝放到婆婆碗里，又放了两个焦煳的煎蛋，脸上满是做出来的热情："妈，您多吃点。"

"你们也吃啊。"婆婆谦让着，"罗赛，看你瘦的，就你这小身板，啥时候能怀上孩子。"

"这跟怀孕有啥关系？"罗赛辩解。

"咋没关系？老话说，胸大腰粗屁股圆，不生一营生一连。"婆婆嚼着菜，发出很响的声音，"我都这个岁数了，急着抱孙子呢。"

罗赛撇了下嘴，没再说什么。她一口菜没吃，只喝了小半碗粥，说自己吃好了，起身进了卧室。

外面，辛利帮婆婆收拾餐具，一边说着体己话。婆婆耳朵有些背，他们说话的声音很大，都是老家的事，说到开心处，母子俩都笑起来。罗赛听着很刺耳，她觉得人家母子是一家人，自己倒成了多余的那个。

她忽然有些想家了。

罗赛很少主动想起父母，而父母也总是被动地出现在她的生活里。比如，该交学费了，或是家里米面不够吃了，奶奶会说，你爸不会不管我们了吧？这时父亲才会出现，送来吃的花的。后来，她回到父母身边，但宁愿待在学校，也不想回家。父母是属于姐姐一个人的，从小到大，罗谊独享父母的恩宠。他们退休后，父亲替罗谊管理薰衣草庄园，母亲则替罗谊打理市区的花店。这让罗赛感到她仍然是个被抛弃的人……

辛利进来了，随手关上卧室门，三下五除二脱了衣服，在罗赛身边躺下。

消失的顿河

罗赛翻个身，给他一个后背，也拉开了两人的距离。辛利往罗赛身边挨过去，那意思很明确，他想了。罗赛又躲了一下，那意思也很明确，她这会儿不想。辛利不甘心，又挨过去，把手搭在罗赛身上。罗赛把他的手拿开，他再次搭上去，又拿开，又搭上，死乞白赖的样子。他此刻有所想法，并要付诸行动。

罗赛恼了，坐起来："你咋这样啊？"

辛利说："不这样能有孩子？"

"咋就那么想要孩子？"

"我妈想抱孙子呢……"

"想抱孙子回你老家！"

辛利有个儿子，离婚时判给了他前妻，在老家生活。罗赛见过一次，十三岁，却人高马大的，怕老太太也抱不动了。但罗赛不想生，她觉得她还是个孩子，没能力去带另一个孩子。她用脚找到拖鞋，走出卧室，进了书房。

打开"起点网"，发现更新的小说后面已经跟了许多帖子，但涨粉不多，总数还不到两万。罗赛并不灰心，也不着急。她没想当网红，更没想当作家，纯粹是消遣，最多是为了忘却的纪念，为祭奠她那段夭折的爱情。

她刻画了一些与韦令有关的子虚乌有的情节。为什么这样呢？罗赛自己也说不清，但或者是对目前压抑生活的一种反叛吧。只是觉得写出来后心情轻松了不少。但不知何时，辛利走了过来，突然一把将她抱在怀里……

很久没这么酣畅淋漓了。罗赛知道与疫情有关，生意不好，辛利不是莫名其妙地发火，就是意兴阑珊，好像他们的生活也染上了病毒。刚开始罗赛还劝辛利，都是暂时的，别人能过，我们也能过。可辛利总是打不起精神，慢慢地，罗赛也没了心情，一头扎到网上写起小说，半是倾诉，半是幻想。

"辛普，辛普，你们还好吗？"

罗赛转过头，是辛利在说梦话。辛普是他儿子，但他问的是"你们"，显然包括他前妻。疫情铺天盖地，这种担心是人之常情，可罗赛还是叹了口气。

清晨，罗赛醒来，辛利一脸坏笑地看着她，说："今天你的小说可有的写了……"

　　"为什么？"罗赛问。

　　"昨晚有素材了啊，就那么写，现实主义，最好是自然主义。"

　　"流氓。"

　　"其实你也不缺素材，昨晚写的那些就很真实嘛。"

　　"你偷看我的小说？"罗赛的笑容僵住了。她想起昨晚沉浸在写作中，并被小说情节带动时，辛利可能早就站在她身后了。难怪他几乎强暴一样把她从小说拖进现实，实践了小说里的细节。

　　"什么叫偷看啊，你不就是想展示你们的生活吗？"辛利还是坏坏地笑。

　　"你们？"罗赛问。

　　"不就是和你的前男友那段香艳往事吗？"辛利带着醋意，看着已经脸色通红的罗赛。罗赛定定地站了一会儿，然后愤然地骂了两个字："无耻！"便抓起衣服，飞快地穿上，飞快地冲出卧室。

　　早餐已做好，放在餐桌上，被瓷碗扣着。

　　"饭好了，你们先吃，我把几件衣服洗了。"卫生间传出婆婆的声音，"不知这日子咋过的，衣服沤烂了也不洗。"

　　罗赛皱了下眉头，走向卫生间，准备洗漱，一进门就叫起来："呀，有你这样洗衣服的吗？"

　　"叫啥叫？知道有洗衣机，不用电啊？用电不花钱啊？"婆婆头也没抬，嘟囔着，"整天闲在家里，也不怕生锈，洗件衣服能累死？"

　　面盆里泡着衣服，还有几个盆子，罗赛洗屁股的盆子，她和辛利洗脚的盆子，外衣和内衣，深颜色和浅颜色的衣服，一股脑儿泡在一起。

　　"那也不能这样洗啊……"

　　罗赛上前，一把推开婆婆，把外衣挑出来，扔进浴缸。动作很大，水花四溅，婆婆用胳膊挡着脸，趔着身子躲。罗赛顾不得这些，又把深颜色和浅颜色

的衣服分开。她那条纯白丝裙已染成杂色，像豹子皮。

"这还能穿吗？"罗赛快要哭了。

"呀，呀，"婆婆懊恼地叫着，马上意识到自己身份，提高了嗓门，"算我多事，算我贱，出力不讨好啊……"

辛利听到动静，急忙跑进来，正要发火，看到眼前情景，改口说："算了算了，多大事啊。"又对他妈说："您老远过来，咋能让您干这些活儿呢……走，走，先吃饭。"

推着他妈出去了。

罗赛关了卫生间，靠在门上，一时有些恍惚。眼前的事很熟悉，像昨晚的梦。但她知道不是梦，是十五年前的真实经历。那时，她刚回父母身边，一切都陌生而隔膜，像个外人。那天，父母还没下班，罗谊在外面玩耍，罗赛看到几件脏衣服堆在卫生间，就自作主张洗了起来。这本不是十三岁孩子该干的活儿，可她太想融入那个家了，太想讨好父母了。也是这样，内衣外衣、各色衣服混在一起。正洗着，罗谊回来了，看到被她染了杂色的裙子，哇的一声哭了。结果如同今天，母亲骂她多事，骂她贱；不同的是，父亲带着罗谊去买了一条新裙子。

辛利会再给她买一条裙子吗？

罗赛从卫生间出来，辛利母子已不在家里。早餐原样扣在餐桌上，可能为了避免尴尬，他们去外面吃了。罗赛一点胃口也没有，在客厅站了一会儿，又没心情写小说，就拎了小包，出门了。

昨夜下了雨，把天空洗得透亮，阳光也分外热烈。

小区大门两边，是一些门面房，卖烟酒、百货和各类小吃。她不想撞见辛利母子，就朝马路对面的小树林走去。

树林里空气湿漉漉的，有人在散步，有人在打太极拳，还有鸟儿在枝头鸣唱。罗赛看见了住在对面的夫妻。老先生站在一棵树下，笑着朝附近的老夫人招手。老夫人脸上漾着笑，朝老先生走去。刚到树下，老先生猛地摇了下树干，然后飞快地躲开。树叶上挂满昨夜的雨水，纷纷落下，浇了老夫人一头，她像受惊的狗打了个激灵，抖着头发，骂丈夫老不正经。老先生高兴得哈哈大笑。

罗赛也笑了，为他们孩童似的顽皮。

走出小树林，老夫妻的笑声犹然在耳。罗赛有种怅然若失的感觉。回头望去，只能看到小区楼房顶端，一个个窗子，像挂在树梢的鸟笼。她忽然有些侥幸，觉得自己像逃出笼子的鸟儿。

一辆出租车开来，罗赛招手，上车，跟司机说去火车站。

到了火车站，却发现无处可去。她原本也没打算去什么地方，火车站是一个象征，站牌上每一个闪光的地名，虽然具体，却与她毫不相干。忽然听见有人骂：跑什么，急着投胎啊！是一个女人在骂她的孩子。虽然是骂人的话，却让罗赛心里一暖——妈妈曾这么骂她，姐姐也曾这么骂她，但十几年过去，加上天各一方，真像投胎轮回一样，这句话竟有了温度。她几乎没犹豫，买了去宛城的车票。

车上人不太多，罗赛找到位置坐下。火车亢奋地叫了一声，缓缓启动，渐渐加速。

对面是一对情侣，女人将头靠在男人肩上，男人温柔地揽着女人，下巴轻轻抵在女人头发上，来回摩擦。罗赛流露出艳羡的目光，想到自己和辛利貌离神合的婚姻，再度沮丧起来，便扭过头，看向窗外。

城市飞快地退去，田野扑面而来，一方一方的稻田，像一帧帧书页。生动的，乏味的，那些经历的故事，都被岁月的手指翻过去了，等在后面的，是不可预知的章节。

百无聊赖之际，罗赛打开手机，进入"起点网"，却发现《迷途》已经更新了。她记得昨晚就写了一点，并没上传啊，怎么会有更新呢？仔细看了，确是昨晚刚写的内容，而且被人篡改过，男主"韦令"的名字换成了"申力"。魏

消失的顿河

林，"韦令"；辛利，"申力"——罗赛突然明白了，是辛利。想起昨晚他偷窥她写作，之后又激情澎湃地演绎，想起早上他一脸坏笑和充满揶揄的话，罗赛肯定是辛利进行了篡改和更新。

混蛋！罗赛愤怒地喊出了声。

那对情侣都被惊得直起身子，不解地看着罗赛。罗赛意识到失态，抱歉地挤出一个笑。男人回了一个笑，随即又把女人揽在怀里。

罗赛摸摸有些发烫的脸，低头继续看手机。有大量跟帖，或称赞她文字优美，或欢呼她大胆细腻，也有人发出猥亵的回应，还有人对男主的名字质疑……她有选择地做了回复。

辛利吃醋了。她想。

魏林能看到吗？他也会吃醋吗？

辛利大魏林十来岁，却更浪漫，更率真，有时像个幼稚的孩子；魏林显得更沉稳，心事比话多，一旦做出决定便义无反顾。她拿不准喜欢谁更多一些，假如跟魏林结婚，是不是也会把日子过成温吞水？

罗赛将麻木的腿换了个姿势，合上酸涩的眼睛，不一会儿竟沉沉睡去。

醒来时，火车正在减速，天边燃起盛大的晚霞，那是一天最后的狂热，天色终于暗了。远处的灯光次第逼来，罗赛知道宛城到了。

门铃刚响了一声，就开了。

罗谊站在玄关，头发湿漉漉的，着一袭真丝浴袍，略显丰腴的身材，倒也凸凹有致。

"又不是迎接情人，还特意沐浴啊？"罗赛笑着说。

"想得美，下午去花圃干活儿了，一身臭汗。"罗谊给罗赛拿了双拖鞋，"先洗澡还是先吃东西？"

"先洗。这一路风尘，都快馊了。"罗赛把包扔到沙发上，进了卫生间。

拧开花洒，任急骤的水流打在身上，罗赛感到一种彻底的释放。这套房子父亲退休前一直住着，她和罗谊都生在这里，长在这里，每一个角落，都记录着她们的成长史。不同的是，有十多年，罗赛去了乡下，她的成长被掐去了一截，直到初中才又续上。那时候，姐妹俩经常为洗澡、解手争夺卫生间，往往都是罗赛妥协，把优先权让给罗谊。所以，罗赛跟辛利结婚时，坚决买了套双卫的房子。

门开了条缝，一件真丝浴袍递进来，罗谊在门外说："新的啊，你洗完穿上。"

罗赛接了，挂在门后的衣帽钩上。她心里暖了一下，想起一桩往事。那天，罗赛闹肚子，罗谊却霸着厕所不肯相让，等她出来时，罗赛已拉了一裤子。奇怪的是，那次罗谊终于有了姐姐样，不但给罗赛洗了屁股，还给她洗了衣裤……

洗完澡出来，罗谊已把饭弄好。姐妹俩坐在餐桌旁，浴袍的花色、款式一模一样，宛若两朵并蒂的玉兰。

"姐，你越来越像咱妈了，除了眼睛像爸。"罗赛说。

"咱俩正好相反，你更像咱爸，哦，应该说像奶奶。"罗谊说，"奶奶年轻时一定很美，跟你一样漂亮。"

罗赛笑了一下，奶奶年迈时也依然很美。父亲遗传了奶奶，她遗传了父亲，所以从小邻居都说她比罗谊漂亮。但她却一直为此懊恼，她甚至嫉妒罗谊，认为罗谊长得像母亲才留在父母身边，而她长得像奶奶才被送到乡下。

"漂亮有什么用，还不是一样被爸妈送走？"罗赛说。

"你个没良心的，这能怪爸妈？计划生育呀，超生要丢公职的呀，谁叫你生得晚了，总得有先来后到吧？"罗谊打开扣着的盘子，是煎饺。"你看，妈知道你回来，特意包的茴香馅饺子，我刚刚给你煎了。"

罗赛喜欢茴香馅饺子。她回城的第一顿饭，就是茴香馅煎饺。她先叫了一声，哇，什么馅呀，太好吃了！又叫了一声，爸，你们城里人真享福，饺子还要煎了吃啊！其实她不知道，那天她没赶上饭点，饺子是头天剩下的，母

亲才给她煎了。父亲流泪了，说真该让小赛早点回来，这点见识以后咋在城里生活嘛……

"爸知道你喜欢吃茴香馅煎饺，每次包饺子，都说，要是小赛在就好了；每次妈都会流泪，说小赛可怜呢，吃个煎饺，都高兴得尖叫；而我，每次都吃你的醋，觉得爸妈偏心。"罗谊喋喋不休地说。

罗赛心中泛起一股暖流，问："爸妈呢？"

"爸吃住都在花圃，他喜欢那边的环境。妈在花店，晚上住店里。"

罗赛心中的暖流退潮了，看来父母还是偏爱罗谊。这些年罗谊做鲜花生意，除了向全国各地发售鲜花苗木，市区还有个花店。花圃由父亲打理，花店由母亲经营，他们完全成了罗谊的雇工。

"你这么清闲，怎么不谈个恋爱？"罗赛一语双关。

"是催我恋爱，还是说我清闲？"罗谊洞悉了罗赛的心思。

"都是吧。闲情逸致，没有闲，哪有空恋爱？别像我，着急忙慌找个人嫁了，结果弄成这个样子。"

"你呀，又吃醋了。你觉得爸妈都在帮我是吗？花圃那边，爸与其说去帮忙，不如说是休闲。至于花店——"

罗谊起身走进卧室，很快又出来了，手捧一个铁皮盒子，打开了，拿出一本营业执照，说："你自己看吧。"

营业执照上，花店的法人竟是罗赛。

"怎么是我的名字？"罗赛奇怪地问。

"花店本来就是你的啊。"罗谊说，"我原本只有那个花圃，妈说她闲着没事，要开个花店，后来才知道是给你开的。"

罗赛喉咙有些哽。她艰难地低语："我一直认为我是不被待见的……"

"是你不待见我们，不待见这个家，所以你一直在逃离，上大学、找工作，离家越来越远，就像你的小说。"

"你看过我的小说？"

"都看了。爸妈看一次哭一次，然后顶格给你打赏，说从小亏了你，要给你补偿。"

"老男孩儿是爸爸？"罗赛想起经常给她顶格打赏的"老男孩儿"。

"还有妈，也有我。"罗谊说，"你只觉得爸妈亏欠了你，却不知这亏欠成了他们一辈子的负担；你只想着逃离这个家，却不知他们也老了，也需要陪伴。你把这些写出来，发在网上，你释放了，可他们呢？那些文字，像锥子一样扎他们的心。"

罗赛羞愧得无地自容。父母把她送到乡下十三年，她用各种方式伤害了父母十三年。所谓的遗弃是她的误解，甚至是恶意曲解；父母一直在弥补，而她一直在报复。

"你们怎么知道我写小说？"罗赛问。

"辛利说的，他希望你跟爸妈消除误会，达成和解。"罗谊说，"辛利真的不错，纯真，善良，你不该把你们的生活矛盾也写进去，还那么夸张。"

"他有那么好吗？整天钻在钱眼里，动不动就甩脸子，发脾气，根本不考虑我的感受。"

"你考虑过他的感受吗？两年多疫情，谁都不容易，公司亏损，辛利的心情能好吗？还有你跟魏林的糗事，能写吗？看了都让人脸红。"

"那是小说啊，虚构的啊……"罗赛辩解。

"没有经历你能虚构出来？"罗谊问，"就算是虚构，你让辛利怎么想？"

罗赛想到昨晚写的章节，想到辛利的篡改，不由脸红了。实际上，她跟魏林恋爱那段时间，还没到实质性阶段，那些甜蜜和幸福，差不多是她和辛利一起生活的翻版，那些浪漫和激情，几乎都是她的臆想。她把白天和夜晚、现实和梦境弄颠倒了。曾经以为得不到父母的爱，才从原生家庭出逃，如今以为得不到辛利的爱，又从婚姻中出逃。是自己太贪了吗？

"妈知道你们生意不好，让我把这个给你。"罗谊从铁盒里拿出一张银行卡。

"这是什么？"

"花店这几年的盈利，你拿去吧。"

"这是妈的辛苦钱，我不能要。"

"花店本来就是你的，别让妈伤心，拿着。"

罗赛咬了下干燥的嘴唇，泪水模糊了双眼。她看着面前的营业执照和银行卡，看着熟悉的房间和房间里熟悉的一切，心里的梦魇倏忽消失了。

这时，有轻轻的敲门声，罗赛和罗谊对视了一眼，问："谁？"

"我。"门外传来辛利的声音。

莫兰的园子

一

夏季到来时，莫兰的园子达到了空前的繁盛。

香樟树叶浓密而发亮，细碎的米粒般大小的浅黄色小花缀满枝头，在篱笆的一角静静地看着院子里的热闹场景——黄瓜秧苗伸出柔软的藤蔓爬上了细竹竿搭起的架子，黄瓜绿莹莹地从架子上垂下来，还有些黄色的花朵仍然在前赴后继地开着；番茄红红的脸蛋在太阳下越发光泽油亮；生菜和苋菜整齐而茁壮地渲染着季节的风情；小葱、芫荽和青椒的香气，被高温蒸发出咄咄逼人的味道；当然，还有一片花纹西瓜也不甘示弱，浑圆饱满，等待人们享受它们的蜜汁。蔬菜占据了后院多半，还有一少半，种着薰衣草、栀子和玫瑰，紫色的、白色的以及红色的花，绚丽多姿。而外围半人高的篱笆，早已被蔷薇垄断，那些粉色的小花朵开得绵密且忘我，一阵风吹过，暗香浮动。

"它是莫兰的。"我父亲说。

开春时，我父亲将后院无序的杂草和石块清理出来，又从附近的竹林里砍来竹子，扎成一圈篱笆，围成了这个椭圆的园子。

当时，我刚刚放学，正想叫几个伙伴在后院玩打仗的游戏，听我父亲这么说，只好打消了这个念头。莫兰脸上挂着喜不自胜的笑容，拍了下我的脑袋，

从篱笆的门口进去，蹲下身子，双手轻轻地捧起一把泥土，放在鼻子下面闻着。从她的背影来看，她的笑容想必如附近的水池里的水波一般，一圈圈地荡漾着。

这是我长这么大，第一次听到父亲认真地指定一件事物给莫兰。

除此之外，早上饭桌上唯一一枚煮熟的鸡蛋，晚上土炕上烂了好几个洞的凉席，抽屉里裹满污垢的不知什么年代的银饰，箱子底那个软塌塌的存折，一切好吃的、好玩的、有用或不太有用的东西，我父亲都会指着说："这是莫为的。"他甚至还想把家里那三间破旧的瓦房也指给我，终究没好意思。因为他拿不准莫兰能不能嫁出去，如果她嫁不出去，总还要有一个落脚的地方。但那匹有着光滑皮毛的黑色马驹，是属于我的。莫兰多次眼巴巴地看着我被送上马背，小口小口吃着剥好的鸡蛋，她只能吞咽着口水，牵着缰绳，随着马蹄有节奏的声音，走在村子旁的小路上，穿过一条两边是大片玉米地，且开着雏菊的土路，送我到学校。

"莫兰长得可真好看，啧啧，可惜了……"

我总能听到村子里的人这么讲。莫兰听不到的，但她能敏锐地捕捉到人们的表情，她知道人们说的话肯定和自己有关，人们的表情里有欣赏，有同情，还有一丝难以言说的意味。莫兰每次遇到此类状况，就将头深深地勾下去，那根扎了花布帕的辫子在脑后顺势滑到一侧，另一侧毛茸茸的有些发黄的刘海，便簇拥在她晶亮的眸子周围。

莫兰是个哑巴。十哑九聋，她不能说话，也听不到别人说话。

从出生到长大，莫兰除了会"啊啊"几声，吐不出一个字、一句话。尽管她长了一张白皙俊俏的脸儿，但终归是个残疾人。

母亲身体多病，很难怀孕，为了能再生一个孩子，家里整日弥漫着草药浓烈的味道。在莫兰八岁那年，几乎绝望的母亲才艰难地生下了我。我的出生让母亲完成了她的使命，突然有一天，她毫无征兆地离开了我们。

记得那天下着瓢泼大雨，矮小的父亲背着我，拉着莫兰，跌跌撞撞地向水库跑去。我可怜的母亲被人打捞上来，面无血色，眼睛紧闭，僵硬地躺着一动不动，身旁放着一个捞网和一个生锈的铁盆，盛水的盆子里，有三尾小鱼欢快地摆动着尾巴。它们快活什么呢？我望着它们，百思不得其解。莫兰趴在母亲冰冷的身上发出一些我听不懂的声音，却有一种撕心裂肺的痛，泪水和着雨水和泥水浆汁，让她的脸上一片狼藉。老莫也在哭，压抑地，低沉地，但和莫兰一样涕泗滂沱。

"我妈怎么啦？"我被这突如其来的变故惊呆了，扯着父亲的衣襟问。

父亲依旧在哭，好像他无法回答我的问题，只能用哭声搪塞。

莫兰抱过我，将头抵在我的胸前，呜咽着，身子瑟缩个不停。那一刻，我忽然意识到，我再也不能天天晚上躺在妈妈瘦弱的怀里睡觉了。

此后，我、莫兰和我们的父亲，三个人相依为命，磕磕碰碰地行走在食不果腹、衣不蔽体的岁月里。

二

莫村是个偏僻的乡下小村，人字形的房舍高高低低七零八落地散落在树木之间。村子西边的角落，有我家的老房子。人字形的房顶，灰色瓦层层叠叠的，像困乏的睡眼，又像拉坏了的双眼皮；有几处鸡蛋大小的漏洞，在阳光灿烂的白天或月光明朗的夜晚，便会有几束明亮的光直接射进屋里，像从屋顶吊下来的几根崭新的绳子，又像地面蹿上去的几竿新竹。年代太久了，下雨天老屋总是滴滴答答地漏雨。在漏雨的夜晚，我父亲会把莫兰叫醒，拿出灶间的锅碗瓢盆，放在漏雨的地方，大大小小的，屋里像排列着对阵的士兵，雨点打在容器上，如同擂响了助威的战鼓。我睁着眼睛，惶惶地打量窗外雨夜的黑。

莫兰垂下眼帘，昏黄的灯光照着她白皙的脸庞，她轻手轻脚地走到床边躺下来。我凑过去，挨她更近一些。她伸过手揽过我——自从母亲离开我们以后，我天天跟莫兰睡，只有躺在她身边才能睡踏实。

"等攒够了钱就盖个新房子。"父亲自语道。也不完全是自语，他望向身材瘦小头发散乱的莫兰，"唉，可惜啊，你不是男孩子，你要是男孩子就能跟我出去做木工了……"

莫兰不能跟着父亲出去做木工，但她能留在家里照顾我。母亲去世那年，我四岁，她十二岁，从那时开始，洗衣、做饭等一应家务，都落到了她瘦弱的肩上。日子一天天过去，等我上了小学，莫兰已经是大姑娘了，她既是姐姐，又像娘亲，无微不至地照顾着我。但这些好像都填不满她的日子，我看到她经常百无聊赖地从屋里走到院里，从前院走到后院，有时会对着母亲留下的那面破镜子叹气，有时会对着后院那棵香樟树落泪。

后来，我父亲把杂草丛生的后院整理出来，扎上篱笆，把它指给了莫兰——"它是莫兰的"。

莫兰把她的后院变成了一个花园，种花，也种菜。她还在香樟树下用几根竹子半圈起来，上面扯了几根铁丝，搭一个湖蓝色塑料顶棚，里面摆放了父亲做的矮桌和马扎，送我上学之后，她有时在园子里侍弄那些蔬菜花草，有时坐在棚子里做手工活儿。

到处弥漫着牛粪和青草的味道，常有无事的村妇们，坐在村街的树荫下，说着可有可无的闲话，从家长里短到庄稼牲畜，都是她们津津乐道的话题。

"还别说，莫兰园子里的黄瓜脆甜脆甜的，我小孙子特别爱吃。"胖大妈是个粗俗而热情奔放的女人，她不穿奶罩，硕大的奶子随着她的大嗓门来回摆动。"我孙女上火了，尿蜡黄，口腔溃疡，吃不下去饭，去莫兰的院子里摘了几条黄瓜给她吃，嘿，吃了两次居然好了，吃饭也香了。"

"黄瓜败火，顶花带刺的最管用。"女人们说。

我家在村子的低洼处，坐在稍高的地方，莫兰的后院尽收眼底。村妇们有时候中午过来，有时候傍晚过来，对正在生火做饭的莫兰比画着讨要瓜菜。莫兰，这后院都成你的花园了，漂亮死了！她们赞美着。莫兰，你可真能干，看这菜多好，看这花儿多美！她们继续赞美着。莫兰就是一朵花儿呢！她们不但赞美莫兰的园子，也赞美莫兰。莫兰听不到她们说些什么，但从她们的表情来看，知道是夸赞的话。她羞涩地笑了，聪明的莫兰明白她们的意思，放下铲子，麻利地摘几根黄瓜、几个番茄、几棵小葱，或一把青菜，绕过两棵古老的香樟树，走到后院的栅栏边，微笑着将这些瓜菜交给她们。人们连声道谢，满意地拿着东西离开了。

我父亲刚从外面干活回来，看到从后院出来的人，只是淡淡地点一下头。

"老莫，你家的后院真不错啊，莫兰好能干呢。"她们说着，脸上露出艳羡和赞美。

父亲放下手里的木工家什，点一支劣质的烟，辛辣的味道让他咳嗽了几声。

"这些人怎么这样呢？总来我们家寻菜。"我不悦地跟父亲说。

"后院是莫兰的，她做主。"父亲看着莫兰忙碌的背影，淡淡地说。

我当然知道后院是莫兰的，父亲郑重地宣布过这个事实。属于莫兰的东西实在太少了，衣服啊，发卡啊，上学的机会啊，甚至说话的权利，别人拥有的微不足道的东西，莫兰统统没有，她只有这个小小的后院。

后院是莫兰的一小片领地。她种的蔬菜和花草吸引了村子里的公鸡和母鸡们，它们经常不怀好意地凑过来，从篱笆的缝隙中钻进去，双脚忙不迭地在地里刨，然后叨啄刚刚播下的种子。莫兰正在前边不远的地方蹲着，播种父亲为她带回来的花种，一回头发现了掠夺的鸡们，气得满脸通红，赶紧站起身来驱逐它们。鸡们很不情愿地离开园子，却在不远处徘徊着伺机而动。碰上我正在旁边和小伙伴们玩跳山羊游戏的时候，莫兰就走过来拉过我，指着那群站在篱笆边上蠢蠢欲动的鸡，比画着让我看管后院。这可是个艰巨的任务，我双手握着玩具枪，像个巡逻的战士一样，昂首挺胸地在后院的周围走来走去。莫兰又找来些细的棍棒，将栅栏补得密了些。

这是莫兰的领地，莫兰对她的后院比对她自己更上心。送我上学的路上，她左手牵着马，右手提着个篮子，篮子里放一把小铁铲，一边走，一边看向地

面，见到一些牲畜的粪便，会毫不犹豫地铲起来，带回去施到后院的土壤里。天气干旱的时候，莫兰提着水桶，从村里的老井里打了水，一桶一桶提到后院，一瓢一瓢灌溉那些花草和蔬菜。花草和蔬菜们有了营养会长得更好——番茄正在一茬一茬地开花，黄瓜累累地垂挂着，攀爬在栅栏上的蔷薇花像一首抒情诗，狂野而肆意，薰衣草的紫色闪耀着迷人的光芒，玫瑰也舒展了裙摆，大放异彩。

三

我父亲是一个能干的人，除了悉心打理地里的庄稼，获得好收成，他还是一个好木匠，他那双巧手，能做出各种各样的好家具。村里的很多人都请我父亲做活儿，他们拖来一些木料，顺便给我父亲带一条烟，或者提一块腌制的腊肉，我父亲都欣然接受，扎开架势，开始干活儿。

刨花接连不断地从父亲手里翻卷出来，像一连串的波浪。我把刨花拿在手里，在村街飞奔，风在耳边呼呼地响着，刨花像旗帜一样，迎风招展，吸引小伙伴们跟在我身后，一群大狗小狗也喘着气跟我们疯跑着。

"老莫开工了。"胖大妈眼馋地说。

"吃香喝辣，老莫又要开荤了。"跛脚三爹眯起眼睛，将口里的烟雾缓缓吐出。

"是啊，做个手艺郎，胜过上朝堂。"人们羡慕地说。

我自豪地挺起胸膛，仿佛人家夸的不是我父亲，而是我。

莫兰却总是表现得很平静。一来她听不到别人的声音，二来她总是在她的后院里忙碌。父亲除了给本村人家做木工，也经常三里五村四处揽活儿。父亲外出的时候，莫兰总会对他咿咿呀呀地比画着什么。父亲知道莫兰的心思，也总是笑着向莫兰点头。当父亲在傍晚的余晖里牵着大黑马回来时，莫兰就早早地迎上去，她知道父亲会满足她的愿望。父亲从马背上放下工具箱，从里面拿出一个小布袋交给莫兰——那是父亲向人家讨要的菜籽或花种，当然，有时也会是几棵幼苗。莫兰如愿以偿地等到了她盼望的东西，脸上绽开花朵般的笑。

我也跑向父亲，看他给我带回了什么。父亲神秘地冲我笑，眼角的皱纹叠在一起，他从身后的帆布挎包里，摸出一把散发着清新木料香味的玩具小木马。它的形状几乎和我家那匹黑马一模一样，只不过是缩小版的。除了玩具手枪，我很早就向往一匹马了，家里的那匹马可不能时时刻刻地陪伴我，这个小木马我可以带在身边，可以放在床头，也可以放在小木桌上，让它陪着我一起写作业。我还可以拿着它跟小伙伴们嘚瑟，瞧！我的小马驹！相信以后那几个家伙再也不敢和我比玩具了，谁让我父亲的手艺这么好呢。

从春天到夏天，这一年的阳光雨露总是那么随心如意，莫兰的后院越发繁荣了。她种的那些瓜菜我们已经吃不完，虽然街坊邻居会讨要一些，但还是一茬接一茬地成熟起来。

"也许，莫兰园子里的这些蔬菜和瓜果可以卖些钱呢。"父亲说，"我已经攒了些钱，再加上莫兰种的这些宝贝，我们盖新房的计划就可以实现啦。"

莫兰欣喜地弯起嘴角笑，浓密的睫毛罩着眼睛。

第二天一大早，父亲叫醒了我和莫兰，说今天镇上逢集，可以摘些瓜菜去镇上卖。我嘟囔着不情愿起床，他一把拎起我，说十来岁的小伙子了，该给家里帮些忙，不能总是莫兰一个人辛苦。

但真正干活儿的还是莫兰，我只能给她打个下手。莫兰真是一把好手，她身材娇小，可干起活儿来却毫不费力，只见她麻利地将蔬菜瓜果摘下来，装进几个筐子里，又用一把喷壶给它们洒水，绿的就越发碧绿，红的就越发鲜红了。父亲已经套好了马车，把装得满满的筐子放上去。只见莫兰又从房后的干草垛上抱了些干草，将干草铺在车厢里，把十来个大西瓜装了进去。

父亲从口袋里摸出烟点上，噙在嘴里，跳上马车，扬鞭甩了个响，声音洪亮地叫了声："走啦！"

马车迎着满天朝霞，朝村外驶去。

"老莫，这是要去哪里呀？"胖大妈站在巷子边喊。

我父亲得意地挺直了腰背，从嘴里吐出淡蓝色的烟雾说："去镇上，我家莫兰种的瓜菜可以卖钱啦。"

镇子离村子远，村里人也只有逢集的时候，才去镇上采购一些必需品。那时候，镇子对我来讲，遥远而陌生，也充满了诱惑。我本来想和父亲一起去镇上，他让我在家陪莫兰。莫兰比我大八岁，已经是个十八岁的大人了，我不知道父亲为什么要让我陪她。何况，过去一直是莫兰照顾我，难道她现在也需要人保护了吗？

见我满脸的不高兴，莫兰终于允许我进她的园子了。

三伏里头夹一秋，夏末的风吹到了后院，天气由炎热变得清凉。莫兰蹲在那一小片种西瓜的地方，用手轻轻地挨个儿敲着西瓜，敲了几个后，终于带着笃定的笑，摘下了一个，从井里打来凉水浸泡了一会儿，拿刀切开，咔嚓，一声清脆的响，西瓜一分两半，她递给我一个勺子，让我先吃。她坐在一旁翻着我的课本。这时候，我看到莫兰的眼神不停地变化，时而有两簇火苗，跳跳荡荡地烧，时而那火苗熄灭了，双眼像看不见底的深井……我知道莫兰有心思了，但我猜不透她的心思。

"西瓜撑到我了，吃不下了。"我扯了一下莫兰的辫子。

莫兰看了我一眼，拿勺子将剩下的部分津津有味地吃完。还有一半西瓜在灯光下闪着湿漉漉的光。我知道这半个西瓜是留给父亲的，他去镇上卖菜还没有回来。

当太阳把最后一束光收起，后院里的一切都陷入梦的海洋。但那些蔬菜和花草的香气却越发浓烈了，远远地盖住了村子里动物粪便的味道。莫兰搭起这个棚子以后，父亲拉了一根电线，在香樟树下面的棚子里装了一个灯泡。到了夜晚，我和莫兰坐在灯光下，她做一些针线活儿，我写我的作业。有时，她会停下手里的活儿，目光饥渴地盯着我的课本，让我把书里的内容读给她听，虽然她根本听不到，但她会认真地看着我的口型，一边无声地模仿。突然有一天，我惊讶地发现，莫兰居然会写一些简单的字了，她什么时候学会的，我竟无从知道。

嗒嗒的马蹄声由远及近，划破黑暗的宁静，我知道父亲回来了。

父亲已经把大黑马拴在了后院的香樟树上。一只夜鸟蹲在香樟树的枝杈上，冲大黑马眨了眨眼睛，好像是对它劳作一天的问候；大黑马甩了甩尾巴，表示了感谢。

莫兰走出了棚子，先递过毛巾让父亲擦过了脸，又捧上了半个西瓜。

父亲吃着西瓜，笑眯眯地对我们喊："今天的瓜菜卖了个好价钱，看我买什么好东西了。"说着，从挎包里掏出两根橘黄色的绸带。莫兰正在准备晚餐，她的双手沾满黄瓜绿色的汁液和腊肉的油光，看到橘黄色绸带后，眼睛一亮，竟然惊喜地叫出声来。父亲让她转过身去，粗糙的大手轻柔地在她的辫子上，笨拙地打了两个优美的蝴蝶结。莫兰开心地转了一圈，那两只蝴蝶飞了起来。我惊呆了，第一次发现莫兰的样子如此的美好，不仅她的脸蛋，她的腰身也越来越漂亮了。

我问父亲："我的呢？你给我带了什么？"

父亲在怀里摸了好大一会儿，却什么也没掏出来，满脸沮丧地说："呀呀，我分明记得给你买了半只烤鸭，怎么不见了呢？"

我不信烤熟的鸭子会飞走，要么是父亲根本就没给我买，要么是路上他自己吃掉了。但无论如何，莫兰有了心爱的礼物，而我什么也没有。这让我很伤心，忍不住掉起了眼泪。

莫兰飞快地跑了出去，不一会儿又跑了回来，她把一支闪着金光的钢笔递给我，眼睛里有一种奇怪的神情。

父亲说："莫为，你姐把最心爱的礼物给你了，你可要好好读书，争口气，将来从这里走出去。"

我不太明白父亲的意思，为什么从这里走出去？走到哪里去呢？更不明白莫兰怎么会有这么一支钢笔，她不上学，也不识字，怎么会有这么一支神气的钢笔呢？但接过钢笔，我不哭了，这支钢笔远胜于莫兰的蝴蝶结，也远胜

于半只烤鸭。我用手抚摸着钢笔，心里琢磨着明天上学可以显摆一把了——因为这支钢笔跟齐老师那支一模一样呢。

四

第二天到来。曙光铺满了大地，莫兰送我去学校。

人们正在巷子里端着碗吃早饭，马蹄的声音引来了他们的目光，那些目光停在莫兰的辫子上面，两个蝴蝶结随着她的步伐飘飘欲飞，要不是与她的辫子紧紧地拴在一起，说不定就真的飞起来了。

"莫兰真漂亮啊，长成大姑娘啦。"胖大妈热情地冲我们喊。

"可惜是个哑巴，要不然准能寻个好人家。"人们惋惜着。

莫兰听不到人们的话，但依然保持惯常的微笑。她们带有同情或其他意味的目光，让我很不自在。

我和莫兰穿行在夏季的田野，热风卷来农作物的味道，丰盈繁杂，绵延不绝。我心里充满了亢奋，因为那支金色钢笔，是我的第一件奢侈品。我打量着这条熟悉的小路，路边开满了黄灿灿的野菊花，与莫兰辫子上的蝴蝶结呼应着，好看极了。好像有了这两个蝴蝶结，十八岁的莫兰一夜之间长成了鲜艳娇嫩亭亭玉立的少女。那天，她第一次没有带铁铲和粪筐，她好像只带了她自己和那两只蝴蝶结，从容安详地牵着缰绳，迎着晨曦，走过了无数赞叹与惋惜的目光。

学校离村子很远，坐落在几个村子之间的一处山坡上，几栋青砖楼房，被一些高大的杉树、白杨簇拥着，像一个堡垒。莫兰自然不上学的，她的任务是接送我上学和放学。

齐老师已经等在学校门口了。看到我和莫兰走来，齐老师往前迎了几步，微笑着问候："早上好！"

齐老师每天都这么向我们问好。其实，他的问候很多余，作为学生，应该是我向老师问好，而不是老师向我问好；作为学生家长，莫兰又聋又哑，她根本听不到齐老师的问候。但齐老师仍然每天都是如此。莫兰很开心，看得出她很开心。她牵着马缰绳，笑眯眯地看着齐老师，眼睛忽闪忽闪的，好像已经跟齐老师说了很多话。

齐老师把我从马背上抱下来的时候，看到了我手中的钢笔。

"嗬，莫为有新钢笔了！"他说，说着看了莫兰一眼。

"莫兰给我的。"我说，"跟老师的那支同款呢。"

莫兰脸上泛起很难为情的神色，因为无法开口，只能对齐老师不停地比画着什么，很是焦躁不安。

"不错不错。"齐老师说，"你有了跟老师同款的钢笔，也要有跟老师同样的知识，不，青出于蓝而胜于蓝，你要超过老师啊。"

那时，我还不知道什么青啊蓝的，以为他在说莫兰，就说："我爸也给莫兰买了礼物，瞧——"

我便撩起莫兰的辫子，让齐老师看上面的蝴蝶结。

"不错不错。"齐老师说，"蝴蝶结很漂亮，莫兰也很漂亮，蝴蝶结配上莫兰，就更漂亮了。"

这时候，莫兰才笑了，眼睛忽闪忽闪的，好像两只展翅欲飞的蝴蝶。

"好了，我们该上课了。"齐老师把目光从莫兰胸前移开说，"莫兰你回去吧，路上小心。"

莫兰仍然笑着，伸出大拇指朝齐老师勾了两下。我知道她这是表示感谢。

上课了，齐老师在讲台上卖力而深情地讲着语文课里精彩的部分，我却无法集中精力。阳光从窗外照进来，金色的钢笔像一支闪光棒，让教室比往日明亮了许多。我脱去笔帽，把笔杆竖起来，让阳光聚集在笔尖上，刹那间，笔尖上那个小小的金属颗粒就成了一个金色的小太阳，随着角度的变化，折射出不同的美丽光晕。

同桌是一个脸上长满雀斑的女孩，她看到我的钢笔，忍不住惊叫起来，

哇，好漂亮啊！我一点也不喜欢雀斑女孩，她平时说话时，总要先"哇"一声，好吸引众人的注意；而现在，她的惊叫说不定会给我招来老师的责骂。我压低声音骂，亮瞎你的眼！随即赶快收起了钢笔。

可是已经晚了。齐老师走到我的跟前，眼睛盯上了我的钢笔。我以为他会没收我的钢笔，心怦怦直跳，缩着脖子不敢抬头。好在齐老师只是拍了一下我的脑袋，说："莫为同学，钢笔是学习用具，不是炫耀的玩物。"

这个结果出乎我的意料，也让我如释重负。我赶紧站起来认错："知道了，我错了……"

齐老师是我们的代理班主任。我们以前的班主任是个女老师，管不住学生，经常被我们气哭；她因为生孩子休了产假，齐老师就代理了我们的班主任。这是一个严厉的家伙，他总有各种办法对付学生——比如，你要是上课说悄悄话，他就让你背绕口令，直背得你口干唇燥，舌头麻木，才会放过你；再比如，你要是上课做小动作，他就让你学蛙跳，直到你两腿抽筋……所以，但凡齐老师上课，同学们都老老实实，规规矩矩。但齐老师对我却温和得多，他总是跟我讲道理，说："莫为啊，你爸和你姐都不容易，像你这样的家庭……"其实，我最怕他这么跟我讲道理，更怕他当着同学的面提到莫兰。

那天下课后，雀斑女孩求我让她用一下我的钢笔，当然遭到了我的拒绝。雀斑女孩撇了下嘴，说："有什么了不起，说不定是偷齐老师的呢！"

"你胡说，这是我姐给我的。"我赶忙解释。

"鬼才相信，她一个哑巴会有这么漂亮的钢笔。"雀斑女孩又撇了下嘴。"不然就是哑巴偷了齐老师的钢笔。"

她这么说莫兰，是我最无法忍受的，我冲上去就给了她一记老拳。雀斑女孩哭着离开了……

放学以后，莫兰接我回到家里，雀斑女孩和胖大妈已等在那里了。她对我父亲说，莫为回来了，你问问他为什么打我孙女。我父亲看向我，莫为，有这种事？我点了点头，说雀斑女孩骂莫兰是哑巴。我父亲听了，不易觉察地皱了一下眉头，看了一眼雀斑女孩，雀斑女孩居然挑衅地看着我父亲。胖大妈大声嚷，你家莫兰是不是哑巴？说一下怎么了？就动手打人啊？

莫兰呀呀地叫着，跑出去从后院摘了一篮子黄瓜辣椒，交给胖大妈，嘴里还是不停地呀呀道歉。胖大妈看了看菜篮子，又看了看我，才拉着雀斑女孩离开了。

五

父亲要外出做木工了。临走的时候，他交代莫兰照顾好我，又嘱咐我照顾好莫兰。实在搞不明白，到底是我需要照顾，还是莫兰需要照顾。两个都需要照顾的人，到底谁照顾谁呢？

有一天夜晚，我迷迷糊糊刚要入睡，隐约听到里间有什么动静。我睁开眼睛，看到莫兰从里面走出来，她蹑手地走到我的床边，稍微停了一下，见我好像睡着了，才悄悄走了出去。我听着莫兰的脚步声，她出了屋子，又出了院子，沿墙脚朝后院走去。我飞快地从床上爬起来，来到院子里。

我看到了令我吃惊而难过的一幕，莫兰和齐老师拥抱在一起，在低声地说着悄悄话，齐老师还吻了一下莫兰的脸蛋，莫兰害羞地笑着低下了头。我带着疑虑和挥之不去的难过，回到房间里，在黎明来临之前才沉沉地睡去。

第二天早上，莫兰煮好饭，让我自己先吃，她去后院摘了时鲜瓜果，装在一个布兜里；又拿剪刀剪了一把玫瑰、一把薰衣草，拿喷壶洒了些水在花瓣上，用透明的塑料纸包裹起来，就送我上学去了。父亲外出做工时，骑走了那匹大黑马，我们只能步行上学。但我突然醒悟过来，那些瓜果、玫瑰和薰衣草，肯定是送给齐老师的。热恋的日子，制造一些小情调、小浪漫，这一点城里人和乡下人都无师自通。

果然，齐老师已经在学校门口等着了。莫兰把我和那些瓜果、玫瑰、薰衣草，一起交给了齐老师，她自己冲齐老师灿烂一笑，就心有灵犀地转身离去

消失的顿河

了。我看着莫兰的背影，看着那两个蝴蝶结跳荡在晨曦里，心里充满了无限悲哀和惆怅。

那一段时间，莫兰和齐老师频繁地见面，有时她去学校，到了周末，齐老师也会来她的后院。齐老师来的时候，会和莫兰一起给园子松土除草、施肥浇水。他们做这些时，不说话，偶尔会比画一些手势，或者互相看着对方笑。莫兰很开心，齐老师也很开心。我很少往他们跟前凑，大部分时间，我都坐在棚子下，用那支金色的钢笔在本子上百无聊赖地胡乱涂画。雀斑女孩没有说错，这支钢笔正是齐老师的，是齐老师送给莫兰的。齐老师用这支钢笔，教莫兰认识了许多字。我想，大概是从齐老师教莫兰认字开始，他们就好上了。

一丝风都没有，夏末秋初的阳光温柔中带着最后的炽烈，洒在那些蔬菜、花草上，整个园子里都弥漫着成熟的气息。一刹那间，世界在我面前变得扑朔迷离起来，我仿佛看到天上的太阳带着嘲弄，而阳光下的一切暧昧不明。

十八岁的莫兰陷入了情网，她明媚且娇艳地绽放在她的后院。齐老师夺走了莫兰的心，她似乎对我没有那么关心了，不再用手抚摸我的头发，甚至不再多看我两眼。

父亲外出做工好几天了，不知道什么时候回来。

事实证明，莫兰和齐老师的恋情以不可阻挡之势，引起了村里人们的非议。胖大妈和其他女人们，经常有意无意地在我家附近溜达，用不可捉摸的眼神看着我，看着莫兰，也看着莫兰的后院，她们的眼里正上演着前途未卜的爱情戏码。

"齐老师快成你姐夫了吧？"雀斑女孩不怀好意地眯起眼说，"村里好多人都看到莫兰和齐老师约会呢。"

自习课上，雀斑女孩尖腔尖调的腔调，引起了班里不小的骚动。同学们窃窃私语，都向我这边看来。我瞪眼看着那张洒满雀斑的脸，真想一拳挥过去。但我控制了自己，转过头看窗外的杉树，杉树上有一只松鼠，正探头探脑地向这边张望。不知它在看什么。

每天上学放学，经过村里的巷子，我都会莫名地恐惧。巷子种着石榴和橘树，石榴花正艳艳地开着，青橘挂满了枝头，芳香和苦涩的味道以及牲畜粪便的骚臭四下弥漫。女人们的议论一点也不避讳我。

"哎呀呀，如胶似漆的啦。"

"莫兰钓到一条大鱼，听说是城里的公子哥儿呢。"

"嗬，哑巴不说话，会用眼睛勾引人……"

我加快了脚步，还是被胖大妈叫住了："莫为，你家莫兰烧高香了，记得好事来了请我们喝一杯啊。"

那一刻，我的情绪很复杂，既难为情，也有点羞恼，还带一些淡淡的开心。我不太了解齐老师，只知道他是城里人，却不知道他为什么会来我们这个偏僻的山村教书，只知道他因为喜欢莫兰才对我好，却不知道他怎么会喜欢一个哑巴。父亲不在家，十一岁的我还不懂得什么是爱情，这一切令我措手不及、惶惑不安。但我仍然希望莫兰有个好归宿，希望这个城里男人真心对待莫兰。因为莫兰的样子开心而幸福，她脸上挂着幸福的红晕，眼睛里闪着钻石般璀璨的光，穿梭在后院的植物中间，像个仙女一样轻盈美丽。假如能开口说话，我想她一定会不由自主地唱出动人的歌谣，来表达自己的欢愉。

一个闷热的午后，父亲骑着马突然回来了。他一进家门，我顿时感觉到空气里的紧张。往常，父亲外出回来，总会带给我一些出其不意的礼物，比如一本像样的故事书，一件玩具，两个用手帕包着撒了芝麻的烧饼，但这次，他没提礼物的事。他从马背上卸下工具袋子，默默脱掉有些汗渍和酸味的衬衫，换上浅褐色的麻布短袖，突然厉声问道："我不在家，你们就丢人败兴，说，到底怎么回事？"

我看着他因为愤怒而扭曲的面孔，有些不知所措。离开家的那天，父亲曾叮嘱我照顾好莫兰，我不知道她跟齐老师好上，是不是我没照顾好。

"全村人都在等着看我们的笑话，你怎么不阻止？"父亲说。

"我怎么阻止？"我辩解道，"莫兰长大了，恋爱又不丢人。"

父亲叹了口气，牵着马来到后院，他把马拴到香樟树下，又把一桶水放到马跟前。马儿心安理得地甩着尾巴低下头饮水。

"人家是城里人，能看上我们家莫兰？"父亲还在担心。

"城里人也是人，莫兰除了不会说话，哪一点也不比别人差。"我说。

"天上的神仙好不好？好啊；戏里的公子好不好？也好。可那都是让人供、让人敬、让人看的，谁要是把自个儿托付给他们，到头来吃亏的还是自己啊……"

父亲点了一支烟，吸了一口，又徐徐喷出。他站在篱笆前，篱笆上蔷薇花随风起舞，像一群可爱的精灵。莫兰在园子里忙活着，很专注，居然没有发现我们。我看着莫兰的背影，突然有种无力感，有种对事情无法把控的无奈和心酸。

六

父亲的担心还是成了现实。

先是休产假的女老师回学校了，齐老师不再代理我们的班主任。然后，语文课也换了新的老师。最后，齐老师突然消失了，就像他从没有来过一样。

莫兰伤心极了，她不吃不喝，在床上躺了三天，我去叫，父亲去叫，她都不肯起来，就那么躺着哭，枕巾湿了好几条。第三天，她起床了，开始吃饭，也开始做饭，还会做些必要的家务。但仅仅如此。前院的事情做完，就一个人来到后院，躲在香樟树下的棚子里，呆坐在桌子边，桌子上放着一本翻得卷边了的识字课本。她脸色憔悴，呆呆地坐着一动不动。

时已深秋，莫兰的后院里的果蔬一茬一茬地衰败，蔬菜即便长出了新的叶片，吃到嘴巴里也有些发苦，架上的黄瓜偶尔开出些花朵，但都是不结果实的谎花，只有薰衣草和玫瑰仍然次第开着花，园子里仍然花香袭人，像一个不肯醒来的梦。

莫兰不会说话，无法打听齐老师的下落，再说，一个女子去打听一个男子的行踪，成何体统。我父亲也不能问，蚂蚱还有指甲盖大小的脸呢，何况，他觉得莫兰已经丢了他大半张脸，剩下小半张脸他舍不下。我倒是可以问问班主任齐老师去了哪里，但我知道问也没用，一个人不辞而别，自然是不愿让人知道他的行踪，你就是知道了他的去向，又如何呢？

莫兰在一个下雪的夜晚悄无声息地出走了。我和父亲早上醒来才发现她留下的纸条，上面歪歪扭扭写着三个字：我找他。

我知道莫兰去找齐老师了，但不知道她去了哪里，因为我也不知道齐老师在哪里。

父亲勃然大怒，他抓起一把铁锹冲到后院，疯了一般毁着莫兰的园子。那些本已枯萎的蔬菜花草被铁锹连根铲起，连他亲手扎的竹篱笆也不能幸免，竹片惊恐地弹起，依附在上面的蔷薇藤蔓却互相拉扯着，不忍别离。不大一会儿，莫兰的后院就变得一片狼藉。

雪越下越大，一层一层掩盖了后院的废墟，残败的凌乱，慢慢恢复了素净的整洁。

后来的日子，父亲从羞愤中平静下来，他开始笨手笨脚地做家务，也开始接一些木工活儿，只是因为不放心我一个在家，他不再外出了。我们谁都不提莫兰，好像家里从来没有这个人；也不提齐老师，好像不再提起，有些事就不曾发生过。漫长的严冬，一天天过去，像后院的积雪，一点点消退。

春节前的一天，齐老师来了。

我紧张得浑身发颤，生怕我父亲跟齐老师打起来。可是没有，父亲没让齐老师进门，他只是红着眼盯着齐老师。一开始，眼里的红是炽热的、锋利的，像两颗烧红的钉子；慢慢地，那红降温了，变软了，变成两颗冰凉的泪滴。齐老师说莫兰的事他知道了，说对不起；还说他四处找过莫兰，没找到，又说了声对不起。齐老师说这话时，我父亲一直没吭声，但他让开身子，让齐老师进门了。

齐老师从屋里找出砍刀，就去了附近的竹林。他砍来竹子，重新把后院的篱笆扎起，围成一个椭圆的园子。

做完这些，已经晌午了。父亲做好了饭，让我去叫齐老师。那天，他们喝了酒。刚开始，只是喝酒，谁也不说话；后来，我父亲叹了口气，说："你干的好事……"

齐老师看着我父亲，说："也不算什么好事。说是下来支教，其实我是来实习的。实习完了，总还要回学校完成学业。"

我父亲摇摇头："可事情你总归是做下了啊……"

齐老师说："是啊，事情总算是办完了。"

我父亲说："办完了就算完了？"

齐老师说："也不能算完。我跟学校说，先来这里任教，毕业手续回头再办。"

他们一边说话，一边喝酒，但我有些替他们着急。我觉得他们在各说各话，他们说的事情根本不是一回事。

我父亲说："你的事可以回头再办，莫兰呢？她怎么办？"

齐老师摇摇头："能怎么办呢？也只能等了，等吧。"

我父亲说："等？等她？还是等你？"

齐老师说："先等莫兰。她出去是找我的，外面找不到就会回来的。我跟她说过我会回来的，她肯定也会回来的。"

我终于放心了。他们各喝各酒，各说各话，最后总算把两件事说成了一件事。

吃罢午饭，齐老师又去后院忙活了。他说得赶在莫兰回来前把园子修好，等莫兰回来时，他会指着修好的园子跟她说：

"瞧，这是莫兰的园子。"

舅舅的隐秘地带

一

我六岁刚到乡下的那天，才真正知道什么叫天大地大。

抬头看，是直插云霄的树梢，倏然间一只鸟从枝叶间弹出，飞出好远，觉得它就快要累死了，才能落到另一棵树上。远处还有一棵树，再远处，又一棵。乡下的田野，树与树像远房亲戚，离得很远。放眼望，树与树之间是无边无际的庄稼，原以为这块庄稼就要把土地占完了，走出老远，却又是一块庄稼，还是一望无际的辽阔。

当时，城里都在唱"天大地大不如党的恩情大"，可城里的天地一点也不大，楼房、车辆和行人，把天地挤得很窄，硬生生把我从城里挤出去，挤到了乡下——因为弟弟的出生，因为当时的政策，还因为一些我似懂非懂的原因，妈妈把我送到了乡下外婆家。

外婆家的村子不大，衬得天地更大。每到做饭的时候，草房顶上就渗出一缕缕的烟，慢慢飘到东，飘到西。整整一天，外婆领着我挨门挨户拜访，说这是我外孙女，要回来住些日子，请多多关照。人们一边说那是那是，一边夸我到底是城里娃，漂亮、洋气。但明显地，我感到这些乡下人并不欢迎我的到来。

傍晚，门口传来一阵蹄子踩踏地面的声响。出门看了，见一辆驴车载着一个汉子走来，驴蹄子踏在土路上，密密地响成一片，溅起一阵阵尘烟。近了，见车上那个汉子身材高大，结结实实的一身酱紫肌肉，脸阔阔的，眼睛很细，从眼角到嘴边有道白色伤疤，像闪电一样从他脸上划过，让人不寒而栗，我赶紧缩到了门里。

驴车也随之进了院门，汉子跳下驴车，跺了跺鞋上的细土，咧嘴笑了，脸上的肉都挤到一块儿，那道疤也跟着弯折起来，很快又恢复原状。我吓得躲到了外婆身后。

外婆把我往前推了推，说："这是舅舅，快叫舅舅啊。"

我躲在外婆的胳肢窝下，像小鸡躲在母鸡的翅膀根儿，费力地从喉咙里挤出"舅舅"两个字，声音低得只有我自己能听见。

舅舅的细眼睛放出光来，说："是小鹿啊，都长成大姑娘啦。"

一边说一边冲我咧着嘴笑。他笑的时候，一双细眼陷进肉里，鼻子却高出许多，那道疤被他的嘴扯了一下，越发狰狞可怖。他给毛驴卸了套，从车上搬下几个四方木筐，进了后院。

那毛驴原地踢腾了几下，喷出一长串响鼻，很嫌弃地看了我一眼，也旁若无人地走向后院。

晚饭是粥和饼。外婆熬粥时，把豆腐渣和了玉米面拍成饼，一个个贴在锅沿上，盖上锅盖，在灶膛里添了木柴。很快，就有了焦香。外婆掀开锅盖，氤氲的蒸汽里，那些饼子已经变胖，像喝饱水的乌龟。后来才知道，乡下人还真的把这种饼子叫"老鳖喝水"。外婆先用锅铲小心地铲下一个个饼子，放在竹筐里，然后又往锅沿上贴了一圈。等粥熬好，竹筐里的"鳖"们已经盛满了。

我说："这么多啊。"

外婆说："还有你舅舅明天的干粮呢。"

我和外婆在前院吃，舅舅喝了一口粥，硕大的喉结往上一蹿，又缓缓滚下来，就咽了，舅舅端着粥和饼去了后院。我长长松了一口气——真不知道跟他同桌，我能不能吃得下去饭。

我问外婆："舅舅为什么去后院？"

外婆说："人吃饭，毛驴也得吃喝呀。"

我又问："舅舅的脸怎么啦？"

外婆叹了一声，说："你舅舅……他可怜啊……"

睡觉时，我一直想着舅舅脸上的疤和外婆那句话，怎么也睡不着，就看油灯，看灯火苗儿上的一缕烟，缥缥缈缈。外婆说："油贵哩，早些儿睡吧。"

还是睡不着。我在想不知道是因为那道疤舅舅才可怜，还是因为舅舅可怜才有了那道疤。这世界上的可怜人分好多种，或者是因为长相古怪，常常被人欺侮而可怜；或者是常常被人欺侮，往往就落下了伤疤……想象中，忽而让舅舅走近了，忽而又把他推远了。

正这么胡思乱想，忽然听见一阵轰隆隆的声音，好像闷雷从远处滚来。想到舅舅那道如同闪电的疤，我赶紧用被子捂住了头。

二

半夜，懵懂里听有人叫，叫就叫吧，我翻个身又睡了过去。迷迷糊糊又听见叫声，是外婆在叫我："小鹿啊，舅舅给你做的豆腐脑儿，快，趁热吃吧。"

我闻到一股特殊的香味，睁开惺忪的睡眼，看到外婆端着一个碗站在床前，碗里是一团白嫩的东西，上面撒着芝麻和花生碎，豆香、蒜香、醋香、小磨油香……瞬间唤醒了我肚子里的馋虫。外婆搅了搅，舀了一勺喂给我，嘴里立马充满了丰盈的滋味。三下五除二，就把一碗豆腐脑吃光了。我在城里吃过豆腐脑儿，却远没有外婆家的好吃。

外婆说："城里的豆腐脑儿算什么玩意儿，一股石灰味儿，这是你舅舅拿卤水点的。"

我跳下床，要去后院看舅舅做豆腐。

外婆拿着衣服追出来，喊："穿上，穿上衣裳，别着凉咯……"

后院有三间草屋，隔成了里外两间，里间小一些，是舅舅睡觉的地方，外间大好多，是豆腐作坊，有石磨、锅灶等做豆腐的一应物什，还有一屋子豆腥味儿。石磨上堆着泡好的豆子，毛驴拉着石磨，轰隆隆地转，想必就是我听到的像打雷一样的声音。豆子从磨脐里漏下去，在石磨里转了一圈，从磨缝里流出来时，已经成了细碎的豆渣，糊里糊涂落在圆圆的磨盘上。

舅舅用大瓢把碎豆渣收起来，放进一个布兜。布兜被两根竹片撑了四角，吊在屋梁上，舅舅摇了几下，便有乳白色的浆水沥出来，流进下面的木桶里。一开始，那股浆水很粗，后来就越来越细了。舅舅便拧挤那个布兜，他拧得很用力，咬牙切齿的样子，像跟布兜有仇，脸上那道疤一下一下地紧；那股浆水粗了几下，慢慢地又细了下去，他这才放手，俯身拎起装满浆水的木桶，走向灶台，哗，全部倒进了一个大锅里。

炉火正旺，很快，一锅浆水就沸腾了。

"小鹿，喝不喝豆浆？"舅舅问。

原来豆浆就是这么做出来的啊。我点了点头。

舅舅舀了一碗豆浆，放在一边，接着给灶膛里加了两锨煤，炉火暗下去，锅里的豆浆就不再沸腾了，只一下一下冒着小泡泡。舅舅进了里间，很快又出来了，手里多了个罐头瓶子，说："给你加点糖，晾晾，等会儿再喝。"

等大锅里的小泡泡完全消失了，舅舅从瓮里舀了几勺卤水泼洒进去，开始用一根棍子搅动，刚开始还有旋涡，慢慢地豆浆就越来越稠了，先是嫩嫩的豆腐脑儿，之后凝成了豆花。舅舅又问我要不要吃块豆花，被外婆阻止了，说已经吃了豆腐脑儿，还喝了豆浆，再吃会胀肚子的。

舅舅笑了笑，开始把锅里的豆花挖出来，盛进几个四方木筐里。木筐里垫着白布，舅舅把豆花摊平，把白布的四角折上来，搬了几块石头压上去，说："好了，天明就能见着豆腐了。"

然而，我终是没能见着豆腐——早上醒来的时候，舅舅已经赶着驴车出去卖豆腐了。

三

出村不到一里地，有一条河，叫白河。河水浩荡着流向远方，晴天河水是绿的，像一匹绿绸子，雨天河水是黄的，像一匹老土布，可偏偏人们就叫它白河。河堤上是挺拔茂盛的杨树，洒下浓浓树荫。

有个光着膀子的男人在河边钓鱼，不一会儿，水花惊跳起来，发出一片响声。男人手一抖，钓出一条鱼儿，放进脚边的鱼篓里；不一会儿又钓出一条，还是放进脚边的鱼篓里。

我在城里吃过鱼，但不知道鱼就是这么得来的，就缠着外婆也要钓鱼。外婆说："我一个老太太哪会钓鱼啊，等你舅舅卖豆腐回来，让他给你钓。"

我就在河边等，河堤像粗壮的胳膊，从远处伸来，又朝远处伸去。这是舅舅回村必经的路。

起风了。风像鞭子一样赶着天上的云跟跟跄跄往前跑。河面上则一坨一坨暗下去，又一坨一坨明起来。傍晚的时候，舅舅赶着驴车从夕阳里走了回来。我欢叫一声，迎了上去："舅舅，快给我钓鱼吧，我都等你一天了。"

舅舅从车上跳下来，说："想吃鱼了？可咱没鱼钩啊……"

舅舅面露难色，但还是走到那个钓鱼人跟前，说："这是我外甥女，从城里来的，想吃鱼哩，能不能用豆腐换你一条鱼？"

钓鱼人看了舅舅一眼，鄙夷地说："就你这个熊样儿，谁稀罕吃你的豆腐。"

说着，把鱼篓往脚边拉了拉，好像怕舅舅偷他的鱼。

舅舅的脸红了，那道疤更红，像一根粗大的蚯蚓。他呷呷嘴，想说什么却没有说。伸出双手搓着脸上的疤，想了一会儿，返回身走到驴车跟前，从车上找出他喝水的罐头瓶，揉碎几块豆腐，放了进去，又找了个塑料袋蒙住瓶口，

在塑料袋上撕了个小孔，用一根长长的细绳，一头扎紧瓶口，扔进河里，另一头拴在驴车上，然后坐在树荫下，往旱烟锅里装烟叶。

钓鱼人说："今儿吃没吃到豆腐？"

舅舅正要把旱烟袋往嘴里送，胳膊停在半空里，不动，呆呆地。他没有搭腔，低了头，很羞愧的样子。他开始划火柴。头一根没有划着，又划了一根，着了，凑到烟锅上，挤起左眼点好，一口烟从他嘴里喷出来，在他面前聚了一下，又倏地被风吹散了。

驴善被人骑，人善被人欺，这个道理，我老早就想通了。

我想不通的是，钓鱼人为什么这么问，舅舅自己就是卖豆腐的，他手艺很好，谁都夸他做的豆腐好吃，又何必去吃别人的豆腐？何况，吃豆腐有什么可羞愧的？想来想去，不得要领。然而，我知道钓鱼人说的不是好话。

钓鱼人又说："你该找个女人了，三十几岁的人了，别老想着吃别人的豆腐。"

舅舅先是生了一下气，马上不生气了，扭头看了我一眼，转脸对着钓鱼人，话和烟纠缠着出来："孩子在跟前呢，别说这话……"

说这话时，舅舅越发羞愧了，语气也是乞求的那种。

毛驴挺了脖子立着，甩一甩尾巴，曲一曲前蹄，倒换一下后腿。它也看着钓鱼人，驴牙一呲一呲的，恨恨的样子。

钓鱼人笑了笑，不说话了。

舅舅吸完了一根烟，走到河边，开始收线。瓶子慢慢浮出水面，被扯到了岸边，里面的碎豆腐没有了，多了条一尺长的鱼儿。

"嗬！"舅舅叫了一声。

"嗬！"钓鱼人也叫了一声。

舅舅没理他，把瓶子交给我，把我抱到车上，驴的屁股只扭了一下，车就滚动了。

晚上，外婆将鱼清理干净，肚子里塞了葱姜蒜末儿和盐巴，用一大片白菜叶，将鱼裹起来，放进灶下的炭火里烤。等一股鲜香弥漫出来，鱼已经烤熟了。我端着碗里那条鱼，学村里人的样子，蹲在大门口，津津有味地小口小口吃着嫩白的鱼肉。

舅舅很高兴地看着我吃，不断提醒我小心鱼刺。

晚风习习，天上的星星亮亮的不动，动的是萤火虫。月光淡淡地照在舅舅脸上，那道疤也明亮着，像贴了金，一点也不觉得丑陋可怖了。

四

外婆家祖祖辈辈有做豆腐的手艺，一直传到舅舅这一代，如果舅舅有儿子，可能还会传下去。

靠着这个手艺，舅舅曾在城里一个大单位的食堂工作过。说那个单位大，首先是人多，好几千人；其次还因为级别高，正司局单位。数字是有说服力的，当然，级别也有。想想吧，给那么高级别的单位里好几千人做饭，那是什么感觉！可是，后来舅舅好像说错了什么话，被发配回来，重又成了农民。

说是农民，舅舅却对农活儿一窍不通，只会做豆腐。那时候，个人做生意是资本主义尾巴，是不被允许的。好在乡下人厚道，村干部睁一只眼，闭一只眼，默许了。不过也有个条件，舅舅每天给生产队交五毛钱，算他一天出工。当时，队里一个工还不到两毛钱，舅舅交的钱差不多顶三个工了。便是这样，外婆家的日子也比一般人家好过得多。舅舅晚上做豆腐，白天七里八乡地卖，卖的钱都交到外婆手里，他自己袖着两只手，在街上走走，和村里的人打打招呼。还有一点，靠着那些豆腐渣，全家人都能吃饱肚子。

然而，村里人好像都看不起舅舅。后来我想，这大概是出于嫉妒——那时候，村里流行着一个顺口溜："小毛驴一拉，五块钱到家；五毛钱上缴，四块五自花。"言辞和语气里充满了羡慕嫉妒恨——你一个犯过错误被开除的人，而且不谙农事，凭什么就比别人过得好？所以，舅舅三十多岁了还是单身。

消失的顿河

可是，我一点也不觉得外婆家的日子有多么好。喝粥，是玉米糁掺了豆腐渣的糊糊；吃馍，是玉米面掺了豆腐渣的"老鳖喝水"；面条，也是豆腐渣晒干磨的面……顿顿豆腐渣，打个嗝都是豆腥味儿。关键是没有菜吃，村里耕地少，种粮都填不饱肚子，几百口人的生产队，只有三五亩菜地，那点菜还不够人们塞牙缝呢。尤其到了冬天，菜园里只有白菜萝卜，还专人看管着，要等过年才能分配。

有一天，我孤独地在村头徘徊，不知不觉，走到生产队的菜地边。

乡下的冬天很冷，大晴天也一样冷，人冻得整个小了一圈。寒风飕飕的，吸口气，激得心尖生疼；用手摸摸鼻尖，像摸到了一块橡皮。地里的白菜，外层已经冻得干枯，半死不活的样子。但我知道它们没死，它们牺牲了外层的叶子，保护着内里娇嫩的菜心。想到白菜心，就想起了那清脆的美味，嘴里立马泛起满满的口水。

我咽了一下，咕，声音大得吓我一跳。四下看看，没有人，那个看菜园的老头儿不知哪里去了。我跑进地里，飞快地拔了两棵白菜，又飞快地跑回家里。

外婆看到我几乎虚脱的样子，又看见我抱着两棵白菜，便明白了一切。她沉默了好大一会儿，自言自语说："那么大一个城，怎就养不下个姑娘，来这乡下受罪？"

又说："小鹿，外婆家日子太苦了，回头给你妈捎信，还是把你接走吧……"

说罢，她接过那两棵白菜，拉着我出了家门。

村里来了个货郎担儿，很多人都围在那里。大人们买日杂百货，孩子们买零食玩具。货郎担儿就像百宝箱，最吸引孩子们的，是琉璃珠、万花筒，还有放在嘴里会跳的魔术糖豆。哪个孩子能得到其中一样，便会成为那天的孩子王，受到众星捧月般的拥戴。但他们都不跟我玩，因为我是外来户，是他们眼中的异类。外婆也不给我买，她要把钱省下来，给舅舅说媳妇。

外婆拉着我走上前去，对一个中年汉子说："队长，孩子不懂事，拔了队里两棵白菜，俺给送回来了。"

队长是村子里最大的官，手里掌管着许多用得着用不着或暂时用不着但终归能用得着的物资，所以人们都敬畏他。他看看我，又看看那两棵白菜，说："放下吧。"

我偎在外婆的胳肢窝那里，一直没有动，一直没敢动。

外婆把白菜放到队长脚边，仰脸看着队长，说："你看这事……"

"孩子不懂事，是大人少管教，要上纲上线的话，以你家的成分……"队长的舌头开始在嘴里搜索，好像牙缝里藏着什么好东西，他要把它找出来。

人们也都看着队长，大概都觉得这是十分严重的事，都互相递着眼神儿，听着，等着。

队长的舌头继续忙活着，不说话，后来说话了，说："算了，下不为例，走吧。"

外婆千恩万谢，拉着我离开了。

我感到身后有无数双眼睛，像锥子一样往我和外婆的背上扎。还有人喊喊喳喳地议论，说大人偷，孩子也偷，见样学样；说这家教，唉……恨铁不成钢的口气。

舅舅卖豆腐回来，听外婆说了白菜的事，一步跨到我跟前，左右手换着把袖子挽起来，大巴掌高高举起，吼："小小年纪就学会做贼了？"

巴掌终是没落下，舅舅叹了一声，把手伸进怀里，慢吞吞地往外掏，从一个口袋到另一个口袋。我想不出他的棉袄里有多少口袋，觉得他不是往外掏东西，而是赶着驴车在走街串巷。好像走过了漫长岁月，舅舅终于掏出一样东西，说："给你的，小鹿，咱以后可不敢偷东西了啊。"

竟是我朝思暮想的万花筒。

呀哈，我欢叫着跳起来，瞬间忘了白菜的事，抢过万花筒，放在眼上，嘭的一声，我听见了花开的声音，那小小的空间竟开出缤纷的花朵，眼前变幻出

多姿多彩的大千世界。

我没有过多地自我陶醉，飞快跑出家门，来到村街上，我想跟小伙伴们一起进入这神奇的世界，更想当一回他们的王。

货郎还在，人们都还在，可孩子们还是不跟我玩。他们说这万花筒是我舅舅偷来的。他们说舅舅偷人家东西，还偷吃人家的豆腐。说龙生龙，凤生凤，老鼠生来会打洞，舅舅是贼，我也是贼。

这是我又一次听人说舅舅是贼，偷吃别人的豆腐。我承认我偷了队里的白菜，但舅舅绝不是贼，更不会偷吃别人的豆腐。我向人们辩解，说："我舅舅是做豆腐的，怎么会偷吃别人的豆腐？"

人们轰的一声笑起来，说："你舅舅的屋里就藏着偷来的东西，不信你进去瞧，肯定能捉贼捉脏。"

五

人们说我舅舅偷吃豆腐的话，我想来想去，一直不得要领。直到离开乡下返城上学，还是忍不住又想来想去。二十年后，我才知道了偷吃豆腐的言外之意，又从母亲那里知道了舅舅的遭遇。

舅舅在机关食堂工作的时候，看上了一个帮厨的女工，而司务长也看上了那个女工，还经常占女工便宜。舅舅就向上级举报，说司务长要流氓，吃女工的豆腐。上级追查下来，司务长不承认，女工也不承认，他们反咬一口，说要流氓的是我舅舅。于是，舅舅被开除了公职。

我说："怎么能这样啊？他们怎么可以这样啊？"

母亲说："命吧。"

我努力想象着舅舅当年的经历，却怎么也想象不出他当年经历了什么。那个司务长的龌龊和那个帮厨女工的卑鄙，以及当时上级的草率，我舅舅的命运就这么被改变了，到头来居然只剩下一个字：命。当然，母亲说的是两个字：

命吧——有些不太确定，大概还有侥幸的意思。

舅舅回乡后，因不谙农事，只好重操旧业，每天给生产队交五毛钱，队里允许他走村串巷做豆腐生意。毕竟舅舅正值青春壮年，来买豆腐的主顾又多是女人，时常不免开些暧昧的玩笑。有一次玩笑开大了，被人家丈夫撞见，舅舅就挨了打，留下了脸上那道疤。破了相，也坏了名声，就越发没人看得上舅舅了。虽然外婆省吃俭用，终也没能给舅舅娶上媳妇。最后，舅舅还是孤老终生。

至于后院那间里屋，舅舅一出门，就锁上了。那是他的隐秘地带，从来不让别人进。

我们无从得知，也无法得知，直到舅舅去世。

刻在心里的东西，往往都是慢慢才能明白的。有些暂时不明白的，也许要过去很长时间，也许突然有个什么机缘，一下子就明白了。

另一个结局

　　我像所有快要进入暮年的老妇一样，总一个人坐在窗前沉思，陷入绵长的回忆之中，此刻窗外飘起了雪。薇安，隔壁的杂货店筒老头总扫兴地叫我的名字，有烤蜜薯送来，过来吃啊。实际上，我只吃过一次，还是那个阴雨的天气，吃完人更加孤独，更加无处可去，在他热情的召唤下，我去吃过一次。蜜薯甜得让人吃惊，颜色如同早晨刚出的太阳，冒着热腾腾的香气。我不由得夸了它的味道，老筒听了之后开心地咧嘴笑，笑得有点猥琐，我这么认为，寡居的他明显地对我殷勤，知道我离婚多年，就一个儿子在另外一个城市工作。所以，他不放过任何一个可以献殷勤的机会。这次，我装作听不到。

　　印象里，在那个炽热的夏季傍晚，我靠在门前河边的石头旁，看着几个垂钓的人，看着他们其中的一位高大硕壮的男孩，他兴高采烈地钓到一条小银鱼之后，大声地欢呼，他是我的儿子，简。

　　一条小鱼而已。我冲简说。简转过身对我眨眼睛，他有一张迷人的面孔，像极了年轻时的我。再多钓几条，晚上给你炖汤喝，不，给你和多丽炖汤喝，简大声说。多丽是他即将结婚的女友，距离我家不远的一位幼教老师，面目寡淡无味，但简喜欢。他在另一个城市工作，距离这里五十多公里，一周回来两次，回来就和多丽泡在一起，如果多丽空闲的话。

　　我百无聊赖地看着他的背影，空气发烫，听着远处高楼传来若有若无的歌声，思绪飘忽。我和简的父亲老简的婚姻一团糟，一见面就争吵。瞧你那邋遢的模样，我习惯性地羞辱他。他的确邋遢，长年鼻炎，擤鼻涕纸到处扔。虽然他在政府做着体面的工作，衣冠楚楚。

我已经忘了当初怎么嫁给他了。我曾经是一个常驻酒吧的歌手，因我的出色表现，捧场的人很多，收益可观。老板是我的表弟，我自然在里面如鱼得水。你那强势的模样，脸蛋再漂亮也让人生厌。他反击我，并顺手将擤鼻涕纸扔在我旁边的垃圾篓里。于是我强烈要求分开。老简惊讶地看着我，沉默着不同意，但最后还是在离婚协议书上签了字。

简那时正值叛逆的年纪，他执意要跟父亲一起生活，虽然我强词夺理地要求，说自己收入高，要抚养他长大。但简冷冷地拒绝了。老简那刻无耻地冷笑，够了！连儿子都想远离你。

我愤怒而伤心地将他们的东西扔在门外，用力地将门关上。简后来的事情，更令我心碎。他的老师一次次地向我投诉，说简上课捣乱。老简那段时间总出差在外，我只有硬着头皮去见他的班主任。班主任是个五十上下的老男人，也许比较操心，他看起来比实际年龄要老很多。你看，简的成绩逐步下降，班主任皱起眉头，额头的皱纹都叠合在一起，看起来有些滑稽。简有点破罐子破摔的苗头，班主任叹气，将脸转向不远处的简，顺着他的目光，我看到了简冷然的目光，我有些不寒而栗，那目光里藏有刀子般的锐利。再后来，他离家出走，我们不得不报警，到处寻找他，但没有用。

那段时间，我和老简形成前所未有的默契。我们找遍了城市的每个角落，搜寻启事铺天盖地。老简迅速地消瘦下去，每个夜晚来临的时候，他都会坐在门前那棵香樟树下，默默地点燃一根烟，烟雾在脸前萦绕，使他的脸有种迷离的忧伤。简和他的轮廓很像，他忧伤的样子，猛地让我忆起初次见面时，那张带着淡淡忧郁的面孔，瞬间令我的心悸动了一下。

简睡觉喜欢挨着我，老简浮起一抹微笑，睡前喜欢跟我讨论一些无关痛痒的问题，然后睡去。老简扔掉烟头，看着我说，他还是个孩子啊，现在在哪里呢。他只拿了抽屉里几百块钱，半个月已过去，早花完了。

我咬紧嘴唇，脑海里闪现了种种不好的念头，简被坏人带走了，被虐，被打，甚至不在人世了……想得越多腿便越软，无法站稳。我靠在香樟树上，两眼发黑。老简开始哭起来，不顾形象地大哭，不停地甩鼻涕，可笑而古怪地发出嘎嘎的声音。有两个散步的老妇停下来，好奇而同情地朝这边望。一位衣着时髦画着烟熏妆的女孩也停下来，专注地看我们，确切地说，看着我。我带着沙哑的声音说，请问，你们有见到一个 14 岁男孩吗，简，我的儿子。我比画着说，瘦瘦的，个头挺高的，有 180 公分。两位妇人摇头，低声交谈着什么离开。你是薇安？女孩走近些问，扑面而来的脂粉香气让老简打了个响亮的喷嚏。我点头，继而像抓到了救命稻草，紧张而急切地问：我是，你见到了简，我儿子？在哪儿？

　　她摇头，不，让您失望了，我没见到。她睁着一双睡意未消的眼睛说了一句：好久没见到你去酒吧唱歌了，好多人在问你呢。正说着，她接到一个电话，边打边回头跟我讲，我见到一定通知你。

　　天色暗下来。我望着街口的台阶处，有几个孩童正快乐地玩耍。我的简去了哪里？我浑身冰凉。这春天的夜晚让人觉得凄凉，周围有茉莉的清香传递过来，夜色如水。老简不再哭泣，他像尊雕塑凝固在夜空下，灯影里的面孔越发沉郁。

　　我们也许失去儿子了。老简垂着头说。别这么说，我挣扎着站直了身子，双脚已经麻木，儿子会没事的，会回来的。其实我心里没有一点着落，一点都没有，我不确定简到底是否安全，是否能回来。哪怕他用无数个冷冷的眼神看着我，都没关系。只要他还活着。

　　就在那些悲伤叠加的日子里，我的头发迅疾花白，老简的背部也变得佝偻了。希望在某个清晨或某个落日里，简会突然出现在我们面前。那段日子，生活的全部意义，似乎就是为了寻找和等待。老简的工作有一搭没一搭地干着，他的上司理解并支持他，并不过多地苛责他的不在状态。我也不再去酒吧唱歌，慢慢地淡出了灯红酒绿人声鼎沸的场所，也习惯了从众星捧月到被人遗忘。

生命仿佛进入倒计时，城市的风和落叶，灯和车鸣，等等，都进入了更大的黑洞或者迷宫之中，让人惶恐和迷茫。就在感觉最糟糕的时候，事情迎来了天大的转机。简，回来了。在他消失一个半月之后，他像个流浪狗般地出现在我面前，头发蓬乱，衣衫充满污渍。天气渐热，整座城市都开满了蔷薇和紫罗兰，散发着迷人的香气。老简正好赶过来，太阳还未全部落下，微醺的光晕照着简发亮的眼睛。

妈妈，他看着我叫。我有点不太相信地抓过他的臂膀。我说不出话，眼泪大颗大颗地往下落，简伸出手擦我的眼泪。

你这个混蛋，跑哪里去了？老简有些愤怒地扬起拳头，停留了几秒又松开，他鼻头红红的，抽动了几下。

我去探险了，简说，不告诉你们去哪里，不过我发现了一个真相，爸爸妈妈都很爱我。他有些歉疚地揽过我，妈妈，我爱你。他低下头吻着我花白的头发，对不起，妈妈。

你很难想象，一个14岁的男孩，那段时日心情莫名的狂乱，一个人跑到偏远的山上，漫无目的地跋涉。也很难想象，他还在附近隐蔽起来，悄悄地观察我和老简，看着我们每天一起的身影，只是想让我们再靠近，再复婚。

只是，我和老简并没有因此复婚，各自生活也挺好的。简也给予了理解，并继续去学校学习。后来考上了一所不错的大学，毕业后在邻近的城市工作。

晚上，简用钓来的鱼炖了一锅香喷喷的汤。我调了一盘蔬菜沙拉，烤了几块酥脆的饼。多丽喝着汤还不忘和简调情，她趁我去厨房的间隙，轻轻咬着简的耳垂说：多好的简啊，真想不出你当年有多叛逆，离家出走那么多天。

简低头将弥漫出来的泪水擦拭掉：唉！不提了，薇安因为我早早地白了头发。

简终于长大了，我站在厨房门口，欣慰地抿起嘴。

当然，这只是我一厢情愿的白日梦而已。我揉了揉有些酸涩的眼睛，视线

从窗前移开。窗外的雪纷纷扬扬地下着。房间有刺耳的电话铃声，将我的思绪从无边的想象中拉回现实。

此刻的简仍然还只有十四岁，我才三十几岁，未进入暮年。简正在以一个叛逆者的姿态跟我对峙，他拒绝跟我交流，因为和老简的离婚，我是始作俑者。他看不惯我在酒吧被一些不怀好意的人献殷勤，看不惯老简猥琐地冲我笑。小女孩多丽是他的同班同学，喜欢跟在他身后，一起打网球。

简明确告诉我不再去学校，要离家出走，老简在电话里焦急地说，简要我们复婚，那么就一切正常。

我犹豫了片刻，将电话握紧些，眼前又浮现出老简第一次和我见面时，他略带忧伤又腼腆的样子。

我长长地呼出一口气：好，复婚。并做出一个决定，不再去酒吧唱歌了，做点小生意也不错。

那个神秘的午后

一

天知道那一刻我是怎么睡过去的。

接下来清醒后，我脑袋昏昏沉沉的，但依然能回忆起整个事件的经过。

那个天气晴朗的上午，夏季的风带着热浪吹拂着，同乡拓叔开车，拉上我和一个叫作瑞利的妇人。六十来岁的拓叔是一个外形怪异的中年男人，四肢纤细，肚子却如怀孕数月的女人般鼓胀得很大，看起来很滑稽，但一点也不影响他谈笑风生。一路上，经过一些广阔无垠的玉米地，玉米周边栽种的芝麻，一层一层地开着白色喇叭状的花朵。拓叔说话幽默风趣，逗得瑞利不停地笑。

瑞利刚从厦门归来，说着在厦门的趣事和见闻。五十多岁的瑞利戴着一顶紫色的宽檐帽子，颇有成熟女人的风韵，据说以前在一家银行做高管，后来辞职下海，现在和家人居住在厦门。

那个城市很干净，很漂亮。瑞利毫不掩饰对第二故乡的赞美，那里的人也普遍很文明，瑞利的声音轻柔得像一片羽毛，眯起细长的眼睛，眼角的皱纹堆在一起，有种说不出的性感。就连吵架都很有趣，瑞利将声音提高了一些：我一次在大街上，亲眼看到两个男人面对面站着吵架，其中一个对另外一个慢条斯理地，带着商量的口气说，我可以打你吗？另外一个闭了闭眼睛，轻轻地摇头，不可以。

哈，我忍不住大笑。瑞利的讲述成功地逗笑了我。拓叔也跟着笑。

难得看到海伦笑呢，拓叔眼睛眯在一起说。

放松些，海伦。瑞利伸手握了握我的手。

瞧我们在一起多开心。拓叔又晃动了一下硕大的肚子。

我刚刚从一场糟糕的婚姻中挣扎出来，前夫带着8岁的女儿离家，去投奔勾搭了几年、颇有姿色的年轻寡妇。结束这场婚姻令我如释重负，但是女儿被前夫带走，她是哭着离开我的，想起这些，我就情绪低落，没办法高兴。

我的朋友们都经常提议带我出去走走，让阴郁的心情见见阳光。

这次拓叔带我们去的是一个叫作石门镇的地方，去一个庄园和朋友聚餐。现在的我，长期的失眠和对女儿的思念，使得我对每一个地方的风景，或者美食都不感兴趣，只是想打发一下时间，转移自己的情绪和注意力。据说石门镇有大片美丽的蔷薇，到过这里的人都大加赞赏。但现在明显不是蔷薇的季节。天气炎热，花儿们都开得无力了。

午餐是在一个绿荫遮蔽的园子里，穿过一条爬满葡萄藤蔓的廊子，我抬头看着还未成熟的绿色玛瑙般的葡萄，伸手摘了一颗放在嘴里，葡萄的味道酸涩，不由得使我皱起眉头。拓叔看到我的表情，晃了晃肚子笑。

中午的食物丰盛，主人热情地拿出好酒招待，一桌的男人们都大口地吃着肉，碰杯畅饮。我默默地坐着，小口地喝着刚盛来的一小碗鸡汤。我注意到，瑞利座位的上方墙壁上，挂着一个欧式实木钟表，褐色的木框内，下面那个晃动着的金属圆片，看久了感觉头晕目眩的。我便赶紧调转了视线。

我身旁挨坐着一个四十几岁的壮男人，他们叫他德哥。德哥寸头，方脸，一脸横肉，长着一对比较有特色的眉毛，眉毛呈外八字形状，很浓密很黑，且眉梢处分别有两簇比较长，还像麻雀的尾巴一样翘起来。我看到他的刹那，有一种似曾相识的恍惚，不知在哪里见过他，但又好像没有见过，现实在我和他之间发生轻微的时间错移，我们居然相互盯了对方几秒。他嗓门洪亮，吹嘘自己会看面相和手相。

特别准，他沙哑着声音转过头看着我。那双豹子般的眼睛发着寒光，看了让人不寒而栗。

给你看看，海伦。他说着盯着我的脸看了一会儿，又不由分说地抓起我的手，将掌心向上摊开。你为什么叫海伦？海伦是你？我不置可否地看着他，并无意识地转过头，拓叔挥着纤细的胳膊，示意他给我看手相。

德哥握着我的右手，大拇指先在我的掌心轻轻地划拉了几下，这似乎带有挑逗意味的动作，让我很不爽。我不自在地挣脱了一下，但依然被他紧紧地攥着。他睁圆了眼睛看着我手上的掌纹。

嗯，他沉吟了片刻，抬头看我，目光锐利，煞有其事地说：你的是断掌啊，这个好也不好。你是个奇怪的女人。

怎么奇怪了？我忍不住问。

说说看，拓叔朗声说，好好解释一下。

除了瑞利伸着脖子饶有兴致地朝这边望，其他几个男人仍然沉醉在酒令里。

这个，德哥卖着关子，扬了扬两条麻雀尾巴似的眉毛，暂时不说。但有一点可以明说，你最近一直被睡眠困扰。

我被说中一个事实，多少有点被人看穿的尴尬，所以身子不由自主地抖动了一下。的确如此，我抿了抿有些干燥的唇附和道。

睡眠不好，有时候整夜地清醒着。长期的安定片效果不太明显，所以我经常加大了药量，却也只能换来短暂的睡眠，而这些药物的副作用，也令我的反应更加迟钝，同时记忆力严重下降，很多记忆里出现过的人或者物，经常性地遗忘，要努力绞尽脑汁地回忆很久，才能略微打捞上来一些片段。更可怕的是，还会偶尔出现一些乱七八糟的幻觉，让我如同大海风浪里即将沉溺的人一般，绝望而无助。

不知是我无神的双眼和挥之不去的黑眼圈出卖了我，还是他在我手掌的纹路里面看出了什么，德哥就那么笃定地确认了我的隐秘。除了跟拓叔讲过，我很少告诉别人我失眠，因为失眠多少带有情绪化因素。自尊心极强的我，在朋友面前都会装作若无其事，不想在婚姻解体这件事情上，让外人妄加揣测。

瑞利和拓叔已经加入了倒酒的行列，大家其实都未注意到我说的失眠这句话。

但是德哥却得意起来，摇晃着脑袋说，你年纪轻轻的，又有什么心事嘛，说着他突然地凑近我，嘴巴喷着难闻的酒气，还有些别的什么味道，一股污浊之气令人作呕。我扬起了头，身体僵直地抗拒着这股气流。

他压低了嗓音在我耳边说：我会催眠的。

听到这句话，我惊讶地看着他，他露出诡异的笑容：是真的。

不知是因为房间里的空调温度调得有点低，还是因为他的笑容，我突然哆嗦了一下。

再加上一桌五六个人轮番来回敬酒，酒量不行的我也已经处于混沌状态。即便如此，我还能够张开眼睛看着周围的一切。饭桌上的人们酒兴正浓，一个个喝得酣畅痛快，酒宴似乎达到了高潮，有人开始唱一首叫作《白桦林》的歌曲，唱得情真意切，还有人拿筷子敲着桌子附和。

酒精的刺激多少令我的大脑有些兴奋起来，听到动情之处，我甚至同拓叔和瑞利他们一起大声地叫好并鼓起掌来。

海伦，德哥又凑近我，听说你是小说家？还做外贸生意，经常去国外？

我老实地点头，然后又一本正经地纠正他，小说家称不上，只是爱好写作罢了。

那也是个文化人。德哥的脸上带着崇拜却也还有点不屑，你们这些文化人就是矫情，不够真实。不过，我对你感兴趣了。他牵动着嘴角流露出来的笑容，让我有一种莫名的不适和压迫感。

我望着他嘴唇翕动了一下，没有说话。

我可以让你的失眠好转，或者治愈。德哥的声音喑哑，眼睛里有红色的光闪过，如果不是我的错觉，那些光如同红色的闪电一般，带着灼烫掠过我茫然的脸庞。

我不知他会有什么办法，也不敢抱有幻想，因为失眠这个问题已经困扰我很多时日了。包括中医开过难以下咽的苦药汤，我都喝了不计其数，西药也吃了不少，再无好转的迹象。

面前这个说话颇为自负的家伙，能有什么办法呢，并且他为什么对我这么上心也不得而知。

因为，你像极了一个人。你们长得非常像。

我困惑地看着他的脸庞，看着他那两簇像是要飞起来的眉毛。

我依旧盯着他的脸庞，也许真的是酒精起了作用，让内向不善言谈的我，敢于直面盯着近在咫尺的这张面孔。一般在清醒状态中的我，是怯于和异性近距离直视的。这得拜我那结婚多年仍然在我面前耍横的前夫叶本所赐，当年身材高大外表英俊的叶本，靠出色的外表和幽默的谈吐吸引到我，但没过多久，叶本风流的本性便显山露水，他经常夜不归宿，我多说几句抱怨的话，他就不耐烦地跳起来伸手想要打人。那双漂亮的眼睛带着刀子，盯得我的脸生疼。所以，我更加怯懦和安静。

我盯着德哥的脸，视线模糊起来，紧接着大脑一片空白。

二

记得我和拓叔以及瑞利，还有这个叫作德哥的男人，饭后被一个印象不深的老男人带到了一个装修豪华的足浴中心，说要放松一下。我挣扎了短短数秒，就怀着一丝难以言说的心情跟着他们走了进去。

我和瑞利以及拓叔同时躺在微微倾斜的铺着白色单子的床上。瑞利仍然戴着她那顶漂亮的帽子。我扭过头看她，她已经闭上眼睛，带着享受的表情接受足浴师的按摩。这里是清一色的女足浴师。躺在床上的拓叔已经打起了呼噜。为我服务的是一个体形偏胖的中年妇女，她穿着淡蓝色的敞开领口的连衣裙，蹲下去的时候，露出一片雪白的肌肤。她那双胖手也挺有力道，揉捏着我的双脚，感觉每个经络和穴道仿佛都被打开，令人浑身轻飘飘的。

一阵困倦涌了过来，眼皮沉甸甸的，不由自主地合起来。很难得，我很久

没有这么深的倦意上头了。突然，莫名地一激灵，又清醒了过来。就在我睁开眼睛的瞬间，不禁被眼前的一幕吓得心跳加速：德哥正俯下身，低着头凑近我的脸，如同豹子发现并逮到猎物般，目光散发出得意的光。

我的喉咙像是被什么东西堵塞了，竟然发不出声音。抬眼看看四周，灯光迷离的房间内，几个足浴师不知何时都悄无声息地离开了。只见拓叔和瑞利分别站在两边，脸上都带着阴森的笑。

你们真的长得太像了，德哥表情悻悻地看着我道：都是一副乖乖的腼腆的模样，实际上却不是这样。

我还是难以开口，但我猜测他在说我和他那个所谓的情人。

遇到我，是你的不幸。该你倒霉，你的死期到了。

我有点不解，无论如何也搞不清楚，他和情人之间是怎样一种关系，从他咬牙切齿的样子，从他迅速变得狰狞的那张脸来看，他的那个情人可能做了什么对不住他的事情，而且还相当过分。

起来！他虽然声音不高，却有着极强的威慑力：我带你去一个地方。我慢慢地坐起来，身体和大脑有点沉重，我知道我的处境极其危险，拓叔和瑞利也是他的帮凶，他们不再是我的朋友，他们瞧着我这副大难临头的仓皇状态，只是挑起嘴角带着嘲弄，冷冷地旁观。

我拼命地转动着大脑，回忆着拓叔和瑞利上午一路谈笑风生的表现，原来都是蒙蔽我的假象。他们肯定早就密谋好了的，将我带到这个叫作石门镇的地方和德哥相见。我做错了什么？难道和他的情人长得很像，就该死？我短短三十几年的生命，就这么不明不白地该被终结？

我穿上那双白色袜子和白色的球鞋，站直了身子，确切地说是被拓叔和瑞利一边一个架起来的。我已经吓得发不出一点声音了，尽管我张开焦灼的唇想要呼救。但周围竟然安静得可怕，一点声音都没有。我的双腿软绵绵的，好像不属于自己。

我们穿过那个幽暗的长廊通道，走出门外。我默默地毫无意义地用脚丈量着走出的那段距离，大概有五十米。这段五十米的距离，每走一步都很沉重，包括心脏，跳动得毫无规律。我多希望有人出现，能让我有被救的希望，但除了失望还是失望。

走出门外时，发现天空灰暗，一些铅色的云压得很低，使得空气沉闷，让人透不过气来。

眼前的一棵银杏树枝叶繁茂，阳光炽烈地洒在上面，树冠下面投下浓重的阴影，一个矮墩墩且有点驼背的老头，靠在树干上默默地抽烟，看到我们，迅速地将剩下的烟头摔在地上，拿脚在地上踩了踩，拉开身旁那辆黑色车的车门。

快点啊。瑞利的手推了我后背一下，依旧是轻若羽毛的声音，但她手劲比较大，与她柔弱的外表不相匹配。我们四个面对面坐着，这辆车的座位设计也很奇特，两排座位对应，有点像公交车上的位置摆放。

驼背老头面无表情，上车后立刻驱车前行，看来他事先知晓我们要到达的地方。一路上车速不疾不徐，车上的几个人都默不作声。我又看了一眼拓叔，拓叔正闭着眼睛打盹。我怎么也无法预料，一次看似平常的出行聚餐，就要搭上自己的性命了。想到这里，想到我短暂的生命就要被强行终止，就禁不住悲从中来，除此之外，还有对同行的这几个人充满了愤慨。无冤无仇的，何苦害我呢。

身旁的瑞利压低了帽檐，发出微弱的鼻息，似乎也进入了睡眠状态。而对面的德哥正目光如炬地盯着我，嘴角带着一抹玩味的笑意。这个静寂的午后，街道空无一人，街道两边错落有致的建筑都诡异地紧闭着大门，显得冰冷而毫无生机，我有点无望了。联想到今天的一系列事情，都那么奇怪，那么不真实，一切都好像梦境一般。据我暗自观察，车已经开出了街道的尽头，一段距离后，又右转行驶了一段比较颠簸的路程，马路两边有大片的白色蔷薇，开得有些晃眼。最后，在一个如城堡形状的橙色的楼房前停了下来。

当车门打开，我的腿有些疼，下车时差点跪在地上，后面的拓叔托起了我，我能感觉他纤细的手指和尖锐的指甲，抠得我的背生疼。我们登上了几个台阶，台阶上面布满带有花纹的石子，踩上去有些颗粒感。我被带到了城堡的一楼，里面的墙壁上挂着一幅世界著名的油画，油画巨大，几乎占有一面墙那么大，它是法国莫奈的《睡莲》，但不用说肯定是赝品，因为近了看，画面粗糙，有些花瓣的颜色和其他叶片混在一起，而原本波光粼粼的纯绿色水面，却被愚蠢地染上了湖蓝色。我们穿过一楼的侧门，走到紧挨城堡的大凉台上，那里有一个透明的玻璃房间。

玻璃房的屋顶是涂有海洋波纹图案的深蓝色，四周透明，里面大约有十几个装满泥土的木盒子。有粉色和白色以及紫色的蔷薇，一堆一堆层层叠叠地开着。空间里散发出从未闻过的异香。但在这堆蔷薇花的中间，我看到了令人惊恐万分的一幕。

三

一个半躺式的看起来柔软舒适的皮椅上，躺着一个闭着眼睛、长发垂肩、穿着白色睡袍的女人，我仿佛看到了自己。我们的面孔如出一辙，都带点异域风情，不同的是，我的头发略短，也许以前曾经锻炼健身的缘故，身材比她强壮。我的心跳再度加剧，喉咙发出像从深谷里传出的幽鸣。

我目瞪口呆，被无形的力量定格在那里。只见拓叔不知从哪里搬过来一个一模一样的躺椅，折叠打开后，指了指上面，命令我躺上去。我的身子不由得又哆嗦了一下，站着不敢动。拓叔和瑞利走过来，抓起我的胳膊，拓叔圆鼓鼓的肚子顶着我的腰部，他俩连推带拉地把我送上了躺椅。

我躺在上面，双手交叠放在胸前。我很怕在临死时再遭受什么猥亵和侮辱，我知道自己的身材曲线流畅，结实而美好，我曾见识过一些男人看到我贪婪的眼神。身边的蔷薇怒放着，仍然有些异香扑鼻，但肯定不是这些花散发出来的味道，我知道蔷薇花的味道寡淡，几乎闻不到。

从我躺着的角度，我看到拓叔和瑞利站在一边神情凝重，他们似乎在为我做最后的送行。拓叔滚圆的肚子和纤细的四肢，此刻看起来像青蛙一样，仿佛在我眼前吐出些泡沫和黏液，那些令人晕眩的异香也混杂在空气里久久不散，这一切令我感到极其恐怖、厌倦和恶心。但此时，我的大脑却开始急剧地转动，这与平时的缓慢与迟钝大相径庭，也许为了逃避死亡，身体自主发出指令了吧。

我在想，我不能坐以待毙，就这么白白地死去，我得想办法逃走。

你是不是在琢磨怎样逃走？德哥突然凑近我，你跑得了吗？他沙哑的嗓音像乌鸦发出的叫声一样难听，继而大笑起来，啊哈！你心里想的什么我都知道。

等会儿你就和她一样，先睡过去，然后，三小时后就不知不觉地升天了。德哥的腔调带着操控别人生死的得意，趁你现在还清醒，不妨告诉你这个女人和我之间的事情。

其实我倒是好奇，他为什么对这个女人有如此大的恨意，并且连累到长相和她相似的我。

我低哼了一声，闭上眼睛。听他自顾自地讲述让他难以释怀的往事。

几年前，我曾经经营一家大型超市，生意火爆。发财后经常和朋友去一家歌厅，长相漂亮的她在那里推销啤酒。我们认识后，得知她老公刚刚去世，没有孩子，没有正式职业，生活困难，所以在这里推销啤酒，有时候也陪客人喝两杯，顺便挣点小费。她很会撒娇和调情，一来二去，我就被她迷得团团转，我爱上了她，不顾我那个一脸愁容姿色平平的婆娘苦苦哀求，执意和她在这个橘色的城堡共筑爱巢。她喜欢蔷薇，我就在这个大凉台上搞个玻璃房，栽种这么多蔷薇，并放了折叠床，她经常没事就过来躺一会儿。对了，她和你一样，睡眠不好，她睡不着觉的时候，就整夜地缠着我。

德哥说到这里舔了舔嘴唇，停顿了一下，不知是不是在回味那些香艳的情节，陶醉了一会儿，或者还有些许痛楚，大声地叹了口气。

我睁开眼睛，四面望了望，玻璃房外面有几棵法桐，茂密的枝叶组成了庞大的树冠，遮蔽了大量的阳光，只有些许斑驳的光线透过枝叶照进玻璃房内，却并不妨碍玻璃房内的物品和花朵都亮晶晶的。包括并排躺着和我的面孔长得

一样的女人，她面容安详，皮肤是阳光晒成的小麦色，眉毛弯弯，长长的睫毛垂下来，投下淡淡的影子。略厚的嘴唇丰润而性感，唇角微微扬起，似乎在做着什么美梦。

那个女人，呵呵，她也叫海伦。德哥猛然回头看着那个躺着的女人，又瞪着铜铃似的豹眼盯着我说。

听他这句话，我的心里咯噔了一下。

她跟我在一起，花我的钱，却背着我和别的男人相好。她在镇子上和一个过来卖烈酒的男人好上了。我睁一只眼闭一只眼，因为我还爱着她，我为什么如此爱她，我自己也说不清楚，反正她那双深邃的大眼睛朝我直直地看过来，我就忍不住颤抖，我的魂都丢了一半，我忙着挣钱，挣钱给她花。但我的性能力不知为什么，每况愈下，我还得装作若无其事的样子，并让她帮我取了些烈性酒喝，据说喝了以后，会无比地强悍。但我喝了之后，除了呼呼大睡，身体再无其他反应。

这样一来，她更加毫无顾忌，完全不顾我的颜面。更可恶的是，她在一个我喝得烂醉不省人事的夜晚，将我辛辛苦苦挣得的钱搜刮一空，和那个卖酒的男人一同远走高飞了。我醒来后发现了真相，气急败坏，全国各地到处寻找，发誓掘地三尺也要找到这对狗男女，解决他们。这一找就是几年。在这几年里，我的超市生意一落千丈，我靠给人催眠挣些钱度日。直到海伦这个坏女人又厚颜无耻地回到石门镇上。

哦，忘了告诉你，德哥掩饰不住自己的得意说，我的另一个身份是催眠师。

他又靠近了我，且又是那个充满压迫感的角度，低下头，俯视着我的脸说，我可以将你们都催眠，无论你睡眠多么不好，你多么难以入睡，在我这里你都会深度入睡。

我有些疲倦且厌恶地看着他那张脸，竭力保持大脑的清醒，我可不想睡过去。直觉告诉我，此人绝非善类，甚至是变态，就从他把我控制在这里，想取我无辜的性命这一点来看，就知道他就是变态。

再说你吧，海伦。他声音低哑地叫了我的名字，污浊的酒气和热辣浓重的鼻息喷在我的脸上。我一阵反胃，酒劲也醒了大半。体内一些力量也在慢慢地复苏。身子仿佛没那么绵软了。我转动了一下僵硬的腰背，看到对面的玻璃墙壁上，挂着一个和中午吃饭时墙壁上一模一样的钟表。那个下面金属器的圆片钟摆在木框内，来回地左右晃动着，并发出有节奏的嗒嗒声。

四

时间正不易觉察地流失，它代表过去和将来，却并不会为某一刻停留，其实我一直在心里算计着时间过去了多久。这个恐怖的午后，这段惊心动魄的时间，我逃生的胜算有多少，我可不想不清不楚地被干掉，在这一段时间内，我看到难以置信的一幕并听到了匪夷所思的故事。不过，我发现自己在一点点地变得坚强，感觉生命和活着是眼前的头等大事，只要能活着，我一定找到女儿，要争得女儿的抚养权，我那么爱她。

想到这里我拼着力气，大声说，放我出去，让我就这么死掉，太不公平。

啊哈，德哥又一声大笑，他好像觉得我这句话挺幼稚，边笑边扫视着站在不远处的拓叔和瑞利。他们也跟着笑，带着掩饰不住的嘲弄。

不然，我们好好谈谈。我说。

我试图找到一个突破口，试图可以聊些什么话题，好让德哥放松对恨意的曲解。他的面容是充满了积怨和愤恨的，然而那双眼睛却折射出痛苦和迷茫甚至是不知所措的光，说简单点，这是一张病态的充满矛盾的脸。

也就是说，我猜测到，他想除掉他的情人而后快，包括无辜的我，但未必真的要除掉，或者不能够除掉。

想到这里，我慢慢地挪动了一下身子，将上身抬起，迎着德哥的目光。

我没有做过什么不好的事情，我是善良怯懦的人。我说，我吃过不少苦头，被人欺负过。我还有个女儿，她需要我，她不能没有妈妈。

你当然做过不好的事情，你自己都不记得了。我的话还没有说完，就被他粗暴地打断。他皱起鼻子，问题是，他突然加大了音量，问题是你和她的名字一模一样，你们长得也如此相像。

他又回到了这个问题，这是个无法规避的事实。我倒抽了口凉气，无奈地看着他那张因持续愤怒被扭曲了的脸，有些沮丧地说，那我就该倒霉？因为我们长得像，名字也一样？

骚情！他悻悻地说。当拓叔带你到这里来，我见到你的第一眼，你那样看着我的时候，我就把你当成了她，当初她也是这么地看着我。我都差点又被你迷惑。你们这样的女人，勾引男人可有一套。不用说话，拿你们那双勾魂的眼睛看看就行。

天啊！我心里暗暗叫苦。我可不是要勾引他的意思。只是因为他奇特的模样想看清楚一些，他们大概不知，我的眼睛高度近视，即便距离很近，戴了眼镜也要盯近了看。

哈，忘了告诉你，拓叔和我都是自己人，还有瑞利。

在形势紧迫的驱使下，我收回目光，闭上酸涩的双眼。记忆的隧道一点点被打通，那些被我长期封存的久远往事，如潮水般涌来。

和前夫过得不幸福的那些年，我曾经在南方一个沿海城市出差，遇到了和客户一同前来见面的詹，并在接下来的日子，和他产生了情愫。詹是个深情款款的男人。一件得体的白色亚麻衬衣扎在牛仔裤里，举止很绅士，他碧蓝的眼睛总闪着热切而温柔的光芒，他叫我名字的时候声音低沉且亲切，微笑引起的脸部褶皱阳光且温暖，就像是认识了很久的老朋友。他在那座城市的边缘定居，有一个很大的庄园。我们一起去他的庄园吃烤肉，喝啤酒。庄园修建得不错，两层高的白色宽大别墅，周围到处是绿毯似的草坪，叫不出名字的鲜花随处可见。

距离詹家不远处有个影院，我们乐此不疲地在那里逗留，影院里的四壁有些光怪陆离的浮雕，幽暗的灯光打上去，更增加了神秘的气息。我们看了一些战争片、爱情伦理片，其中一些残暴和悲催的场面，一些爱恨交织的场面，总令我联想到自己的生活点滴。我没有想到艺术和现实会有巧合的可能性，对于爱写小说的我来讲，那些镜头里演绎的故事很让人着迷。并且我知道代入感是怎么一回事。当我看到影片里男女主人公相遇相爱的镜头，亲热的镜头，我情不自禁地将头靠在詹的肩膀上。那一刻，詹颤抖着搂过我，亲吻着我的嘴唇和眼睛，低声说，对不起，海伦，我算冒犯了您对吧。您毕竟不是单身。

我拼命地摇头，眼泪夺眶而出，不知是喜悦还是委屈，还是对前夫的报复。

我和詹不可救药地相爱了，詹带给我前所未有的感觉，那段时间我几乎忘了尘世的一切。

但冷静下来，思考再三，我认为这份爱可能根本没有结局，于是，忍痛留了一张字条给詹，悄悄地离去。我让他不要找我，当然他也无法找到我，我的地址根本不详。

好像在两年后，我实在没忍住自己的思念，偷偷跑去詹所在的城市，在他的庄园附近彷徨不定。与此同时，一个人或者说一股巨大的力量朝我撞击了过来……

但更难受的还在后头，刚从艰难的回忆中抽离，我就看见德哥带着那副令我无比厌恶的笑容，把那张满是横肉的脸凑过来，一双眼睛像豹子般森冷，直勾勾地盯着我。

我知道你的一切，你回想的我都知道。他压低了嗓音说，别忘了，我可是能看透人心的，我的眼睛，他用粗大的食指指了指自己的眼睛说，我这里有天然的X光。

我瑟缩着，将身子轻轻地移动了一下，试图离他稍远一些，我越发恐惧，对于眼前的人和今天的一切，有种强烈的不真实的感觉。拓叔和瑞利站在不远处的蔷薇丛里，两个人头抵在一起，在低声交谈着什么。

海伦，德哥叫着我的名字，你说，你还干过什么正经事呢？我在南方找妻子海伦时，在那座城市遇到你，你正站在一个庄园外面发呆，那刻，我正被一伙烂仔追赶，不小心撞到了你。然后我躲在那些茂密的草丛里，想甩开追我

的那帮人。谁知，你竟然对他们指了指我躲避的方向。后果你看到了吗？我被揍了一通，身上值钱的东西以及钱袋子，全被洗劫一空。

我的冷汗顺着脊背一阵阵地往外冒，难怪看着似曾相识，原来见过面的，还是以这种方式。

你们，你和我的妻子海伦不仅长得像，连心都一样，都坏透了。德哥冰冷的眼神扫过我的脸，清了清嗓子说：在南方那个庄园前，我发现这一惊人的事实，你们都坏透了，呸！我们无冤无仇的，你为什么要出卖我呢？

我转过头看向玻璃墙外，眨动着酸涩的眼睛，大脑陷入混沌之中。窗外的骄阳不知什么时候已经消失，乌云密布，闪电正划破铅灰色的天空，伴随着沉闷的雷声，战栗着，刺目地俯视着大地。

除了骚情？对了，你还去过福利院看望那里的孩子，为什么那么热心呢？忘了，你也是从那里出来的。

五

我有些忌讳自己的身世，从那里出来后，我就想彻底忘了那段，据说，我是个私生女，一个未婚的女人生的婴儿，她乘人不备将我放在福利院门口。从小到大，私生女的标签就没有摘掉过，包括结婚后，我的丈夫每次吵架都会提及我的身世。

由于睡眠不好，我看护幼小的女儿总是恍惚而不专注，让几个月的孩子从床上摔下来三次，这令叶本尤为不满，每一次都大发雷霆，差点动手。再加上我平时的木讷和寡言，让他感觉索然无味，于是，谩骂和讥讽，并出轨那个年轻漂亮的寡妇都成了顺理成章。

那一个个漫长寂寥的夜晚，我常常像快要溺水的人，大口地喘气。我不能死去，我害怕这种死亡般的感觉，每次有了这种感觉，我都会搂紧女儿，告诉自己要挺住。她不能没有妈妈。

医生判定我为中度抑郁症。我一把一把地吃各种调剂的药。每天总会有一些时间段，让我沉浸在无法言喻的悲伤情绪里，让我忍不住流泪，有时还会号啕大哭。叶本不理解我，他看着我的眼光尽是厌恶和嫌弃。

但无论如何，都不能剥夺我生存的权利。女儿不能没有妈妈，我不能没有女儿，她是我活下去的理由和希望。我只有在她身边才能体会到爱和温情。

想到这里，听着外面接踵而来的雷声，身旁是德哥粗重的呼吸声，我望了望站得不远不近的拓叔和瑞利，他们似乎仍然交谈正兴，头还抵在一起，说着什么感兴趣的话题，拓叔挺了挺圆鼓鼓的肚子，瑞利轻声笑出了猫一样柔软的声音。

我突然有了一个绝妙的主意。

德哥，我低声叫他，他俯下身子靠近我的脸。

我和那个海伦，原本就是一个人。

怎么会？你当我三岁小孩呢！

你看那躺椅上有人吗？

她还在啊。哈！你疯了吧。

你再仔细看！

德哥扭头看了看我对面，那里仍然躺着闭着眼睛的女人，便有些愤怒地瞪了我一眼，大声朝着拓叔和瑞利叫，你们看到了没？

拓叔和瑞利交谈正欢，听到德哥的喊叫后，两人不明所以地抬起头，接着不置可否地摇头。

见鬼！他背着我看向躺椅，直直地看着那个依然在沉睡的海伦。又喊了一句，你们都没有看见？

墙上的钟摆一下一下地左右晃动，声音出奇地响，虽然雷声不断，但依然遮挡不住钟摆的声音，我认为那是我的心脏借助钟摆发出紧张跳动的声音。就在这刹那的关头，我用积攒了好一会儿的力量，一跃而起，顺手抄起一个蔷薇花盆，顾不上它们枝条上的小刺扎进手掌，猛地砸在德哥那张横肉乱飞的脸上。

他可能想不到我会如此迅猛，疼痛使得他捂着脸号叫起来，拓叔和瑞利都冲了过来，但已经来不及了，我一个箭步冲向门边，毫不费力地推门而出，外面正下着瓢泼大雨。

我冲向雨水之中，看来以前的锻炼还是派上了用场，我被激出的能量彻底爆发，穿着白色球鞋的双脚，在一条不知名的泥路上拼命地狂奔。直到精疲力竭，完全失去意识。

直到我彻底清醒过来，并从回忆的镜头里挣脱出来，原来是梦啊，但如此真切！

上帝！我再次受到了惊吓。因为我睁开眼睛后，发现自己正躺在医院的床上，四处洁白，空气里有淡淡的来苏水味道，还有墙角一个瓷盘里快要燃尽的檀香，异香扑鼻，也许梦里就是它所散发出来的味道。一张令我无比惊讶且比较熟悉的脸，正俯下头关切地看着我。那两条麻雀尾巴般上扬的眉毛，那么地醒目：他长着和德哥一模一样的面孔。

你终于醒了。他微笑着说，我是你的主治医师。

一位六十来岁的妇人，穿着考究却满面愁容，她无比忧伤地拉着我的手，淌着两行清泪，压抑着嗓音低声哭泣着说：孩子，再怎样也不能做傻事啊。吃了整整一瓶安定，万一醒不过来怎么办？

妈妈不好，妈妈对不起你。妇人歉疚地抽泣着：妈妈不应该只顾颜面抛下你，这么多年我一直在找你。四处打听，终于找到你，你却生病了。

我望着这个所谓的母亲，望着她满脸的愧疚和悲戚，却无法被打动。因为很长一段时间内，我背负着私生女的名号，为这个名号蒙羞多年。

她仍然絮絮叨叨地说些什么，我再也听不进去，索性闭上眼睛。

晃了晃仍然昏痛的脑袋，仍在想着那个长长的、沉重且恐怖的梦。梦里出现的那些人，除了德哥——面前这位穿白大褂的医生，其他的我都不认识，但梦境如此真切，又好像见过他们一样。

又拼命地回忆了一会儿，脑海才浮现出前不久看过的一本悬疑小说：绑架。对了，拓叔和瑞利就是里面的部分人物，而我竟然梦到了相似的情节。

我赫然发现，对面白色的墙壁上，挂着一个和梦里相同的钟表，它下方悬垂的金属圆片一下一下地左右摇摆，发出细微却又异常清晰的"滴答"声，一下一下，尖锐地刺激着我的耳膜。

我会催眠的，海伦。我的主治医师扬起他标志性的眉毛对我讲，你的病就快好了，睡眠也不会再受到困扰了。

忽然，我想起了什么，费劲地抬起虚弱的身子，低下头，搜寻到床边摆放着的我那双白色球鞋：上帝啊！球鞋竟然糊满了陈旧的泥浆。

那么，这沾满泥浆的球鞋到底是怎么回事？

此刻，那些梦和现实正交叠着，像飓风一样向我席卷过来，并再次考验我大脑的清晰度。

我终于记起来了。现实中的我，不过是一个被丈夫背弃、日子过得不如意的抑郁症患者，长期情绪低落以及失眠，令我整个人都很不正常。

我在大雨倾盆的街上奔跑，是为了追赶将女儿带到城市另一端的叶本，他开着车疾驰，完全不顾我的哭喊。他想远离我，离开我的纠缠，该死！他认为我目前无法很好地照料女儿。而我因追赶无果，在痛苦之际，吞下了大量的安眠药，被刚好寻到我的生母发现，及时送到医院洗胃抢救，睡了一天一夜才醒来。

想到这里，一股悲伤令我的眼眶发胀，眼泪不由得夺眶而出。

她靠近我，用她那双饱经风霜的手抱住身子颤抖的我：告诉你一件事情，我见过叶本了，他已经答应把孩子还给你。

啊？真的吗？我激动得声音变了调。

当然。我告诉叶本我将和你一起养孩子。

这是个天大的好消息。这突如其来的幸福感，使我如一片轻羽般放松和舒展，并徐徐降落，渐渐忘掉那个梦境带来的惊惧。我再度看向墙上的钟表，第一次觉察到时间流淌的每一个瞬间，都拥有无尽且不可预知的神秘。